中國現代文學經典叢刊 *1*

魯迅創作精選

人間出版社

出版說明

魯迅的作品，可以分成兩大類：創作和雜文。前者指比較合乎一般規範的文學作品，後者是魯迅獨創的一種文體。有不少人認爲，魯迅式的雜文不能算文學作品，這其實是一種偏見，不讀雜文，絕對無法了解魯迅的整體成就和他思想的深度。不過，對一般讀者來說，從創作入手，還是接近魯迅較好的途徑。

魯迅在〈《自選集》自序〉中謙遜的說，「可以勉強稱爲創作的，在我至今只有這五種。」這五種指的是小說集《吶喊》、《徬徨》、《故事新編》，散文集《朝花夕拾》和散文詩集《野草》。爲了給台灣讀者提供一個適切的魯迅讀本，我們把五種加以精選。因爲台灣讀者對魯迅還是相當陌生，對魯迅作品所涉及的時代背景大半不很了解，我們盡可能考慮台灣讀者的閱讀習慣和接受能力。有些可能是更好的作品，我們未必選入（在《野草》和《朝花夕拾》兩集中尤其如此），這一點請大家了解。

本選集的注解根據舊版魯迅全集（人民文學，1981）略加刪節而成。我們的目的是要在台灣推廣魯迅，我們特別要向人民文學出版社和參與舊版魯迅全集的編者們表達謝意，並請他們理解我們的作法。

魯迅創作精選
目錄

〔野草〕

〔朝花夕拾〕

〔故事新編〕

〔附錄〕

〔吶喊〕

本書收作者一九一八年至一九二二年所作小說十五篇。一九二三年八月由北京新潮社初版，列為該社《文藝叢書》之一。一九二六年十月第三次印刷時起，改由北京北新書局出版，列為作者所編的《烏合叢書》之一。一九三〇年第十三次印刷時，由作者抽去其中的《不周山》一篇（後改名為《補天》，收入《故事新編》）。

自序[1]

我在年青時候也曾經做過許多夢，後來大半忘卻了，但自己也並不以為可惜。所謂回憶者，雖說可以使人歡欣，有時也不免使人寂寞，使精神的絲縷還牽著已逝的寂寞的時光，又有什麼意味呢，而我偏苦於不能全忘卻，這不能全忘的一部分，到現在便成了《吶喊》的來由。

我有四年多，曾經常常，——幾乎是每天，出入於質鋪和藥店裡，年紀可是忘卻了，總之是藥店的櫃台正和我一樣高，質鋪的是比我高一倍，我從一倍高的櫃台外送上衣服或首飾去，在侮蔑裡接了錢，再到一樣高的櫃台上給我久病的父親去買藥。回家之後，又須忙別的事了，因為開方的醫生是最有名的，以此所用的藥引也奇特：冬天的蘆根，經霜三年的甘蔗，蟋蟀要原對的，結子的平地木[2]，……多不是容易辦到的東西。然而我的父親終於日重一日的亡故了。

有誰從小康人家而墜入困頓的麼，我以為在這途路中，大概可以看見世人的真面目；我要到N進K學堂[3]去了，彷彿是想走異路，逃異地，去尋求別樣的人們。我的母親沒有法，辦了八元的川資，說是由我的自便；然而伊[4]哭了，這正是情理中的事，因為那時讀書應試是正路，所謂學洋務[5]，社會上便以爲是一種走投無路的人，只得將靈魂賣給鬼子，要加倍的奚落而且排斥的，而況伊又看不見自己的兒子了。然而我也顧不得這些事，終於到N去進K學堂了，在這學堂裡，我才知道世上還有所謂格致[6]，算學，地理，歷史，繪圖和體操。生理學並不教，但我們卻看到些木版的《全體新論》和《化學衛生論》[7]之類了。我還記得先前的醫生的議論和方藥，和現在所知道的比較起來，便漸漸的悟得中醫不過是一種有意的或無意的騙子，同時又很起了對於被騙的病人和他的家族的同情；而且從譯出的歷史上，又知道了日本維新[8]是大半發端於西方醫學的事實。

因爲這些幼稚的知識，後來便使我的學籍列在日本一個鄉間的醫學專門學校[9]裡了。我的夢很美滿，預備卒業回來，救治像我父親似的被誤的病人的疾苦，戰爭時候便去當軍醫，一面又促進了國人對於維新的信仰。我已不知道教授微生物學的方法，現在又有了怎樣的進步了，總之那時是用了電影，來顯示微生物的形狀的，因此有時講義的一段落已完，而時間還沒有到，教師便映些風景或時事的畫片給學生看，以用去這多餘的光陰。其時正當日俄戰爭[10]的時候，關於戰事的畫片自然也就比較的多了，我在這一個講堂中，便須常常隨喜我那同學們的拍手和喝采。有一回，我竟在畫片上忽然會見我久違的許多中國人了，一個綁在中間，許多站在左右，一樣是強壯的體格，而顯出麻木的神情。據解說，則綁著的是替俄國做了軍事上的偵探，正要被日軍砍下頭顱來示衆，而圍著的便是來賞鑒這示衆的盛舉的人們。

這一學年沒有完畢，我已經到了東京了，因爲從那一回以後，我便覺得醫學並非一件緊要事，凡是愚弱的國民，即使體格如何健全，如何茁壯，也只能做毫無意義的示衆的材料和看客，病死多少是不必以爲不幸的。所以我們的第一要著，是在改變他們的精神，而善於改變精神的是，我那時以爲當然要推文藝，於是想提倡文藝運動了。在東京的留學生很有學法政理化以至警察工業的，但沒有人治文學和美術；可是在冷淡的空氣中，也幸而尋到幾個同志了[11]，此外又邀集了必須的幾個人，商量之後，第一步當然是出雜誌，名目是取「新的生命」的意思，因爲我們那時大抵帶些復古的傾向，所以只謂之《新生》。

《新生》的出版之期接近了，但最先就隱去了若干擔當文字的人，接著又逃走了資本，結果只剩下不名一錢的三個人。創始時候既已背時，失敗時候當然無可告語，而其後卻連這三個人也都爲各自的運命所驅策，不能在一處縱談將來的好夢了，這就是我們的並未產生的《新生》的結局。

我感到未嘗經驗的無聊，是自此以後的事。我當初是不知其所以然的；後來想，凡有一人的主張，得了贊和，是促其前進的，得了反對，是促其奮鬥的，獨有叫喊於生人中，而生人並無反應，既非贊同，也無反對，如置身毫無邊際的荒原，無可措手的了，這是怎樣的悲哀呵，我於是以我所感到者爲寂寞。

這寂寞又一天一天的長大起來，如大毒蛇，纏住了我的靈魂了。

然而我雖然自有無端的悲哀，卻也並不憤懣，因爲這經驗使我反省，看見自己了：就是我決不是一個振臂一呼應者雲集的英雄。

只是我自己的寂寞是不可不驅除的，因爲這於我太痛苦。

我於是用了種種法，來麻醉自己的靈魂，使我沉入於國民中，使我回到古代去，後來也親歷或旁觀過幾樣更寂寞更悲哀的事，都爲我所不願追懷，甘心使他們和我的腦一同消滅在泥土裡的，但我的麻醉法卻也似乎已經奏了功，再沒有青年時候的慷慨激昂的意思了。

S 會館[12]裡有三間屋，相傳是往昔曾在院子裡的槐樹上縊死過一個女人的，現在槐樹已經高不可攀了，而這屋還沒有人住；許多年，我便寓在這屋裡鈔古碑[13]。客中少有人來，古碑中也遇不到什麼問題和主義，而我的生命卻居然暗暗的消去了，這也就是我唯一的願望。夏夜，蚊子多了，便搖著蒲扇坐在槐樹下，從密葉縫裡看那一點一點的青天，晚出的槐蠶又每每冰冷的落在頭頸上。

那時偶或來談的是一個老朋友金心異[14]，將手提的大皮夾放在破桌上，脫下長衫，對面坐下了，因爲怕狗，似乎心房還在怦怦的跳動。

「你鈔了這些有什麼用？」有一夜，他翻著我那古碑的鈔本，發了研究的質問了。

「沒有什麼用。」

「那麼，你鈔他是什麼意思呢？」

「沒有什麼意思。」

「我想，你可以做點文章……」

我懂得他的意思了，他們正辦《新青年》[15]，然而那時彷彿不特沒有人來贊同，並且也還沒有人來反對，我想，他們許是感到寂寞了，但是說：

「假如一間鐵屋子，是絕無窗戶而萬難破毀的，裡面有許多熟睡的人們，不久都要悶死了，然而是從昏睡入死滅，並不感到就死的悲哀。現在你大嚷起來，驚起了較為清醒的幾個人，使這不幸的少數者來受無可挽救的臨終的苦楚，你倒以為對得起他們麼？」

「然而幾個人既然起來，你不能說決沒有毀壞這鐵屋的希望。」

是的，我雖然自有我的確信，然而說到希望，卻是不能抹殺的，因為希望是在於將來，決不能以我之必無的證明，來折服了他之所謂可有，於是我終於答應他也做文章了，這便是最初的一篇〈狂人日記〉。從此以後，便一發而不可收，每寫些小說模樣的文章，以敷衍朋友們的囑託，積久就有了十餘篇。

在我自己，本以為現在是已經並非一個切迫而不能已於言的人了，但或者也還未能忘懷於當日自己的寂寞的悲哀罷，所以有時候仍不免吶喊幾聲，聊以慰藉那在寂寞裡奔馳的猛士，使他不憚於前驅。至於我的喊聲是勇猛或是悲哀，是可憎或是可笑，那倒是不暇顧及的；但既然是吶喊，則當然須聽將令的了，所以我往往不恤用了曲筆，在〈藥〉的瑜兒的墳上平空添上一個花環，在〈明天〉裡也不敘單四嫂子竟沒有做到看見兒子的夢，因為那時的主將是不主張消極的。至於自己，卻也並不願將自以為苦的寂寞，再來傳染給也如我那年青時候似的正做著好夢的青年。

這樣說來，我的小說和藝術的距離之遠，也就可想而知了，然而到今日還能蒙著小說的名，甚而至於且有成集的機會，無論如何總不能不說是一件僥倖的事，但僥倖雖使我不安於心，而懸揣人間暫時還有讀者，則究竟也仍然是高興的。

所以我竟將我的短篇小說結集起來，而且付印了，又因為上面所說的緣由，便稱之爲《吶喊》。

一九二二年十二月三日，魯迅記於北京。

1 本篇曾發表於一九二三年八月二十一日北京《晨報・文學旬刊》。

2 平地木　即紫金牛，常綠小灌木，根皮可入藥。

3 到N進K學堂　N指南京，K學堂指江南水師學堂。作者於一八九八年至南京江南水師學堂肄業，次年改入江南陸師學堂附設的礦務鐵路學堂，一九〇二年初畢業後，由清政府派赴日本留學。

4 伊　女性第三人稱代名詞。當時還未使用「她」字。

5 學洋務　清朝末年李鴻章、張之洞等人推行「自強求富」的「洋務運動」，他們鼓吹「中學為體，西學為用」，一方面維護封建制度，宣揚倫理道德，另一方面又在帝國主義支持、控制下舉辦一些軍事工業和其他工礦企業，並設立教授相關知識的學堂。這裡說的「學洋務」，是指在這類學堂裡學習西方資本主義國家的科學知識和軍事技術。

6 格致　格物致知的簡稱，《禮記・大學》有「致知在格物，物格而後知至」的話。格是推究的意思。清末曾用「格致」統稱物理、化學等學科。

7 《全體新論》　關於生理學的書，英國合信著，清末譯成中文，一八五一年出版，廣東金利埠惠愛醫局石印。《化學衛生論》，關於營養學的書，英國真司騰著，清末譯成中文，一八七九年出版，上海廣學會刻本。

8 日本維新　指發生於日本明治年間（1868-1912）的維新運動。在此以前，日本一部分學者，曾大量輸入和講授西方醫學，宣傳西方科學技術，積極主張革新，對日本維新運動的興起，曾起過一定的影響。

9 醫學專門學校　指日本仙台醫學專門學校。作者於一九〇四年至一九〇六年曾在這裡學習醫學。

10 日俄戰爭　指一九〇四年二月至一九〇五年九月，日本帝國主義同沙皇俄國之間為爭奪在我國東北地區和朝鮮的侵略權益而進行的一次帝國主義戰爭。

11　指許壽裳、袁文藪、周作人等。袁文藪隨後轉往英國留學，只剩魯迅、許壽裳、周作人三人。

12　S 會館　指設在北京宣武門外南半截胡同的紹興會館。原為山陰、會稽兩縣的會館，稱山會邑館：一九一二年山陰、會稽合併為紹興縣，改稱紹興會館。作者於一九一二年五月至一九一九年十一月曾在這裡居住。

13　鈔古碑　作者寓居紹興會館時，在教育部任職，常於公餘搜集、研究中國古代的造像和墓誌等金石拓本，後來輯有《六朝造像目錄》和《六朝墓名目錄》兩種（後者未完成）。

14　金心異　指錢玄同。一九〇八年他在日本東京和作者同聽章太炎講文字學。「五四」時期參加新文化運動，曾是《新青年》編者之一。一九一九年三月，復古派文人林紓在上海《新申報》上發表題名《荊生》的小說，攻擊新文化運動。小說中有一個人物名「金心異」，即影射錢玄同。

15　《新青年》　「五四」時期倡導新文化運動、傳播馬克思主義的重要刊物。

狂人日記[1]

某君昆仲，今隱其名，皆余昔日在中學校時良友；分隔多年，消息漸闕。日前偶聞其一大病；適歸故鄉，迂道往訪，則僅晤一人，言病者其弟也。勞君遠道來視，然已早癒，赴某地候補[2]矣。因大笑，出示日記二冊，謂可見當日病狀，不妨獻諸舊友。持歸閱一過，知所患蓋「迫害狂」之類。語頗錯雜無倫次，又多荒唐之言；亦不著月日，惟墨色字體不一，知非一時所書。間亦有略具聯絡者，今撮錄一篇，以供醫家研究。記中語誤，一字不易；惟人名雖皆村人，不爲世間所知，無關大體，然亦悉易去。至於書名，則本人癒後所題，不復改也。七年四月二日識。

一

今天晚上，很好的月光。

我不見他，已是三十多年；今天見了，精神分外爽快。才知道以前的三十多年，全是發昏；然而須十分小心。不然，那趙家的狗，何以看我兩眼呢？

我怕得有理。

二

今天全沒月光，我知道不妙。早上小心出門，趙貴翁的眼色便怪：似乎怕我，似乎想害我。還有七八個人，交頭接耳的議論我，又怕我看見。一路上的人，都是如此。其中最凶的一個人，張著嘴，對我笑了一笑；我便從頭直冷到腳跟，曉得他們佈置，都已妥當了。

我可不怕，仍舊走我的路。前面一夥小孩子，也在那裡議論我；眼色也同趙貴翁一樣，臉色也都鐵青。我想我同小孩子有什麼仇，他也這樣。忍不住大聲說，「你告訴我！」他們可就跑了。

我想：我同趙貴翁有什麼仇，同路上的人又有什麼仇；只有廿年以前，把古久先生的陳年流水簿子[3]，踹了一腳，古久先生很不高興。趙貴翁雖然不認識他，一定也聽到風聲，代抱不平；約定路上的人，同我作冤對。但是小孩子呢？那時候，他們還沒有出世，何以今天也睜著怪眼睛，似乎怕我，似乎想害我。這眞教我怕，教我納罕而且傷心。

我明白了。這是他們娘老子教的！

三

晚上總是睡不著。凡事須得研究，才會明白。

他們——也有給知縣打枷過的，也有給紳士掌過嘴的，也有衙役占了他妻子的，也有老子娘被債主逼死的；他們那時候的臉色，全沒有昨天這麼怕，也沒有這麼凶。

最奇怪的是昨天街上的那個女人，打他[2]兒子，嘴裡說道，「老子呀！我要咬你幾口才出氣！」他眼睛卻看著我。我出了一驚，遮掩不住；那青面獠牙的一夥人，便都哄笑起來。陳老五趕上前，硬把我拖回家中了。

拖我回家，家裡的人都裝作不認識我；他們的眼色，也全同別人一樣。進了書房，便反扣上門，宛然是關了一隻雞鴨。這一件事，越教我猜不出底細。

前幾天，狼子村的佃戶來告荒，對我大哥說，他們村裡的一個大惡人，給大家打死了；幾個人便挖出他的心肝來，用油煎炒了吃，可以壯壯膽子。我插了一句嘴，佃戶和大哥便都看我幾眼。今天才曉得他們的眼光，全同外面的那夥人一模一樣。

想起來，我從頂上直冷到腳跟。

他們會吃人，就未必不會吃我。

你看那女人「咬你幾口」的話，和一夥青面獠牙人的笑，和前天佃戶的話，明明是暗號。我看出他話中全是毒，笑中全是刀。他們的牙齒，全是白厲厲的排著，這就是吃人的傢伙。

照我自己想，雖然不是惡人，自從踹了古家的簿子，可就難說了。他們似乎別有心思，我全猜不出。況且他們一翻臉，便說人是惡人。我還記得大哥教我做論，無論怎樣好人，翻他幾句，他便打上幾個圈；原諒壞人幾句，他便說「翻天妙手，與衆不同」。我那裡猜得到他們的心思，究竟怎樣；況且是要吃的時候。

凡事總須研究，才會明白。古來時常吃人，我也還記得，可是不甚清楚。我翻開歷史一查，這歷史沒有年代，歪歪斜斜的每葉上都寫著「仁義道德」幾個字。我橫豎睡不著，仔細看了半夜，才從字縫裡看出字來，滿本都寫著兩個字是「吃人」！

書上寫著這許多字，佃戶說了這許多話，卻都笑吟吟的睜著怪眼睛看我。

我也是人，他們想要吃我了！

四

早上，我靜坐了一會。陳老五送進飯來，一碗菜，一碗蒸魚；這魚的眼睛，白而且硬，張著嘴，同那一夥想吃人的人一樣。吃了幾筷，滑溜溜的不知是魚是人，便把他兜肚連腸的吐出。

我說「老五，對大哥說，我悶得慌，想到園裡走走。」老五不答應，走了；停一會，可就來開了門。

我也不動，研究他們如何擺佈我；知道他們一定不肯放鬆。果然！我大哥引了一個老頭子，慢慢走來；他滿眼凶光，怕我看出，只是低頭向著地，從眼鏡橫邊暗暗看我。大哥說，「今天你彷彿很好。」我說「是的。」大哥說，「今天請何先生來，給你診一診。」我說「可以！」其實我豈不知道這老頭子是劊子手扮的！無非借了看脈這名目，揣一揣肥瘠：因這功勞，也分一片肉吃。我也不怕；雖然不吃人，膽子卻比他們還壯。伸出兩個拳頭，看他如何下手。老頭子坐著，閉了眼睛，摸了好一會，呆了好一會；便張開他鬼眼睛說，「不要亂想。靜靜的養幾天，就好了。」

不要亂想，靜靜的養！養肥了，他們是自然可以多吃；我有什麼好處，怎麼會「好了」？他們這群人，又想吃人，又是鬼鬼祟祟，想法子遮掩，不敢直捷下手，真要令我笑死。我忍不住，便放聲大笑起來，十分快活。自己曉得這笑聲裡面，有的是義勇和正氣。老頭子和大哥，都失了色，被我這勇氣正氣鎮壓住了。

但是我有勇氣，他們便越想吃我，沾光一點這勇氣。老頭子跨出門，走不多遠，便低聲對大哥說道，「趕緊吃罷！」大哥點點頭。原來也有你！這一件大發見，雖似意外，也在意中：合夥吃我的人，便是我的哥哥！

吃人的是我哥哥！

我是吃人的人的兄弟！

我自己被人吃了，可仍然是吃人的人的兄弟！

五

這幾天是退一步想：假使那老頭子不是劊子手扮的，眞是醫生，也仍然是吃人的人。他們的祖師李時珍做的「本草什麼」[4]上，明明寫著人肉可以煎吃；他還能說自己不吃人麼？

至於我家大哥，也毫不冤枉他。他對我講書的時候，親口說過可以「易子而食」[5]；又一回偶然議論起一個不好的人，他便說不但該殺，還當「食肉寢皮」[6]。我那時年紀還小，心跳了好半天。前天狼子村佃戶來說吃心肝的事，他也毫不奇怪，不住的點頭。可見心思是同從前一樣狠。既然可以「易子而食」，便什麼都易得，什麼人都吃得。我從前單聽他講道理，也糊塗過去；現在曉得他講道理的時候，不但唇邊還抹著人油，而且心裡滿裝著吃人的意思。

六

黑漆漆的，不知是日是夜。趙家的狗又叫起來了。

獅子似的凶心，兔子的怯弱，狐狸的狡猾，……

七

我曉得他們的方法，直捷殺了，是不肯的，而且也不敢，怕有禍祟。所以他們大家連絡，佈滿了羅網，逼我自戕。試看前幾天街上男女的樣子，和這幾天我大哥的作爲，便足可悟出八九分了。最好是解下腰帶，掛在梁上，自己緊緊勒死；他們沒有殺人的罪名，又償了心願，自然都歡天喜地的發出一種嗚嗚咽咽的笑聲。否則驚嚇憂愁死了，雖則略瘦，也還可以首肯幾下。

他們是只會吃死肉的！——記得什麼書上說，有一種東西，叫「海乙那」[7]的，眼光和樣子都很難看；時常吃死肉，連極大的骨頭，都細細嚼爛，咽下肚子去，想起來也教人害怕。「海乙那」是狼的親眷，狼是狗的本家。前天趙家的狗，看我幾眼，可見他也同謀，早已接洽。老頭子眼看著地，豈能瞞得我過。

最可憐的是我的大哥，他也是人，何以毫不害怕；而且合夥吃我呢？還是歷來慣了，不以爲非呢？還是喪了良心，明知故犯呢？

我詛咒吃人的人，先從他起頭；要勸轉吃人的人，也先從他下手。

八

其實這種道理，到了現在，他們也該早已懂得，……

忽然來了一個人；年紀不過二十左右，相貌是不很看得清楚，滿面笑容，對了我點頭，他的笑也不像眞笑。我便問他，「吃人的事，對麼？」他仍然笑著說，「不是荒年，怎麼會吃人。」我立刻就曉得，他也是一夥，喜歡吃人的；便自勇氣百倍，偏要問他。

「對麼？」

「這等事問他什麼。你眞會……說笑話。……今天天氣很好。」

天氣是好，月色也很亮了。可是我要問你，「對麼？」

他不以爲然了。含含糊糊的答道，「不……」

「不對？他們何以竟吃？!」

「沒有的事……」

「沒有的事？狼子村現吃；還有書上都寫著，通紅斬新！」

他便變了臉，鐵一般青。睜著眼說，「有許有的，這是從來如此……」

「從來如此，便對麼？」

「我不同你講這些道理；總之你不該說，你說便是你錯！」

我直跳起來，張開眼，這人便不見了。全身出了一大片汗。他的年紀，比我大哥小得遠，居然也是一夥；這一定是他娘老子先教的。還怕已經教給他兒子了；所以連小孩子，也都惡狠狠的看我。

九

自己想吃人，又怕被別人吃了，都用著疑心極深的眼光，面面相覷。……

去了這心思，放心做事走路吃飯睡覺，何等舒服。這只是一條門檻，一個關頭。他們可是父子兄弟夫婦朋友師生仇敵和各不相識的人，都結成一夥，互相勸勉，互相牽掣，死也不肯跨過這一步。

十

大清早，去尋我大哥；他立在堂門外看天，我便走到他背後，攔住門，格外沉靜，格外和氣的對他說，

「大哥，我有話告訴你。」

「你說就是，」他趕緊回過臉來，點點頭。

「我只有幾句活，可是說不出來，大哥，大約當初野蠻的人，都吃過一點人。後來因爲心思不同，有的不吃人了，一味要好，便變了人，變了眞的人。有的卻還吃，——也同蟲子一樣，有的變了魚鳥猴子，一直變到人。有的不要好，至今還是蟲子。這吃人的人比不吃人的人，何等慚愧。怕比蟲子的慚愧猴子，還差得很遠很遠。

「易牙[8]蒸了他兒子，給桀紂吃，還是一直從前的事。誰曉得從盤古開闢天地以後，一直吃到易牙的兒子；從易牙的兒子，一直吃到徐錫林[9]；從徐錫林，又一直吃到狼子村捉住的人。去年城裡殺了犯人，還有一個生癆病的人，用饅頭蘸血舐。

「他們要吃我，你一個人，原也無法可想；然而又何必去入夥。吃人的人，什麼事做不出；他們會吃我，也會吃你，一夥裡面，也會自吃。但只要轉一步，只要立刻改了，也就人人太平。雖然從來如此，我們今天也可以格外要好，說是不能！大哥，我相信你能說，前天佃戶要減租，你說過不能。」

當初，他還只是冷笑，隨後眼光便兇狠起來，一到說破他們的隱情，那就滿臉都變成青色了。大門外立著一夥人，趙貴

翁和他的狗，也在裡面，都探頭探腦的挨進來。有的是看不出面貌，似乎用布蒙著；有的是仍舊青面獠牙，抿著嘴笑。我認識他們是一夥，都是吃人的人。可是也曉得他們心思很不一樣，一種是以爲從來如此，應該吃的；一種是知道不該吃，可是仍然要吃，又怕別人說破他，所以聽了我的話，越發氣憤不過，可是抿著嘴冷笑。

這時候，大哥也忽然顯出凶相，高聲喝道。

「都出去！瘋子有什麼好看！」

這時候，我又懂得一件他們的巧妙了。他們豈但不肯改，而且早已佈置；預備下一個瘋子的名目罩上我。將來吃了，不但太平無事，怕還會有人見情。佃戶說的大家吃了一個惡人，正是這方法。這是他們的老譜！

陳老五也氣憤憤的直走進來。如何按得住我的口。我偏要對這夥人說，

「你們可以改了，從眞心改起！要曉得將來容不得吃人的人，活在世上。」

「你們要不改，自己也會吃盡。即使生得多，也會給眞的人除滅了，同獵人打完狼子一樣！——同蟲子一樣！」

那一夥人，都被陳老五趕走了。大哥也不知那裡去了。陳老五勸我回屋子裡去。屋裡面全是黑沉沉的。橫樑和椽子都在頭上發抖；抖了一會，就大起來，堆在我身上。

萬分沈重，動彈不得；他的意思是要我死。我曉得他的沉重是假的，便掙扎出來，出了一身汗。可是偏要說，

「你們立刻改了，從眞心改起！你們要曉得將來是容不得吃人的人，……」

十一

太陽也不出，門也不開，日日是兩頓飯。

我捏起筷子，便想起我大哥；曉得妹子死掉的緣故，也全在他。那時我妹子才五歲，可愛可憐的樣子，還在眼前。母親哭個不住，他卻勸母親不要哭；大約因爲自己吃了，哭起來不免有點過意不去。如果還能過意不去，……

妹子是被大哥吃了，母親知道沒有，我可不得而知。

母親想也知道；不過哭的時候，卻並沒有說明，大約也以爲應當的了。記得我四五歲時，坐在堂前乘涼，大哥說爺娘生病，做兒子的須割下一片肉來，煮熟了請他吃[10]，才算好人；母親也沒有說不行。一片吃得，整個的自然也吃得。但是那天的哭法，現在想起來，實在還教人傷心，這眞是奇極的事！

十二

不能想了。

四千年來時時吃人的地方，今天才明白，我也在其中混了多年；大哥正管著家務，妹子恰恰死了，他未必不和在飯菜裡，暗暗給我們吃。

我未必無意之中，不吃了我妹子的幾片肉，現在也輪到我自己，……

有了四千年吃人履歷的我，當初雖然不知道，現在明白，難見眞的人！

十三

沒有吃過人的孩子，或者還有？

救救孩子……

一九一八年四月

1 本篇最初發表於一九一八年五月《新青年》第四卷第五號。作者首次採用了「魯迅」這一筆名。它是我國現代文學史上第一篇猛烈抨擊「吃人」的封建禮教的小說。作者除在本書〈自序〉中提及它產生的緣由外，又在〈《中國新文學大系》小說二集序〉（《且介亭雜文二集》）中指出它「意在暴露家族制度和禮教的弊害」，可以參看。

2 候補　清代官制，只有官銜而沒有實際職務的中下級官員，由吏部抽籤分發到某部或某省，聽後委用，稱為候補。

3 古久先生的陳年流水簿子　這裡比喻我國封建主義統治的長久歷史。

4 「本草什麼」　指明代李時珍的藥物學著作《本草綱目》。該書曾經提到唐代陳藏器《本草拾遺》中以人肉醫治癆病的記載，並表示了異議。這裡說李時珍的書「明明寫著人肉可以煎吃」，當是「狂人」的「記中語誤」。

5 「易子而食」　語見《左傳》宣公十五年，是宋將華元對楚將子反敘說宋國都城被楚軍圍困時的慘狀：「敝邑易子而食，析骸而爨。」

6 「食肉寢皮」　語出《左傳》襄公二十一年，晉國州綽對齊莊公說：「然二子者，譬於禽獸，臣食其肉而寢處其皮矣。」按「二子」指齊國的殖綽和郭最，他們曾被州綽俘虜過。

7 「海乙那」　英語 Hyena 的音譯，即鬣狗（又名土狼），一種食肉獸，常跟在獅虎等猛獸之後，以牠們吃剩的獸類的殘屍為食。

8 易牙　春秋時齊國人，善於調味。據《管子．小稱》：「夫易牙以調和事公（按指齊桓公），公曰『惟蒸嬰兒之未嘗』，於是蒸其首子而獻之公。」桀、紂各為我國夏朝和商朝的最後一代君主，易牙和他們不是同時代人。這裡說的「易牙蒸了他兒子，給桀紂吃」，也是「狂人」「語頗錯雜無倫次」的表現。

9　徐錫林　隱指徐錫麟（1873-1907），字伯蓀，浙江紹興人，清末革命團體光復會的重要成員。一九〇七年與秋瑾準備在浙、皖兩省同時起義，七月六日，他以安徽巡警處會辦兼巡警學堂監督身分為掩護，乘學堂舉行畢業典禮之機刺死安徽巡撫恩銘，率領學生攻占軍械局，彈盡被補，當日慘遭殺害，心肝被恩銘的衛隊挖出炒食。

10　指「割股療親」，割取自己的股肉煎藥，以醫治父母的重病。《宋史．選舉志一》：「上以孝取人，則勇者割股，怯者廬墓。」

藥[1]

一

秋天的後半夜，月亮下去了，太陽還沒有出，只剩下一片烏藍的天；除了夜遊的東西，什麼都睡著。華老栓忽然坐起身，擦著火柴，點上遍身油膩的燈盞，茶館的兩間屋子裡，便彌滿了青白的光。

「小栓的爹，你就去麼？」是一個老女人的聲音。裡邊的小屋子裡，也發出一陣咳嗽。

「唔。」老栓一面聽，一面應，一面扣上衣服；伸手過去說，「你給我罷。」

華大媽在枕頭底下掏了半天，掏出一包洋錢[2]，交給老栓，老栓接了，抖抖的裝人衣袋，又在外面按了兩下；便點上燈籠，吹熄燈盞，走向裡屋子去了。那屋子裡面，正在窸窸窣窣的響，接著便是一通咳嗽。老栓候他平靜下去，才低低的叫道，「小栓……你不要起來。……店麼？你娘會安排的。」

老栓聽得兒子不再說話，料他安心睡了；便出了門，走到街上。街上黑沉沉的一無所有，只有一條灰白的路，看得分明。燈光照著他的兩腳，一前一後的走。有時也遇到幾隻狗，可是一隻也沒有叫。天氣比屋子裡冷得多了；老栓倒覺爽快，彷彿一旦變了少年，得了神通，有給人生命的本領似的，跨步格外高遠。而且路也愈走愈分明，天也愈走愈亮了。

老栓正在專心走路，忽然吃了一驚，遠遠裡看見一條丁字街，明明白白橫著。他便退了幾步，尋到一家關著門的鋪子，蹩進簷下，靠門立住了。好一會，身上覺得有些發冷。

「哼，老頭子。」

「倒高興……。」

老栓又吃一驚，睜眼看時，幾個人從他面前過去了。一個還回頭看他，樣子不甚分明，但很像久餓的人見了食物一般，眼裡閃出一種攫取的光。老栓看看燈籠，已經熄了。按一按衣袋，硬硬的還在。仰起頭兩面一望，只見許多古怪的人，三三兩兩，鬼似的在那裡徘徊；定睛再看，卻也看不出什麼別的奇怪。

沒有多久，又見幾個兵，在那邊走動；衣服前後的一個大白圓圈，遠地裡也看得清楚，走過面前的，並且看出號衣[3]上暗紅色的鑲邊。——一陣腳步聲響，一眨眼，已經擁過了一大簇人。那三三兩兩的人，也忽然合作一堆，潮一般向前趕；將到丁字街口，便突然立住，簇成一個半圓。

老栓也向那邊看，卻只見一堆人的後背；頸項都伸得很長，彷彿許多鴨，被無形的手捏住了的，向上提著。靜了一會，似乎有點聲音，便又動搖起來，轟的一聲，都向後退；一直散到老栓立著的地方，幾乎將他擠倒了。

「喂！一手交錢，一手交貨！」一個渾身黑色的人，站在老栓面前，眼光正像兩把刀，刺得老栓縮小了一半。那人一隻大手。向他攤著；一隻手卻撮著一個鮮紅的饅頭[4]，那紅的還是一點一點的往下滴。

老栓慌忙摸出洋錢，抖抖的想交給他，卻又不敢去接他的東西。那人便焦急起來，嚷道，「怕什麼？怎的不拿！」老栓還躊躇著；黑的人便搶過燈籠，一把扯下紙罩，裹了饅頭，塞與老栓；一手抓過洋錢，捏一捏，轉身去了。嘴裡哼著說，「這老東西……。」

「這給誰治病的呀？」老栓也似乎聽得有人問他，但他並不答應；他的精神，現在只在一個包上，彷彿抱著一個十世單傳的嬰兒，別的事情，都已置之度外了。他現在要將這包裡的新的生命，移植到他家裡，收穫許多幸福。太陽也出來了；在他面前，顯出一條大道，直到他家中，後面也照見丁字街頭破匾上「古囗亭口」這四個黯淡的金字。

二

老栓走到家，店面早經收拾乾淨，一排一排的茶桌，滑溜溜的發光。但是沒有客人；只有小栓坐在裡排的桌前吃飯，大粒的汗，從額上滾下，夾襖也帖住了脊心，兩塊肩胛骨高高凸出，印成一個陽文的「八」字。老栓見這樣子，不免皺一皺展開的眉心。他的女人，從灶下急急走出，睜著眼睛，嘴唇有些發抖。

「得了麼？」

「得了。」

兩個人一齊走進灶下，商量了一會；華大媽便出去了，不多時，拿著一片老荷葉回來，攤在桌上。老栓也打開燈籠罩，用荷葉重新包了那紅的饅頭。小栓也吃完飯，他的母親慌忙說：

「小栓——你坐著，不要到這裡來。」

一面整頓了灶火，老栓便把一個碧綠的包，一個紅紅白白的破燈籠，一同塞在灶裡；一陣紅黑的火焰過去時，店屋裡散滿了一種奇怪的香味。

「好香！你們吃什麼點心呀？」這是駝背五少爺到了。這人每天總在茶館裡過日，來得最早，去得最遲，此時恰恰蹩到臨街的壁角的桌邊，便坐下問話・然而沒有人答應他。「炒米粥麼？」仍然沒有人應。老栓匆匆走出，給他泡上茶。

「小栓進來罷！」華大媽叫小栓進了裡面的屋子，中間放好一條凳，小栓坐了。他的母親端過一碟烏黑的圓東西，輕輕說：

「吃下去罷，——病便好了。」

小栓撮起這黑東西，看了一會，似乎拿著自己的性命一般，心裡說不出的奇怪。十分小心的拗開了，焦皮裡面竄出一道白氣，白氣散了，是兩半個白麵的饅頭。——不多工夫，已經全在肚裡了，卻全忘了什麼味；面前只剩下一張空盤。他的旁邊，一面立著他的父親，一面立著他的母親，兩人的眼光，都彷彿要在他身裡注進什麼又要取出什麼似的；便禁不住心跳起來，按著胸膛，又是一陣咳嗽。

「睡一會罷，——便好了。」

小栓依他母親的話，咳著睡了。華大媽候他喘氣平靜。才輕輕的給他蓋上了滿幅補釘的夾被。

三

店裡坐著許多人，老栓也忙了，提著大銅壺，一趟一趟的給客人沖茶；兩個眼眶，都圍著一圈黑線。

「老栓，你有些不舒服麼？——你生病麼？」一個花白鬍子的人說。

「沒有。」

「沒有？——我想笑嘻嘻的，原也不像……」花白鬍子便取消了自己的話。

「老栓只是忙。要是他的兒子……」駝背五少爺話還未完，突然闖進了一個滿臉橫肉的人，披一件玄色布衫，散著紐扣，用很寬的玄色腰帶，胡亂捆在腰間。剛進門，便對老栓嚷道：

「吃了麼？好了麼？老栓，就是運氣了你！你運氣，要不是我信息靈……。」

老栓一手提了茶壺，一手恭恭敬敬的垂著；笑嘻嘻的聽。滿座的人，也都恭恭敬敬的聽。華大媽也黑著眼眶，笑嘻嘻的送出茶碗茶葉來，加上一個橄欖，老栓便去沖了水。

「這是包好！這是與衆不同的。你想，趁熱的拿來，趁熱吃下。」橫肉的人只是嚷。

「眞的呢，要沒有康大叔照顧，怎麼會這樣……」華大媽也很感激的謝他。

「包好，包好！這樣的趁熱吃下。這樣的人血饅頭，什麼癆病都包好！」

華大媽聽到「癆病」這兩個字，變了一點臉色，似乎有些不高興；但又立刻堆上笑，搭訕著走開了。這康大叔卻沒有覺察，仍然提高了喉嚨只是嚷，嚷得裡面睡著的小栓也合夥咳嗽起來。

「原來你家小栓碰到了這樣的好運氣了。這病自然一定全好；怪不得老栓整天的笑著呢。」花白鬍子一面說，一面走到康大叔面前，低聲下氣的問道，「康大叔——聽說今天結果的一個犯人，便是夏家的孩子，那是誰的孩子，究竟是什麼事？」

「誰的？不就是夏四奶奶的兒子麼？那個小傢伙！」康大叔見衆人都聳起耳朵聽他，便格外高興，橫肉塊塊飽綻，越發大聲說，「這小東西不要命，不要就是了。我可是這一回一點沒有得到好處；連剝下來的衣服，都給管牢的紅眼睛阿義拿去了。——第一要算我們栓叔運氣；第二是夏三爺賞了二十五兩雪白的銀子，獨自落腰包，一文不花。」

小栓慢慢的從小屋子走出，兩手按了胸口，不住的咳嗽；走到灶下，盛出一碗冷飯，泡上熱水，坐下便吃。華大媽跟著他走，輕輕的問道，「小栓，你好些麼？——你仍舊只是肚餓？……」

「包好，包好！」康大叔瞥了小栓一眼，仍然回過臉，對衆人說，「夏三爺眞是乖角兒，要是他不先告官，連他滿門抄斬。現在怎樣？銀子！——這小東西也眞不成東西！關在牢裡，還要勸牢頭造反。」

「阿呀，那還了得。」坐在後排的一個二十多歲的人，很現出氣憤模樣。

「你要曉得紅眼睛阿義是去盤盤底細的，他卻和他攀談了。他說：這大清的天下是我們大家的。你想：這是人話麼？紅眼睛原知道他家裡只有一個老娘，可是沒有料到他竟會那麼窮，榨不出一點油水，已經氣破肚皮了。他還要老虎頭上搔癢，便給他兩個嘴巴！」

「義哥是一手好拳棒，這兩下，一定夠他受用了。」壁角的駝背忽然高興起來。

「他這賤骨頭打不怕，還要說可憐可憐哩。」

花白鬍子的人說，「打了這種東西，有什麼可憐呢？」

康大叔顯出看他不上的樣子，冷笑著說，「你沒有聽清我的話；看他神氣，是說阿義可憐哩！」

聽著的人的眼光，忽然有些板滯；話也停頓了。小栓已經吃完飯，吃得滿身流汗，頭上都冒出蒸氣來。

「阿義可憐——瘋話，簡直是發了瘋了。」花白鬍子恍然大悟似的說。

「發了瘋了。」二十多歲的人也恍然大悟的說。

店裡的坐客，便又現出活氣，談笑起來。小栓也趁著熱鬧，拚命咳嗽；康大叔走上前，拍他肩膀說：

「包好！小栓——你不要這麼咳。包好！」

「瘋了。」駝背五少爺點著頭說。

四

西關外靠著城根的地面，本是一塊官地；中間歪歪斜斜一條細路，是貪走便道的人，用鞋底造成的，但卻成了自然的界限。路的左邊，都埋著死刑和瘐斃的人，右邊是窮人的叢塚。兩面都已埋到層層疊疊，宛然闊人家裡祝壽時候的饅頭。

這一年的清明，分外寒冷；楊柳才吐出半粒米大的新芽。天明未久，華大媽已在右邊的一坐新墳前面，排出四碟菜，一碗飯，哭了一場。化過紙[5]，呆呆的坐在地上；彷彿等候什麼似的，但自己也說不出等候什麼。微風起來，吹動他短髮，確乎比去年白得多了。

小路上又來了一個女人，也是半白頭髮，襤褸的衣裙；提一個破舊的朱漆圓籃，外掛一串紙錠，三步一歇的走。忽然見華大媽坐在地上看他，便有些躊躇，慘白的臉上，現出些羞愧的顏色；但終於硬著頭皮，走到左邊的一坐墳前，放下了籃子。

那墳與小栓的墳，一字兒排著，中間只隔一條小路。華大媽看他排好四碟菜，一碗飯，立著哭了一通，化過紙錠；心裡暗暗地想，「這墳裡的也是兒子了。」那老女人徘徊觀望了一回，忽然手腳有些發抖，蹌蹌踉踉退下幾步，瞪著眼只是發怔。

華大媽見這樣子，生怕他傷心到快要發狂了；便忍不住立起身，跨過小路，低聲對他說，「你這位老奶奶不要傷心了，——我們還是回去罷。」

那人點一點頭，眼睛仍然向上瞪著；也低聲吃吃的說道，「你看，——看這是什麼呢？」

華大媽跟了他指頭看去，眼光便到了前面的墳。這墳上草根還沒有全合，露出一塊一塊的黃土，煞是難看。再往上仔細看時，卻不覺也吃一驚；——分明有一圈紅白的花，圍著那尖圓的墳頂。

他們的眼睛都已老花多年了，但望這紅白的花，卻還能明白看見。花也不很多，圓圓的排成一個圈，不很精神，倒也整齊。華大媽忙看他兒子和別人的墳，卻只有不怕冷的幾點青白小花，零星開著；便覺得心裡忽然感到一種不足和空虛，不願意根究。那老女人又走近幾步，細看了一遍，自言自語的說，「這沒有根，不像自己開的。——這地方有誰來呢？孩子不會來玩；——親戚本家早不來了。——這是怎麼一回事呢？」他想了又想，忽又流下淚來，大聲說道：

「瑜兒，他們都冤枉了你，你還是忘不了，傷心不過，今天特意顯點靈，要我知道麼？」他四面一看，只見一隻烏鴉，站在一株沒有葉的樹上，便接著說，「我知道了。——瑜兒，可憐他們坑了你，他們將來總有報應，天都知道；你閉了眼睛就是了。——你如果眞在這裡，聽到我的話，——便教這烏鴉飛上你的墳頂，給我看罷。」

微風早經停息了；枯草支支直立，有如銅絲。一絲發抖的聲音，在空氣中愈顫愈細，細到沒有，周圍便都是死一般靜。兩人站在枯草叢裡，仰面看那烏鴉；那烏鴉也在筆直的樹枝間，縮著頭，鐵鑄一般站著。

許多的工夫過去了；上墳的人漸漸增多，幾個老的小的，在土墳間出沒。

華大媽不知怎的，似乎卸下了一挑重擔，便想到要走；一面勸著說，「我們還是回去罷。」

那老女人歎一口氣，無精打采的收起飯菜；又遲疑了一刻，終於慢慢地走了。嘴裡自言自語的說，「這是怎麼一回事呢？……」

他們走不上二三十步遠，忽聽得背後「啞——」的一聲大叫；兩個人都竦然的回過頭，只見那烏鴉張開兩翅，一挫身，直向著遠處的天空，箭也似的飛去了。

一九一九年四月

1　本篇最初發表於一九一九年五月《新青年》第六卷第五號。
按篇中人物夏瑜隱喻清末女革命黨人秋瑾。秋瑾在徐錫麟被害後不久，也於一九〇七年七月十五日遭清政府殺害，就義的地點在紹興城內的軒亭口，街旁有一牌樓，匾上題有「古軒亭口」四字。

2　洋錢　指銀元。銀元最初是從外國流入我國的，所以俗稱洋錢；我國自清代後期開始自鑄銀元，但民間仍沿用這個舊稱。

3　號衣　指清朝士兵的軍衣，前後胸都綴有一塊圓形白布，上有「兵」或「勇」字樣。

4　鮮紅的饅頭　即沾有人血的饅頭。舊時迷信，以為人血可以醫治肺癆，劊子手便藉此騙取錢財。

5　化過紙　紙指紙錢，一種迷信用品，舊俗認為把它火化後可供死者在「陰間」使用。下文說的紙錠，是用紙或錫箔折成的元寶。

一件小事[1]

我從鄉下跑到京城裡，一轉眼已經六年了。其間耳聞目睹的所謂國家大事，算起來也很不少；但在我心裡，都不留什麼痕跡，倘要我尋出這些事的影響來說，便只是增長了我的壞脾氣，——老實說，便是教我一天比一天的看不起人。

但有一件小事，卻於我有意義，將我從壞脾氣裡拖開，使我至今忘記不得。

這是民國六年的冬天，大北風刮得正猛，我因為生計關係，不得不一早在路上走。一路幾乎遇不見人，好容易才雇定了一輛人力車，教他拉到S門去。不一會，北風小了，路上浮塵早已刮淨，剩下一條潔白的大道來，車夫也跑得更快。剛近S門，忽而車把上帶著一個人，慢慢地倒了。

跌倒的是一個女人，花白頭髮，衣服都很破爛。伊從馬路邊上突然向車前橫截過來；車夫已經讓開道，但伊的破棉背心沒有上扣，微風吹著，向外展開，所以終於兜著車把。幸而車夫早有點停步，否則伊定要栽一個大筋斗，跌到頭破血出了。

伊伏在地上；車夫便也立住腳。我料定這老女人並沒有傷，又沒有別人看見，便很怪他多事，要自己惹出是非，也誤了我的路。

我便對他說，「沒有什麼的。走你的罷！」

車夫毫不理會，——或者並沒有聽到，——卻放下車子，扶那老女人慢慢起來，攙著臂膊立定，問伊說：

「你怎麼啦？」

「我摔壞了。」

我想，我眼見你慢慢倒地，怎麼會摔壞呢，裝腔作勢罷了，這眞可憎惡。車夫多事，也正是自討苦吃，現在你自己想法去。

車夫聽了這老女人的話，卻毫不躊躇，仍然攙著伊的臂膊，便一步一步的向前走。我有些詫異，忙看前面，是一所巡警分駐所，大風之後，外面也不見人。這車夫扶著那老女人，便正是向那大門走去。

我這時突然感到一種異樣的感覺，覺得他滿身灰塵的後影，剎時高大了，而且愈走愈大，須仰視才見。而且他對於我，漸漸的又幾乎變成一種威壓，甚而至於要榨出皮袍下面藏著的「小」來。

我的活力這時大約有些凝滯了，坐著沒有動，也沒有想，直到看見分駐所裡走出一個巡警，才下了車。

巡警走近我說，「你自己雇車罷，他不能拉你了。」

我沒有思索的從外套袋裡抓出一大把銅元，交給巡警，說，「請你給他……」

風全住了，路上還很靜。我走著，一面想，幾乎怕敢想到我自己。以前的事姑且擱起，這一大把銅元又是什麼意思？獎他麼？我還能裁判車夫麼？我不能回答自己。

這事到了現在，還是時時記起。我因此也時時熬了苦痛，努力的要想到我自己。幾年來的文治武力，在我早如幼小時候所讀過的「子曰詩云」一般，背不上半句了。獨有這一件小事，卻總是浮在我眼前，有時反更分明，教我慚愧，催我自新，並且增長我的勇氣和希望。

一九二〇年七月[2]

1 本篇最初發表於一九一九年十二月一日北京《晨報・周年紀念增刊》。

2 據報刊發表的年月及《魯迅日記》，本篇寫作時間當在一九一九年十一月。

故鄉[1]

我冒了嚴寒，回到相隔二千餘里，別了二十餘年的故鄉去。

時候既然是深冬；漸近故鄉時，天氣又陰晦了，冷風吹進船艙中，嗚嗚的響，從篷隙向外一望，蒼黃的天底下，遠近橫著幾個蕭索的荒村，沒有一些活氣。我的心禁不住悲涼起來了。

阿！這不是我二十年來時時記得的故鄉？

我所記得的故鄉全不如此。我的故鄉好得多了。但要我記起他的美麗，說出他的佳處來，卻又沒有影像，沒有言辭了。彷彿也就如此。於是我自己解釋說：故鄉本也如此，——雖然沒有進步，也未必有如我所感的悲涼，這只是我自己心情的改變罷了，因爲我這次回鄉，本沒有什麼好心緒。

我這次是專爲了別他而來的。我們多年聚族而居的老屋，已經公同賣給別姓了，交屋的期限，只在本年，所以必須趕在正月初一以前。永別了熟識的老屋，而且遠離了熟識的故鄉，搬家到我在謀食的異地去。

第二日清早晨我到了我家的門口了。瓦楞上許多枯草的斷莖當風抖著，正在說明這老屋難免易主的原因。幾房的本家大約已經搬走了，所以很寂靜。我到了自家的房外，我的母親早已迎著出來了，接著便飛出了八歲的侄兒宏兒。

我的母親很高興，但也藏著許多淒涼的神情，教我坐下，歇息，喝茶，且不談搬家的事。宏兒沒有見過我，遠遠的對面站著只是看。

但我們終於談到搬家的事。我說外間的寓所已經租定了，又買了幾件家具，此外須將家裡所有的木器賣去，再去增添。母親也說好，而且行李也略已齊集，木器不便搬運的，也小半賣去了，只是收不起錢來。

「你休息一兩天，去拜望親戚本家一回，我們便可以走了。」母親說。

「是的。」

「還有閏土，他每到我家來時，總問起你，很想見你一回面。我已經將你到家的大約日期通知他，他也許就要來了。」

這時候，我的腦裡忽然閃出一幅神異的圖畫來：深藍的天空中掛著一輪金黃的圓月，下面是海邊的沙地，都種著一望無際的碧綠的西瓜，其間有一個十一二歲的少年，項帶銀圈，手捏一柄鋼叉，向一匹猹[2]盡力的刺去，那猹卻將身一扭，反從他的胯下逃走了。

這少年便是閏土。我認識他時，也不過十多歲，離現在將有三十年了；那時我的父親還在世，家景也好，我正是一個少爺。那一年，我家是一件大祭祀的值年[3]。這祭祀，說是三十多年才能輪到一回，所以很鄭重；正月裡供祖像，供品很多，祭器很講究，拜的人也很多，祭器也很要防偷去。我家只有一個忙月（我們這裡給人做工的分三種：整年給一定人家做工的叫長年；按日給人做工的叫短工；自己也種地，只在過年過節以及收租時候來給一定的人家做工的稱忙月），忙不過來，他便對父親說，可以叫他的兒子閏土來管祭器的。

我的父親允許了；我也很高興，因爲我早聽到閏土這名字，而且知道他和我彷彿年紀，閏月生的，五行缺土[4]，所以他的父親叫他閏土。他是能裝弶捉小鳥雀的。

我於是日日盼望新年，新年到，閏土也就到了。好容易到了年末，有一日，母親告訴我，閏土來了，我便飛跑的去看。他正在廚房裡，紫色的圓臉，頭戴一頂小氈帽，頸上套一個明晃晃的銀項圈，這可見他的父親十分愛他，怕他死去，所以在神佛面前許下願心，用圈子將他套住了。他見人很怕羞，只是不怕我，沒有旁人的時候，便和我說話，於是不到半日，我們便熟識了。

我們那時候不知道談些什麼，只記得閏土很高興，說是上城之後，見了許多沒有見過的東西。

第二日，我便要他捕鳥。他說：

「這不能。須大雪下了才好。我們沙地上，下了雪，我掃出一塊空地來，用短棒支起一個大竹匾，撒下秕穀，看鳥雀來吃時，我遠遠地將縛在棒上的繩子只一拉，那鳥雀就罩在竹匾下了。什麼都有：稻雞，角雞，鵓鴣，藍背……」

我於是又很盼望下雪。

閏土又對我說：

「現在太冷，你夏天到我們這裡來。我們日裡到海邊檢貝殼去，紅的綠的都有，鬼見怕也有，觀音手[5]也有。晚上我和爹管西瓜去，你也去。」

「管賊麼？」

「不是。走路的人口渴了摘一個瓜吃，我們這裡是不算偷的。要管的是獾豬，刺蝟，猹。月亮地下，你聽，啦啦的響了，猹在咬瓜了。你便捏了胡叉，輕輕地走去……」

我那時並不知道這所謂猹的是怎麼一件東西——便是現在也沒有知道——只是無端的覺得狀如小狗而很兇猛。

「他不咬人麼？」

「有胡叉呢。走到了，看見猹了，你便刺。這畜生很伶俐，倒向你奔來，反從胯下竄了。他的皮毛是油一般的滑……」

我素不知道天下有這許多新鮮事：海邊有如許五色的貝殼；西瓜有這樣危險的經歷，我先前單知道他在水果店裡出賣罷了。

「我們沙地裡，潮汛要來的時候，就有許多跳魚兒只是跳，都有青蛙似的兩個腳……」

阿！閏土的心裡有無窮無盡的希奇的事，都是我往常的朋友所不知道的。他們不知道一些事，閏土在海邊時，他們都和我一樣只看見院子裡高牆上的四角的天空。

可惜正月過去了，閏土須回家裡去，我急得大哭，他也躲到廚房裡，哭著不肯出門，但終於被他父親帶走了。他後來還託他的父親帶給我一包貝殼和幾支很好看的鳥毛，我也曾送他一兩次東西，但從此沒有再見面。

現在我的母親提起了他，我這兒時的記憶，忽而全都閃電似的蘇生過來，似乎看到了我的美麗的故鄉了。我應聲說：

「這好極！他，——怎樣？……」

「他？……他景況也很不如意……」母親說著，便向房外看，「這些人又來了。說是買木器，順手也就隨便拿走的，我得去看看。」

母親站起身，出去了。門外有幾個女人的聲音。我便招宏兒走近面前，和他閒話：問他可會寫字，可願意出門。

「我們坐火車去麼？」

「我們坐火車去。」

「船呢？」

「先坐船，……」

「哈！這模樣了！鬍子這麼長了！」一種尖利的怪聲突然大叫起來。

我吃了一嚇，趕忙抬起頭，卻見一個凸顴骨，薄嘴唇，五十歲上下的女人站在我面前，兩手搭在髀間，沒有繫裙，張著兩腳，正像一個畫圖儀器裡細腳伶仃的圓規。

我愕然了。

「不認識了麼？我還抱過你咧！」

我愈加愕然了。幸而我的母親也就進來，從旁說：

「他多年出門，統忘卻了。你該記得罷，」便向著我說，「這是斜對門的楊二嫂，……開豆腐店的。」

哦，我記得了。我孩子時候，在斜對門的豆腐店裡確乎終日坐著一個楊二嫂，人都叫伊「豆腐西施」[6]。但是擦著白粉，顴骨沒有這麼高，嘴唇也沒有這麼薄，而且終日坐著，我也從沒有見過這圓規式的姿勢。那時人說：因為伊，這豆腐店的買賣非常好。但這大約因為年齡的關係，我卻並未蒙著一毫感化，所以竟完全忘卻了。然而圓規很不平，顯出鄙夷的神色，彷彿嗤笑法國人不知道拿破崙，美國人不知道華盛頓似的，冷笑說：

「忘了？這真是貴人眼高……」

「那有這事……我……」我惶恐著，站起來說。

「那麼，我對你說。迅哥兒，你闊了，搬動又笨重，你還要什麼這些破爛木器，讓我拿去罷。我們小戶人家，用得著。」

「我並沒有闊哩。我須賣了這些，再去……」

「阿呀呀，你放了道台[7]了，還說不闊？你現在有三房姨太太；出門便是八抬的大轎，還說不闊？嚇，什麼都瞞不過我。」

我知道無話可說了，便閉了口，默默的站著。

「阿呀阿呀，眞是愈有錢，便愈是一毫不肯放鬆，愈是一毫不肯放鬆，便愈有錢……」圓規一面憤憤的回轉身，一面絮絮的說，慢慢向外走，順便將我母親的一副手套塞在褲腰裡，出去了。

此後又有近處的本家和親戚來訪問我。我一面應酬，偷空便收拾些行李，這樣的過了三四天。

一日是天氣很冷的午後，我吃過午飯，坐著喝茶，覺得外面有人進來了，便回頭去看。我看時，不由的非常出驚，慌忙站起身，迎著走去。

這來的便是閏土。雖然我一見便知道是閏土，但又不是我這記憶上的閏土了。他身材增加了一倍；先前的紫色的圓臉，已經變作灰黃，而且加上了很深的皺紋；眼睛也像他父親一樣，周圍都腫得通紅，這我知道，在海邊種地的人，終日吹著海風，大抵是這樣的。他頭上是一頂破氈帽，身上只一件極薄的棉衣，渾身瑟索著；手裡提著一個紙包和一支長煙管，那手也不是我所記得的紅活圓實的手，卻又粗又笨而且開裂，像是松樹皮了。

我這時很興奮，但不知道怎麼說才好，只是說：

「阿！閏土哥，——你來了？……」

我接著便有許多話，想要連珠一般湧出：角鷄，跳魚兒，貝殼，猹，……但又總覺得被什麼擋著似的，單在腦裡面迴旋，吐不出口外去。

他站住了，臉上現出歡喜和淒涼的神情；動著嘴唇，卻沒有作聲。他的態度終於恭敬起來了，分明的叫道：

「老爺！……」

我似乎打了一個寒噤；我就知道，我們之間已經隔了一層可悲的厚障壁了。我也說不出話。

他回過頭去說，「水生，給老爺磕頭。」便拖出躲在背後的孩子來，這正是一個廿年前的閏土，只是黃瘦些，頸子上沒有銀圈罷了。「這是第五個孩子，沒有見過世面，躲躲閃閃……」

母親和宏兒下樓來了，他們大約也聽到了聲音。

「老太太。信是早收到了。我實在喜歡的了不得，知道老爺回來……」閏土說。

「阿，你怎的這樣客氣起來。你們先前不是哥弟稱呼麼？還是照舊：迅哥兒。」母親高興的說。

「阿呀，老太太眞是……這成什麼規矩。那時是孩子，不懂事……」閏土說著，又叫水生上來打拱，那孩子卻害羞，緊緊的只貼在他背後。

「他就是水生？第五個？都是生人，怕生也難怪的；還是宏兒和他去走走。」母親說。

宏兒聽得這話，便來招水生，水生卻鬆鬆爽爽同他一路出去了。母親叫閏土坐，他遲疑了一回，終於就了坐，將長煙管靠在桌旁，遞過紙包來，說：

「冬天沒有什麼東西了。這一點乾青豆倒是自家曬在那裡的，請老爺……」

我問問他的景況。他只是搖頭。

「非常難。第六個孩子也會幫忙了，卻總是吃不夠……又不太平……什麼地方都要錢，沒有定規……收成又壞。種出東西來，挑去賣，總要捐幾回錢，折了本；不去賣，又只能爛掉……」

他只是搖頭；臉上雖然刻著許多皺紋，卻全然不動，彷彿石像一般。他大約只是覺得苦，卻又形容不出，沈默了片時，便拿起煙管來默默的吸煙了。

母親問他，知道他的家裡事務忙，明天便得回去；又沒有吃過午飯，便叫他自己到廚下炒飯吃去。

他出去了；母親和我都歎息他的景況：多子，饑荒，苛稅，兵，匪，官，紳，都苦得他像一個木偶人了。母親對我說，凡是不必搬走的東西，盡可以送他，可以聽他自己去揀擇。

下午，他揀好了幾件東西：兩條長桌，四個椅子，一副香爐和燭臺，一杆抬秤。他又要所有的草灰（我們這裡煮飯是燒稻草的，那灰，可以做沙地的肥料），待我們啓程的時候，他用船來載去。

夜間，我們又談些閑天，都是無關緊要的話；第二天早晨，他就領了水生回去了。

又過了九日，是我們啓程的日期。閏土早晨便到了，水生沒有同來，卻只帶著一個五歲的女兒管船隻。我們終日很忙碌，再沒有談天的工夫。來客也不少，有送行的，有拿東西的，有送行兼拿東西的。待到傍晚我們上船的時候，這老屋裡的所有破舊大小粗細東西，已經一掃而空了。

我們的船向前走，兩岸的青山在黃昏中，都裝成了深黛顏色，連著退向船後梢去。

宏兒和我靠著船窗，同看外面模糊的風景，他忽然問道：

「大伯！我們什麼時候回來？」

「回來？你怎麼還沒有走就想回來了。」

「可是，水生約我到他家玩去咧……」他睜著大的黑眼睛，癡癡的想。

我和母親也都有些惘然，於是又提起閏土來。母親說，那豆腐西施的楊二嫂，自從我家收拾行李以來，本是每日必到的，前天伊在灰堆裡，掏出十多個碗碟來，議論之後，便定說是閏土埋著的，他可以在運灰的時候，一齊搬回家裡去；楊二嫂發見了這件事，自己很以爲功，便拿了那狗氣殺（這是我們這裡養鷄的器具，木盤上面有著柵欄，內盛食料，鷄可以伸進頸子去啄，狗卻不能，只能看著氣死），飛也似的跑了，虧伊裝著這麼高底的小腳，竟跑得這樣快。

老屋離我愈遠了；故鄉的山水也都漸漸遠離了我，但我卻並不感到怎樣的留戀。我只覺得我四面有看不見的高牆，將我隔成孤身，使我非常氣悶；那西瓜地上的銀項圈的小英雄的影像，我本來十分清楚，現在卻忽地模糊了，又使我非常的悲哀。

母親和宏兒都睡著了。

我躺著，聽船底潺潺的水聲，知道我在走我的路。我想：我竟與閏土隔絕到這地步了，但我們的後輩還是一氣，宏兒不是正在想念水生麼。我希望他們不再像我，又大家隔膜起來……然而我又不願意他們因爲要一氣，都如我的辛苦展轉而生活，也不願意他們都如閏土的辛苦麻木而生活，也不願意都如別人的辛苦恣睢而生活。他們應該有新的生活，爲我們所未經生活過的。

我想到希望，忽然害怕起來了。閏土要香爐和燭臺的時候，我還暗地裡笑他，以爲他總是崇拜偶像，什麼時候都不忘卻。現在我所謂希望，不也是我自己手製的偶像麼？只是他的願望切近，我的願望茫遠罷了。

我在朦朧中，眼前展開一片海邊碧綠的沙地來，上面深藍的天空中掛著一輪金黃的圓月。我想：希望是本無所謂有，無所謂無的。這正如地上的路；其實地上本沒有路，走的人多了，也便成了路。

一九二一年一月

1 本篇最初發表於一九二一年五月《新青年》第九卷第一號。

2 **猹** 作者在一九二九年五月四日致舒新城的信中說：「『**猹**』字是我據鄉下人所說的聲音，生造出來的，讀如『查』，現在想起來，也許是獾罷。」

3 大祭祀的值年　封建社會中的大家族，每年都有祭祀祖先的活動，費用從族中「祭產」收入支取，由各房按年輪流主持，輪到的稱為「值年」。

4 五行缺土　舊社會所謂算「八字」的迷信說法。即用天干（甲乙丙丁戊己庚辛壬癸）和地支（子丑寅卯辰巳午未申酉戌亥）相配，還記一個人出生的年、月、日、時，各得兩字，合為「八字」；又認為它們在五行（金、木、水、火、土）中各有所屬，如甲乙寅卯屬木，丙丁巳午屬火等等，如八個字能包括五者，就是五行俱全。「五行缺土」，就是這八個字中沒有屬土的字，需用土或土作偏旁的字取名等辦法來彌補。

5 鬼見怕和觀音手，都是小貝殼的名稱。舊時浙江沿海的人把這種小貝殼用線串在一起，戴在孩子的手腕或腳踝上，認為可以「避邪」。這類名稱多是根據「避邪」的意思取的。

6 西施　春秋時越國的美女，後來用以泛稱一般美女。

7 道台　清朝官職道員的俗稱，分總管一個區域行政職務的道員和專掌某一特定職務的道員。前者是省以下、府州以上的行政長官；後者掌管一省特定事務，如督糧道、兵備道等。辛亥革命後，北洋政府也曾沿用此制，改稱道尹。

阿 Q 正傳[1]

第一章　序

我要給阿Q做正傳，已經不止一兩年了。但一面要做，一面又往回想，這足見我不是一個「立言」[2]的人，因爲從來不朽之筆，須傳不朽之人，於是人以文傳，文以人傳——究竟誰靠誰傳，漸漸的不甚了然起來，而終於歸結到傳阿Q，彷彿思想裡有鬼似的。

然而要做這一篇速朽的文章，才下筆，便感到萬分的困難了。第一是文章的名目。孔子曰，「名不正則言不順」[3]。這原是應該極注意的。傳的名目很繁多：列傳，自傳，內傳[4]，外傳，別傳，家傳，小傳……，而可惜都不合。「列傳」麼，這一篇並非和許多闊人排在「正史」[5]裡；「自傳」麼，我又並非就是阿Q。說是「外傳」，「內傳」在那裡呢？倘用「內傳」，阿Q又決不是神仙。「別傳」呢，阿Q實在未曾有大總統上諭宣付國史館立「本傳」[6]——雖說英國正史上並無「博徒列傳」，而文豪迭更司[7]也做過《博徒別傳》這一部書，但文豪則可，在我輩卻不可的。其次是「家傳」，則我既不知與阿Q是否同宗，也未曾受他子孫的拜託；或「小傳」，則阿Q又更無別的「大傳」了。總而言之，這一篇也便是「本傳」，但從我的文章著想，因爲文體卑下，是「引車賣漿者流」所用的話[8]，所以不敢僭稱，便從不入三教九流的小說家[9]所謂「閒話休題言歸正傳」這一句套話裡，取出「正傳」兩個字來，作爲名目，即使與古人所撰《書法正傳》[10]的「正傳」字面上很相混，也顧不得了。

第二，立傳的通例，開首大抵該是「某，字某，某地人也」，而我並不知道阿Q姓什麼。有一回，他似乎是姓趙，但第二日便模糊了。那是趙太爺的兒子進了秀才的時候，鑼聲鏜鏜的報到村裡來，阿Q正喝了兩碗黃酒，便手舞足蹈的說，這於他也很光采，因爲他和趙太爺原來是本家，細細的排起來他還比秀才長三輩呢。其時幾個旁聽人倒也肅然的有些起敬了。那知道第二天，地保便叫阿Q到趙太爺家裡去；太爺一見，滿臉濺朱，喝道：

「阿Q，你這渾小子！你說我是你的本家麼？」

阿Q不開口。

趙太爺愈看愈生氣了，搶進幾步說：「你敢胡說！我怎麼會有你這樣的本家？你姓趙麼？」

阿Q不開口，想往後退了；趙太爺跳過去，給了他一個嘴巴。

「你怎麼會姓趙！——你那裡配姓趙！」

阿Q並沒有抗辯他確鑿姓趙，只用手摸著左頰，和地保退出去了；外面又被地保訓斥了一番，謝了地保二百文酒錢。知道的人都說阿Q太荒唐，自己去招打；他大約未必姓趙，即使眞姓趙，有趙太爺在這裡，也不該如此胡說的。此後便再沒有人提起他的氏族來，所以我終於不知道阿Q究竟什麼姓。

第三，我又不知道阿 Q 的名字是怎麼寫的。他活著的時候，人都叫他阿 Quei，死了以後，便沒有一個人再叫阿 Quei 了，那裡還會有「著之竹帛」[11]的事。若論「著之竹帛」，這篇文章要算第一次，所以先遇著了這第一個難關。我曾經仔細想：阿Quei，阿桂還是阿貴呢？倘使他號叫月亭，或者在八月間做過生日，那一定是阿桂了；而他既沒有號——也許有號，只是沒有人知道他，——又未嘗散過生日徵文的帖子：寫作阿桂，是武斷的。又倘若他有一位老兄或令弟叫阿富，那一定是阿貴了；而他又只是一個人：寫作阿貴，也沒有佐證的。其餘音Quei的偏僻字樣，更加湊不上了。先前，我也曾問過趙太爺的兒子茂才[12]先生，誰料博雅如此公，竟也茫然，但據結論說，是因爲陳獨秀辦了《新青年》提倡洋字[13]，所以國粹淪亡，無可查考了。我的最後的手段，只有託一個同鄉去查阿Q犯事的案卷，八個月之後才有回信，說案卷裡並無與阿Quei的聲音相近的人。我雖不知道是眞沒有，還是沒有查，然而也再沒有別的方法了。生怕注音字母還未通行，只好用了「洋字」，照英國流行的拼法寫他爲阿Quei，略作阿Q。這近於盲從《新青年》，自己也很抱歉，但茂才公尚且不知，我還有什麼好辦法呢。

第四，是阿Q的籍貫了。倘他姓趙，則據現在好稱郡望的老例，可以照《郡名百家姓》[14]上的注解，說是「隴西天水人也」，但可惜這姓是不甚可靠的，因此籍貫也就有些決不定。他雖然多住未莊，然而也常常宿在別處，不能說是未莊人，即使說是「未莊人也」，也仍然有乖史法的。

我所聊以自慰的，是還有一個「阿」字非常正確，絕無附會假借的缺點，頗可以就正於通人。至於其餘，卻都非淺學所能穿鑿，只希望有「歷史癖與考據癖」的胡適之[15]先生的門人們，將來或者能夠尋出許多新端緒來，但是我這《阿Q正傳》到那時卻又怕早經消滅了。

以上可以算是序。

第二章　優勝記略

阿Q不獨是姓名籍貫有些渺茫，連他先前的「行狀」[16]也渺茫。因爲未莊的人們之於阿Q，只要他幫忙，只拿他玩笑，從來沒有留心他的「行狀」的。而阿Q自己也不說，獨有和別人口角的時候，間或瞪著眼睛道：

「我們先前——比你闊的多啦！你算是什麼東西！」

阿Q沒有家，住在未莊的土穀祠[17]裡；也沒有固定的職業，只給人家做短工，割麥便割麥，舂米便舂米，撐船便撐船。工作略長久時，他也或住在臨時主人的家裡，但一完就走了。所以，人們忙碌的時候，也還記起阿Q來，然而記起的是做工，並不是「行狀」；一閒空，連阿Q都早忘卻，更不必說「行狀」了。只是有一回，有一個老頭子頌揚說：「阿Q眞能做！」這時阿Q赤著膊，懶洋洋的瘦伶仃的正在他面前，別人也摸不著這話是眞心還是譏笑，然而阿Q很喜歡。

阿Q又很自尊，所有未莊的居民，全不在他眼睛裡，甚而至於對於兩位「文童」[18]也有以爲不値一笑的神情。夫文童者，將來恐怕要變秀才者也；趙太爺錢太爺大受居民的尊敬，除有錢之外，就因爲都是文童的爹爹，而阿Q在精神上獨不表格外的崇奉，他想：我的兒子會闊得多啦！加以進了幾回城，阿Q自然更自負，然而他又很鄙薄城裡人，譬如用三尺長三寸寬的木板做成的凳子，未莊叫「長凳」，他也叫「長凳」，城裡人卻叫「條凳」，他想：這是錯的，可笑！油煎大頭魚，未莊都加上半寸長的蔥葉，城裡卻加上切細的蔥絲，他想：這也是錯的，可笑！然而未莊人眞是不見世面的可笑的鄉下人呵，他們沒有見過城裡的煎魚！

阿Q「先前闊」，見識高，而且「眞能做」，本來幾乎是一個「完人」了，但可惜他體質上還有一些缺點。最惱人的是在他頭皮上，頗有幾處不知起於何時的癩瘡疤。這雖然也在他身上，而看阿Q的意思，倒也似乎以爲不足貴的，因爲他諱說「癩」以及一切近於「賴」的音，後來推而廣之，「光」也諱，「亮」也諱，再後來，連「燈」「燭」都諱了。一犯諱，不問有心與無心，阿Q便全疤通紅的發起怒來，估量了對手，口訥的他便罵，氣力小的他便打；然而不知怎麼一回事，總還是阿Q吃虧的時候多。於是他漸漸的變換了方針，大抵改爲怒目而視了。

誰知道阿Q採用怒目主義之後，未莊的閒人們便愈喜歡玩笑他。一見面，他們便假作吃驚的說：

「噲，亮起來了。」

阿Q照例的發了怒，他怒目而視了。

「原來有保險燈在這裡！」他們並不怕。

阿Q沒有法，只得另外想出報復的話來：

「你還不配……」這時候，又彷彿在他頭上的是一種高尚的光榮的癩頭瘡，並非平常的癩頭瘡了；但上文說過，阿Q是有見識的，他立刻知道和「犯忌」有點抵觸，便不再往底下說。

閒人還不完，只撩他，於是終而至於打。阿Q在形式上打敗了，被人揪住黃辮子，在壁上碰了四五個響頭，閒人這才心滿意足的得勝的走了，阿Q站了一刻，心裡想，「我總算被兒子打了，現在的世界眞不像樣……」於是也心滿意足的得勝的走了。

阿Q想在心裡的，後來每每說出口來，所以凡有和阿Q玩笑的人們，幾乎全知道他有這一種精神上的勝利法，此後每逢揪住他黃辮子的時候，人就先一著對他說：

「阿Q，這不是兒子打老子，是人打畜生。自己說：人打畜生！」

阿Q兩隻手都揑住了自己的辮根，歪著頭，說道：

「打蟲豸，好不好？我是蟲豸——還不放麼？」

但雖然是蟲豸，閒人也並不放，仍舊在就近什麼地方給他碰了五六個響頭，這才心滿意足的得勝的走了，他以爲阿Q這回可遭了瘟。然而不到十秒鐘，阿Q也心滿意足的得勝的走了，他覺得他是第一個能夠自輕自賤的人，除了「自輕自賤」不算外，餘下的就是「第一個」。狀元[19]不也是「第一個」麼？「你算是什麼東西」呢?!

阿Q以如是等等妙法克服怨敵之後，便愉快的跑到酒店裡喝幾碗酒，又和別人調笑一通，口角一通，又得了勝[20]，愉快的回到土穀祠，放倒頭睡著了。假使有錢，他便去押牌寶，一堆人蹲在地面上，阿Q即汗流滿面的夾在這中間，聲音他最響：

「青龍四百！」

「咳～～開～～啦！」樁家揭開盒子蓋，也是汗流滿面的唱。「天門啦～～角回啦～～！人和穿堂空在那裡啦～～！阿Q的銅錢拿過來～～！」

「穿堂一百——一百五十！」

阿Q的錢便在這樣的歌吟之下，漸漸的輸入別個汗流滿面的人物的腰間。他終於只好擠出堆外，站在後面看，替別人著急，一直到散場，然後戀戀的回到土穀祠。第二天，腫著眼睛去工作。

但眞所謂「塞翁失馬安知非福」[21]罷，阿Q不幸而贏了一回，他倒幾乎失敗了。

這是未莊賽神[22]的晚上。這晚上照例有一台戲，戲臺左近，也照例有許多的賭攤。做戲的鑼鼓，在阿Q耳朵裡彷彿在十里之外；他只聽得樁家的歌唱了。他贏而又贏，銅錢變成角洋，角洋變成大洋，大洋又成了疊。他興高采烈得非常：

「天門兩塊！」

他不知道誰和誰爲什麼打起架來了。罵聲打聲腳步聲，昏頭昏腦的一大陣，他才爬起來，賭攤不見了，人們也不見了，身上有幾處很似乎有些痛，似乎也挨了幾拳幾腳似的，幾個人詫異的對他看。他如有所失的走進土穀祠，定一定神，知道他的一堆洋錢不見了。趕賽會的賭攤多不是本村人，還到那裡去尋根柢呢？

很白很亮的一堆洋錢！而且是他的——現在不見了！說是算被兒子拿去了罷，總還是忽忽不樂；說自己是蟲豸罷，也還是忽忽不樂：他這回才有些感到失敗的苦痛了。

但他立刻轉敗爲勝了。他擎起右手，用力的在自己臉上連打了兩個嘴巴，熱刺刺的有些痛；打完之後，便心平氣和起來，似乎打的是自己，被打的是別一個自己，不久也就彷彿是自己打了別個一般，——雖然還有些熱刺刺，——心滿意足的得勝的躺下了。

他睡著了。

第三章　續優勝記略

然而阿Q雖然常優勝，卻直待蒙趙太爺打他嘴巴之後，這才出了名。

他付過地保二百文酒錢，憤憤的躺下了，後來想：「現在的世界太不成話，兒子打老子……」於是忽而想到趙太爺的威風，而現在是他的兒子了，便自己也漸漸的得意起來，爬起身，唱著《小孤孀上墳》[23]到酒店去。這時候，他又覺得趙太爺高人一等了。

說也奇怪，從此之後，果然大家也彷彿格外尊敬他。這在阿Q，或者以爲因爲他是趙太爺的父親，而其實也不然。未莊通例，倘如阿七打阿八，或者李四打張三，向來本不算一件事，必須與一位名人如趙太爺者相關，這才載上他們的口碑。一上口碑，則打的既有名，被打的也就托庇有了名。至於錯在阿 Q，那自然是不必說。所以者何？就因爲趙太爺是不會錯的。但他既然錯，爲什麼大家又彷彿格外尊敬他呢？這可難解，穿鑿起來說，或者因爲阿Q說是趙太爺的本家，雖然挨了打，大家也還怕有些眞，總不如尊敬一些穩當。否則，也如孔廟裡的太牢[24]一般，雖然與豬羊一樣，同是畜生，但既經聖人下箸，先儒們便不敢妄動了。

阿Q此後倒得意了許多年。

有一年的春天，他醉醺醺的在街上走，在牆根的日光下，看見王胡在那裡赤著膊捉蝨子，他忽然覺得身上也癢起來了。這王胡，又癩又胡，別人都叫他王癩胡，阿Q卻刪去了一個癩字，然而非常渺視他。阿Q的意思，以爲癩是不足爲奇的，只有這一部絡腮鬍子，實在太新奇，令人看不上眼。他於是並排坐下去了。倘是別的閒人們，阿Q本不敢大意坐下去。但這王胡旁邊，他有什麼怕呢？老實說：他肯坐下去，簡直還是抬舉他。

阿Q也脫下破夾襖來，翻檢了一回，不知道因爲新洗呢還是因爲粗心，許多工夫，只捉到三四個。他看那王胡，卻是一個又一個，兩個又三個，只放在嘴裡畢畢剝剝的響。

阿Q最初是失望，後來卻不平了：看不上眼的王胡尚且那麼多，自己倒反這樣少，這是怎樣的大失體統的事呵！他很想尋一兩個大的，然而竟沒有，好容易才捉到一個中的，恨恨的塞在厚嘴唇裡，狠命一咬，劈的一聲，又不及王胡響。

他癩瘡疤塊塊通紅了，將衣服摔在地上，吐一口唾沫，說：

「這毛蟲！」

「癩皮狗，你罵誰？」王胡輕蔑的抬起眼來說。

阿Q近來雖然比較的受人尊敬，自己也更高傲些，但和那些打慣的閒人們見面還膽怯，獨有這回卻非常武勇了。這樣滿臉鬍子的東西，也敢出言無狀麼？

「誰認便罵誰！」他站起來，兩手叉在腰間說。

「你的骨頭癢了麼？」王胡也站起來，披上衣服說。

阿Q以爲他要逃了，搶進去就是一拳。這拳頭還未達到身上，已經被他抓住了，只一拉，阿Q蹌蹌踉踉的跌進去，立刻又被王胡扭住了辮子，要拉到牆上照例去碰頭。

「『君子動口不動手』！」阿Q歪著頭說。

王胡似乎不是君子，並不理會，一連給他碰了五下，又用力的一推，至於阿Q跌出六尺多遠，這才滿足的去了。

在阿Q的記憶上，這大約要算是生平第一件的屈辱，因爲王胡以絡腮鬍子的缺點，向來只被他奚落，從沒有奚落他，更不必說動手了。而他現在竟動手，很意外，難道眞如市上所說，皇帝已經停了考[25]，不要秀才和舉人了，因此趙家減了威風，因此他們也便小覷了他麼？

阿 Q 無可適從的站著。

遠遠的走來了一個人，他的對頭又到了。這也是阿 Q 最厭惡的一個人，就是錢太爺的大兒子。他先前跑上城裡去進洋學堂，不知怎麼又跑到東洋去了，半年之後他回到家裡來，腿也直了，辮子也不見了，他的母親大哭了十幾場，他的老婆跳了三回井。後來，他的母親到處說，「這辮子是被壞人灌醉了酒剪去的。本來可以做大官，現在只好等留長再說了。」然而阿 Q 不肯信，偏稱他「假洋鬼子」，也叫作「裡通外國的人」，一見他，一定在肚子裡暗暗的咒罵。

阿 Q 尤其「深惡而痛絕之」的，是他的一條假辮子。辮子而至於假，就是沒有了做人的資格；他的老婆不跳第四回井，也不是好女人。

這「假洋鬼子」近來了。

「禿兒。驢……」阿 Q 歷來本只在肚子裡罵，沒有出過聲，這回因爲正氣忿，因爲要報仇，便不由的輕輕的說出來了。

不料這禿兒卻拿著一支黃漆的棍子——就是阿 Q 所謂哭喪棒[26]——大踏步走了過來。阿 Q 在這剎那，便知道大約要打了，趕緊抽緊筋骨，聳了肩膀等候著，果然，拍的一聲，似乎確鑿打在自己頭上了。

「我說他！」阿 Q 指著近旁的一個孩子，分辯說。

拍！拍拍！

在阿Q的記憶上，這大約要算是生平第二件的屈辱。幸而拍拍的響了之後，於他倒似乎完結了一件事，反而覺得輕鬆些，而且「忘卻」這一件祖傳的寶貝也發生了效力，他慢慢的走，將到酒店門口，早已有些高興了。

但對面走來了靜修庵裡的小尼姑。阿Q便在平時，看見伊也一定要唾罵，而況在屈辱之後呢？他於是發生了回憶，又發生了敵愾了。

「我不知道我今天為什麼這樣晦氣，原來就因為見了你！」他想。

他迎上去，大聲的吐一口唾沫：

「咳，呸！」

小尼姑全不睬，低了頭只是走。阿Q走近伊身旁，突然伸出手去摩著伊新剃的頭皮，呆笑著，說：

「禿兒！快回去，和尚等著你……」

「你怎麼動手動腳……」尼姑滿臉通紅的說，一面趕快走。

酒店裡的人大笑了。阿Q看見自己的勳業得了賞識，便愈加興高采烈起來：

「和尚動得，我動不得？」他扭住伊的面頰。

酒店裡的人大笑了。阿Q更得意，而且為滿足那些賞鑒家起見，再用力的一擰，才放手。

他這一戰，早忘卻了王胡，也忘卻了假洋鬼子，似乎對於今天的一切「晦氣」都報了仇；而且奇怪，又彷彿全身比拍拍的響了之後更輕鬆，飄飄然的似乎要飛去了。

「這斷子絕孫的阿 Q！」遠遠地聽得小尼姑的帶哭的聲音。

「哈哈哈！」阿Q十分得意的笑。

「哈哈哈！」酒店裡的人也九分得意的笑。

第四章　戀愛的悲劇

有人說：有些勝利者，願意敵手如虎，如鷹，他才感得勝利的歡喜；假使如羊，如小雞，他便反覺得勝利的無聊。又有些勝利者，當克服一切之後，看見死的死了，降的降了，「臣誠惶誠恐死罪死罪」，他於是沒有了敵人，沒有了對手，沒有了朋友，只有自己在上，一個，孤另另，淒涼，寂寞，便反而感到了勝利的悲哀。然而我們的阿Q卻沒有這樣乏，他是永遠得意的：這或者也是中國精神文明冠於全球的一個證據了。

看哪，他飄飄然的似乎要飛去了！

然而這一次的勝利，卻又使他有些異樣。他飄飄然的飛了大半天，飄進土穀祠。照例應該躺下便打鼾。誰知道這一晚，他很不容易合眼，他覺得自己的大拇指和第二指有點古怪：彷彿比平常滑膩些。不知道是小尼姑的臉上有一點滑膩的東西粘在他指上，還是他的指頭在小尼姑臉上磨得滑膩了？……

「斷子絕孫的阿Q！」

阿Q的耳朵裡又聽到這句話。他想：不錯，應該有一個女人，斷子絕孫便沒有人供一碗飯，……應該有一個女人。夫「不孝有三無後爲大」[27]，而「若敖之鬼餒而」[28]，也是一件人生的大哀，所以他那思想，其實是樣樣合於聖經賢傳的，只可惜後來有些「不能收其放心」[29]了。

「女人，女人！……」他想。

「……和尚動得……女人，女人！……女人！」他又想。

我們不能知道這晚上阿Q在什麼時候才打鼾。但大約他從此總覺得指頭有些滑膩，所以他從此總有些飄飄然；「女……」他想。

即此一端，我們便可以知道女人是害人的東西。

中國的男人，本來大半都可以做聖賢，可惜全被女人毀掉了。商是妲己[30]鬧亡的；周是褒姒弄壞的；秦……雖然史無明文，我們也假定他因爲女人，大約未必十分錯；而董卓可是的確給貂蟬害死了。

阿Q本來也是正人，我們雖然不知道他曾蒙什麼明師指授過，但他對於「男女之大防」[31]卻歷來非常嚴；也很有排斥異端——如小尼姑及假洋鬼子之類——的正氣。他的學說是：凡尼姑，一定與和尚私通；一個女人在外面走，一定想引誘野男人；一男一女在那裡講話，一定要有勾當了。爲懲治他們起見，所以他往往怒目而視，或者大聲說幾句「誅心」[32]話，或者在冷僻處，便從後面擲一塊小石頭。

誰知道他將到「而立」[33]之年，竟被小尼姑害得飄飄然了。這飄飄然的精神，在禮教上是不應該有的，——所以女人眞可惡，假使小尼姑的臉上不滑膩，阿Q便不至於被蠱，又假使小尼姑的臉上蓋一層布，阿Q便也不至於被蠱了，——他五六年前，曾在戲臺下的人叢中擰過一個女人的大腿，但因爲隔一層褲，所以此後並不飄飄然，——而小尼姑並不然，這也足見異端之可惡。

「女……」阿Q想。

他對於以爲「一定想引誘野男人」的女人，時常留心看，然而伊並不對他笑。他對於和他講話的女人，也時常留心聽，然而伊又並不提起關於什麼勾當的話來。哦，這也是女人可惡之一節：伊們全都要裝「假正經」的。

這一天，阿Q在趙太爺家裡舂了一天米，吃過晚飯，便坐在廚房裡吸旱煙。倘在別家，吃過晚飯本可以回去的了，但趙府上晚飯早，雖說定例不准掌燈，一吃完便睡覺，然而偶然也有一些例外：其一，是趙太爺未進秀才的時候，准其點燈讀文章；其二，便是阿Q來做短工的時候，准其點燈舂米。因爲這一條例外，所以阿Q在動手舂米之前，還坐在廚房裡吸旱煙。

吳媽，是趙太爺家裡唯一的女僕，洗完了碗碟，也就在長凳上坐下了，而且和阿Q談閒天：

「太太兩天沒有吃飯哩，因爲老爺要買一個小的……」

「女人……吳媽……這小孤孀……」阿Q想。

「我們的少奶奶是八月裡要生孩子了……」

「女人……」阿Q想。

阿Q放下煙管，站了起來。

「我們的少奶奶……」吳媽還嘮叨說。

「我和你睏覺，我和你睏覺！」阿Q忽然搶上去，對伊跪下了。

一剎時中很寂然。

「阿呀！」吳媽楞了一息，突然發抖，大叫著往外跑，且跑且嚷，似乎後來帶哭了。

阿Q對了牆壁跪著也發楞，於是兩手扶著空板凳，慢慢的站起來，彷彿覺得有些糟。他這時確也有些忐忑了，慌張的將煙管插在褲帶上，就想去舂米。蓬的一聲，頭上著了很粗的一下，他急忙回轉身去，那秀才便拿了一支大竹杠站在他面前。

「你反了，……你這……」

大竹杠又向他劈下來了。阿Q兩手去抱頭，拍的正打在指節上，這可很有一些痛。他衝出廚房門，彷彿背上又著了一下似的。

「忘八蛋！」秀才在後面用了官話這樣罵。

阿 Q 奔入舂米場，一個人站著，還覺得指頭痛，還記得「忘八蛋」，因爲這話是未莊的鄉下人從來不用，專是見過官府的闊人用的，所以格外怕，而印象也格外深。但這時，他那「女……」的思想卻也沒有了。而且打罵之後，似乎一件事也已經收束，倒反覺得一無掛礙似的，便動手去舂米。舂了一會，他熱起來了，又歇了手脫衣服。

脫下衣服的時候，他聽得外面很熱鬧，阿Q生平本來最愛看熱鬧，便即尋聲走出去了。尋聲漸漸的尋到趙太爺的內院裡，雖然在昏黃中，卻辨得出許多人，趙府一家連兩日不吃飯的太太也在內，還有間壁的鄒七嫂，眞正本家的趙白眼，趙司晨。

少奶奶正拖著吳媽走出下房來，一面說：

「你到外面來，……不要躲在自己房裡想……」

「誰不知道你正經，……短見是萬萬尋不得的。」鄒七嫂也從旁說。

吳媽只是哭，夾些話，卻不甚聽得分明。

阿 Q 想：「哼，有趣，這小孤孀不知道鬧著什麼玩意兒了？」他想打聽，走近趙司晨的身邊。這時他猛然間看見趙太爺向他奔來，而且手裡揑著一支大竹杠。他看見這一支大竹杠，便猛然間悟到自己曾經被打，和這一場熱鬧似乎有點相關。他翻身便走，想逃回舂米場，不圖這支竹杠阻了他的去路，於是他又翻身便走，自然而然的走出後門，不多工夫，已在土穀祠內了。

阿Q坐了一會，皮膚有些起粟，他覺得冷了，因爲雖在春季，而夜間頗有餘寒，尙不宜於赤膊。他也記得布衫留在趙家，但倘若去取，又深怕秀才的竹杠。然而地保進來了。

「阿Q，你的媽媽的！你連趙家的佣人都調戲起來，簡直是造反。害得我晚上沒有覺睡，你的媽媽的！……」

如是云云的教訓了一通，阿Q自然沒有話。臨末，因爲在晚上，應該送地保加倍酒錢四百文，阿Q正沒有現錢，便用一頂氈帽做抵押，並且訂定了五條件：

一　明天用紅燭——要一斤重的——一對，香一封，到趙府上去賠罪。

二　趙府上請道士祓除縊鬼，費用由阿Q負擔。

三　阿Q從此不准踏進趙府的門檻。

四　吳媽此後倘有不測，惟阿Q是問。

五　阿Q不准再去索取工錢和布衫。

阿Q自然都答應了，可惜沒有錢。幸而已經春天，棉被可以無用，便質了二千大錢，履行條約。赤膊磕頭之後，居然還剩幾文，他也不再贖氈帽，統統喝了酒了。但趙家也並不燒香點燭，因爲太太拜佛的時候可以用，留著了。那破布衫是大半做了少奶奶八月間生下來的孩子的襯尿布，那小半破爛的便都做了吳媽的鞋底。

第五章　生計問題

阿Q禮畢之後，仍舊回到土穀祠，太陽下去了，漸漸覺得世上有些古怪。他仔細一想，終於省悟過來：其原因蓋在自己的赤膊。他記得破夾襖還在，便披在身上，躺倒了，待張開眼睛，原來太陽又已經照在西牆上頭了。他坐起身，一面說道，「媽媽的……」

他起來之後，也仍舊在街上逛，雖然不比赤膊之有切膚之痛，卻又漸漸的覺得世上有些古怪了。彷彿從這一天起，未莊的女人們忽然都怕了羞，伊們一見阿Q走來，便個個躲進門裡去。甚而至於將近五十歲的鄒七嫂。也跟著別人亂鑽，而且將十一歲的女兒都叫進去了。阿Q很以爲奇，而且想：「這些東西忽然都學起小姐模樣來了。這娼婦們……」

但他更覺得世上有些古怪，卻是許多日以後的事。其一，酒店不肯賒欠了；其二，管土穀祠的老頭子說些廢話，似乎叫他走；其三，他雖然記不清多少日，但確乎有許多日，沒有一個人來叫他做短工。酒店不賒，熬著也罷了；老頭子催他走，嚕囌一通也就算了；只是沒有人來叫他做短工，卻使阿Q肚子餓：這委實是一件非常「媽媽的」的事情。

阿Q忍不下去了，他只好到老主顧的家裡去探問，——但獨不許踏進趙府的門檻，——然而情形也異樣：一定走出一個男人來，現了十分煩厭的相貌，像回覆乞丐一般的搖手道：

「沒有沒有！你出去！」

阿Q愈覺得稀奇了。他想，這些人家向來少不了要幫忙，不至於現在忽然都無事，這總該有些蹊蹺在裡面了。他留心打聽，才知道他們有事都去叫小Don[34]。這小D，是一個窮小子，又瘦又乏，在阿Q的眼睛裡，位置是在王胡之下的，誰料這小子竟謀了他的飯碗去。所以阿Q這一氣，更與平常不同，當氣憤憤的走著的時候，忽然將手一揚。唱道：

「我手執鋼鞭將你打！[35]……」

幾天之後，他竟在錢府的照壁前遇見了小D。「仇人相見分外眼明」，阿Q便迎上去，小D也站住了。

「畜生！」阿Q怒目而視的說，嘴角上飛出唾沫來。

「我是蟲豸，好麼？……」小D說。

這謙遜反使阿Q更加憤怒起來，但他手裡沒有鋼鞭，於是只得撲上去，伸手去拔小D的辮子。小D一手護住了自己的辮根，一手也來拔阿Q的辮子，阿Q便也將空著的一隻手護住了自己的辮根。從先前的阿Q看來，小D本來是不足齒數的，但他近來挨了餓，又瘦又乏已經不下於小D，所以便成了勢均力敵的現象，四隻手拔著兩顆頭，都彎了腰，在錢家粉牆上映出一個藍色的虹形，至於半點鐘之久了。

「好了，好了！」看的人們說，大約是解勸的。

「好，好！」看的人們說，不知道是解勸，是頌揚，還是煽動。

然而他們都不聽。阿Q進三步，小D便退三步，都站著；小D進三步，阿Q便退三步，又都站著。大約半點鐘，——未莊少有自鳴鐘，所以很難說。或者二十分，——他們的頭髮裡便都冒煙，額上便都流汗，阿Q的手放鬆了，在同一瞬間，小D的手也正放鬆了，同時直起，同時退開，都擠出人叢去。

「記著罷，媽媽的……」阿Q回過頭去說。

「媽媽的，記著罷……」小D也回過頭來說。

這一場「龍虎鬥」似乎並無勝敗，也不知道看的人可滿足，都沒有發什麼議論，而阿Q卻仍然沒有人來叫他做短工。

有一日很溫和，微風拂拂的頗有些夏意了，阿Q卻覺得寒冷起來，但這還可擔當，第一倒是肚子餓。棉被，氈帽，布衫，早已沒有了，其次就賣了棉襖；現在有褲子，卻萬不可脫的；有破夾襖，又除了送人做鞋底之外，決定賣不出錢。他早想在路上拾得一注錢，但至今還沒有見；他想在自己的破屋裡忽然尋到一注錢，慌張的四顧，但屋內是空虛而且了然。於是他決計出門求食去了。

他在路上走著要「求食」，看見熟識的酒店，看見熟識的饅頭，但他都走過了，不但沒有暫停，而且並不想要。他所求的不是這類東西了；他求的是什麼東西，他自己不知道。

未莊本不是大村鎮，不多時便走盡了。村外多是水田，滿眼是新秧的嫩綠，夾著幾個圓形的活動的黑點，便是耕田的農夫。阿Q並不賞鑒這田家樂，卻只是走，因爲他直覺的知道這與他的「求食」之道是很遼遠的。但他終於走到靜修庵的牆外了。

庵周圍也是水田，粉牆突出在新綠裡，後面的低土牆裡是菜園。阿Q遲疑了一會，四面一看，並沒有人。他便爬上這矮牆去，扯著何首烏藤，但泥土仍然簌簌的掉，阿Q的腳也索索的抖；終於攀著桑樹枝，跳到裡面了。裡面眞是鬱鬱蔥蔥，但似乎並沒有黃酒饅頭，以及此外可吃的之類。靠西牆是竹叢，下面許多筍，只可惜都是並未煮熟的，還有油菜早經結子，芥菜已將開花，小白菜也很老了。

阿Q彷彿文童落第似的覺得很冤屈，他慢慢走近園門去，忽而非常驚喜了，這分明是一畦老蘿蔔。他於是蹲下便拔，而門口突然伸出一個很圓的頭來，又即縮回去了，這分明是小尼姑。小尼姑之流是阿 Q 本來視若草芥的，但世事須「退一步想」，所以他便趕緊拔起四個蘿蔔，擰下青葉，兜在大襟裡。然而老尼姑已經出來了。

「阿彌陀佛，阿 Q，你怎麼跳進園裡來偷蘿蔔！……阿呀，罪過呵，阿唷，阿彌陀佛！……」

「我什麼時候跳進你的園裡來偷蘿蔔？」阿Q且看且走的說。

「現在……這不是？」老尼姑指著他的衣兜。

「這是你的？你能叫得他答應你麼？你……」

阿 Q 沒有說完話，拔步便跑；追來的是一匹很肥大的黑狗。這本來在前門的，不知怎的到後園來了。黑狗哼而且追，已經要咬著阿Q的腿，幸而從衣兜裡落下一個蘿蔔來，那狗給一嚇，略略一停，阿Q已經爬上桑樹，跨到土牆，連人和蘿蔔都滾出牆外面了。只剩著黑狗還在對著桑樹嗥，老尼姑念著佛。

阿Q怕尼姑又放出黑狗來，拾起蘿蔔便走，沿路又檢了幾塊小石頭，但黑狗卻並不再出現。阿Q於是拋了石塊，一面走一面吃，而且想道，這裡也沒有什麼東西尋，不如進城去……

待三個蘿蔔吃完時，他已經打定了進城的主意了。

第六章　從中興到末路

在未莊再看見阿Q出現的時候，是剛過了這年的中秋。人們都驚異，說是阿Q回來了，於是又回上去想道，他先前那裡去了呢？阿Q前幾回的上城，大抵早就興高采烈的對人說，但這一次卻並不，所以也沒有一個人留心到。他或者也曾告訴過管土穀祠的老頭子，然而未莊老例，只有趙太爺錢太爺和秀才大爺上城才算一件事。假洋鬼子尚且不足數，何況是阿 Q：因此老頭子也就不替他宣傳，而未莊的社會上也就無從知道了。

但阿Q這回的回來，卻與先前大不同，確乎很值得驚異。天色將黑，他睡眼矇朧的在酒店門前出現了，他走近櫃檯，從腰間伸出手來，滿把是銀的和銅的，在櫃上一扔說，「現錢！打酒來！」穿的是新夾襖，看去腰間還掛著一個大搭連，沈鈿鈿的將褲帶墜成了很彎很彎的弧線。未莊老例，看見略有些醒目的人物，是與其慢也寧敬的，現在雖然明知道是阿Q，但因爲和破夾襖的阿Q有些兩樣了，古人云，「士別三日便當刮目相待」[36]，所以堂倌，掌櫃，酒客，路人，便自然顯出一種疑而且敬的形態來。掌櫃既先之以點頭，又繼之以談話：

「嚄，阿Q，你回來了！」

「回來了。」

「發財發財，你是——在……」

「上城去了！」

這一件新聞，第二天便傳遍了全未莊。人人都願意知道現錢和新夾襖的阿 Q 的中興史，所以在酒店裡，茶館裡，廟簷下，便漸漸的探聽出來了。這結果，是阿Q得了新敬畏。

據阿Q說，他是在舉人老爺家裡幫忙。這一節，聽的人都肅然了。這老爺本姓白，但因爲合城裡只有他一個舉人，所以不必再冠姓，說起舉人來就是他。這也不獨在未莊是如此，便是一百里方圓之內也都如此，人們幾乎多以爲他的姓名就叫舉人老爺的了。在這人的府上幫忙，那當然是可敬的。但據阿Q又說，他卻不高興再幫忙了，因爲這舉人老爺實在太「媽媽的」了。這一節，聽的人都歎息而且快意，因爲阿Q本不配在舉人老爺家裡幫忙，而不幫忙是可惜的。

據阿Q說，他的回來，似乎也由於不滿意城裡人，這就在他們將長凳稱爲條凳，而且煎魚用蔥絲，加以最近觀察所得的缺點，是女人的走路也扭得不很好。然而也偶有大可佩服的地方，即如未莊的鄉下人不過打三十二張的竹牌[37]，只有假洋鬼子能夠叉「麻醬」，城裡卻連小烏龜子都叉得精熟的。什麼假洋鬼子，只要放在城裡的十幾歲的小烏龜子的手裡，也就立刻是「小鬼見閻王」。這一節，聽的人都赧然了。

「你們可看見過殺頭麼？」阿Q說，「咳，好看。殺革命黨。唉，好看好看，……」他搖搖頭。將唾沫飛在正對面的趙司晨的臉上。這一節，聽的人都凜然了。但阿Q又四面一看，忽然揚起右手，照著伸長脖子聽得出神的王胡的後項窩上直劈下去道：

「嚓！」

王胡驚得一跳，同時電光石火似的趕快縮了頭，而聽的人又都悚然而且欣然了。從此王胡瘟頭瘟腦的許多日，並且再不敢走近阿Q的身邊；別的人也一樣。

阿Q這時在未莊人眼睛裡的地位，雖不敢說超過趙太爺，但謂之差不多。大約也就沒有什麼語病的了。

然而不多久，這阿Q的大名忽又傳遍了未莊的閨中。雖然未莊只有錢趙兩姓是大屋，此外十之九都是淺閨，但閨中究竟是閨中，所以也算得一件神異。女人們見面時一定說，鄒七嫂在阿 Q 那裡買了一條藍綢裙，舊固然是舊的，但只花了九角錢。還有趙白眼的母親，——說是趙司晨的母親，待考，——也買了一件孩子穿的大紅洋紗衫，七成新，只用三百大錢九二串[38]。於是伊們都眼巴巴的想見阿Q，缺綢裙的想問他買綢裙，要洋紗衫的想問他買洋紗衫，不但見了不逃避，有時阿Q已經走過了，也還要追上去叫住他，問道：

「阿Q，你還有綢裙麼？沒有？紗衫也要的，有罷？」

後來這終於從淺閨傳進深閨裡去了。因爲鄒七嫂得意之餘，將伊的綢裙請趙太太去鑒賞，趙太太又告訴了趙太爺而且著實恭維了一番。趙太爺便在晚飯桌上，和秀才大爺討論，以爲阿Q實在有些古怪，我們門窗應該小心些；但他的東西，不知道可還有什麼可買，也許有點好東西罷。加以趙太太也正想買一件價廉物美的皮背心。於是家族決議，便託鄒七嫂即刻去尋阿Q，而且爲此新辟了第三種的例外：這晚上也姑且特准點油燈。

油燈乾了不少了，阿Q還不到。趙府的全眷都很焦急，打著呵欠，或恨阿Q太飄忽，或怨鄒七嫂不上緊。趙太太還怕他因爲春天的條件不敢來，而趙太爺以爲不足慮：因爲這是「我」去叫他的。果然，到底趙太爺有見識，阿Q終於跟著鄒七嫂進來了。

「他只說沒有沒有，我說你自己當面說去，他還要說，我說……」鄒七嫂氣喘吁吁的走著說。

「太爺！」阿Q似笑非笑的叫了一聲，在簷下站住了。

「阿Q，聽說你在外面發財，」趙太爺踱開去，眼睛打量著他的全身，一面說。「那很好，那很好的。這個，……聽說你有些舊東西，……可以都拿來看一看，……這也並不是別的，因爲我倒要……」

「我對鄒七嫂說過了。都完了。」

「完了？」趙太爺不覺失聲的說，「那裡會完得這樣快呢？」

「那是朋友的，本來不多。他們買了些，……」

「總該還有一點罷。」

「現在，只剩了一張門幕了。」

「就拿門幕來看看罷。」趙太太慌忙說。

「那麼。明天拿來就是，」趙太爺卻不甚熱心了。「阿Q，你以後有什麼東西的時候，你儘先送來給我們看，……」

「價錢決不會比別家出得少！」秀才說。秀才娘子忙一瞥阿Q的臉，看他感動了沒有。

「我要一件皮背心。」趙太太說。

阿Q雖然答應著，卻懶洋洋的出去了，也不知道他是否放在心上。這使趙太爺很失望，氣憤而且擔心，至於停止了打呵欠。秀才對於阿Q的態度也很不平，於是說，這忘八蛋要提防，或者竟不如吩咐地保，不許他住在未莊。但趙太爺以爲不然，說這也怕要結怨，況且做這路生意的大概是「老鷹不吃窩下食」。本村倒不必擔心的；只要自己夜裡警醒點就是了。秀才聽了這「庭訓」[39]，非常之以爲然，便即刻撤消了驅逐阿Q的提議，而且叮囑鄒七嫂，請伊萬不要向人提起這一段話。

但第二日，鄒七嫂便將那藍裙去染了皂，又將阿Q可疑之點傳揚出去了，可是確沒有提起秀才要驅逐他這一節。然而這已經於阿Q很不利。最先，地保尋上門了，取了他的門幕去，阿Q說是趙太太要看的，而地保也不還，並且要議定每月的孝敬錢。其次，是村人對於他的敬畏忽而變相了，雖然還不敢來放肆，卻很有遠避的神情，而這神情和先前的防他來「嚓」的時候又不同，頗混著「敬而遠之」的分子了。

只有一班閒人們卻還要尋根究底的去探阿Q的底細。阿Q也並不諱飾，傲然的說出他的經驗來。從此他們才知道，他不過是一個小腳色，不但不能上牆，並且不能進洞，只站在洞外接東西。有一夜，他剛才接到一個包，正手再進去，不一會，只聽得裡面大嚷起來，他便趕緊跑，連夜爬出城，逃回未莊來了，從此不敢再去做。然而這故事卻於阿Q更不利，村人對於阿Q的「敬而遠之」者，本因爲怕結怨，誰料他不過是一個不敢再偷的偷兒呢？這實在是「斯亦不足畏也矣」[40]。

第七章　革命

宣統三年九月十四日[41]——即阿Q將搭連賣給趙白眼的這一天——三更四點，有一隻大烏篷船到了趙府上的河埠頭。這船從黑魆魆中蕩來，鄉下人睡得熟，都沒有知道；出去時將近黎明，卻很有幾個看見的了。據探頭探腦的調查來的結果，知道那竟是舉人老爺的船！

那船便將大不安載給了未莊，不到正午，全村的人心就很搖動。船的使命，趙家本來是很秘密的，但茶坊酒肆裡卻都說，革命黨要進城，舉人老爺到我們鄉下來逃難了。惟有鄒七嫂不以爲然，說那不過是幾口破衣箱，舉人老爺想來寄存的，卻已被趙太爺回覆轉去。其實舉人老爺和趙秀才素不相能，在理本不能有「共患難」的情誼，況且鄒七嫂又和趙家是鄰居，見聞較爲切近，所以大概該是伊對的。

然而謠言很旺盛，說舉人老爺雖然似乎沒有親到，卻有一封長信，和趙家排了「轉折親」。趙太爺肚裡一輪，覺得於他總不會有壞處，便將箱子留下了，現就塞在太太的床底下。至於革命黨，有的說是便在這一夜進了城，個個白盔白甲：穿著崇正皇帝的素[42]。

阿Q的耳朵裡，本來早聽到過革命黨這一句話，今年又親眼見過殺掉革命黨。但他有一種不知從那裡來的意見，以爲革命黨便是造反，造反便是與他爲難，所以一向是「深惡而痛絕之」的。殊不料這卻使百里聞名的舉人老爺有這樣怕，於是他未免也有些「神往」了，況且未莊的一群鳥男女的慌張的神情，也使阿Q更快意。

「革命也好罷，」阿Q想，「革這夥媽媽的的命，太可惡！太可恨！……便是我，也要投降革命黨了。」

阿Q近來用度窘，大約略略有些不平；加以午間喝了兩碗空肚酒。愈加醉得快，一面想一面走，便又飄飄然起來。不知怎麼一來，忽而似乎革命黨便是自己，未莊人卻都是他的俘虜了。他得意之餘，禁不住大聲的嚷道：

「造反了！造反了！」

未莊人都用了驚懼的眼光對他看。這一種可憐的眼光，是阿Q從來沒有見過的，一見之下，又使他舒服得如六月裡喝了雪水。他更加高興的走而且喊道：

「好，……我要什麼就是什麼，我歡喜誰就是誰。

得得，鏘鏘！

悔不該，酒醉錯斬了鄭賢弟，

悔不該，呀呀呀……

得得，鏘鏘，得，鏘令鏘！

我手執鋼鞭將你打……」

趙府上的兩位男人和兩個眞本家，也正站在大門口論革命。阿Q沒有見，昂了頭直唱過去。

「得得，……」

「老Q，」趙太爺怯怯的迎著低聲的叫。

「鏘鏘，」阿Q料不到他的名字會和「老」字聯結起來，以爲是一句別的話，與己無干，只是唱。「得，鏘，鏘令鏘，鏘！」

「老Q。」

「悔不該……」

「阿Q！」秀才只得直呼其名了。

阿Q這才站住，歪著頭問道，「什麼？」

「老Q，……現在……」趙太爺卻又沒有話，「現在……發財麼？」

「發財？自然。要什麼就是什麼……」

「阿……Q哥，像我們這樣窮朋友是不要緊的……」趙白眼惴惴的說，似乎想探革命黨的口風。

「窮朋友？你總比我有錢。」阿Q說著自去了。

大家都憮然，沒有話。趙太爺父子回家，晚上商量到點燈。趙白眼回家，便從腰間扯下搭連來，交給他女人藏在箱底裡。

阿Q飄飄然的飛了一通，回到土穀祠，酒已經醒透了。這晚上，管祠的老頭子也意外的和氣，請他喝茶；阿Q便向他要了兩個餅，吃完之後，又要了一支點過的四兩燭和一個樹燭臺，點起來，獨自躺在自己的小屋裡。他說不出的新鮮而且高興，燭火像元夜似的閃閃的跳，他的思想也迸跳起來了：

「造反？有趣，……來了一陣白盔白甲的革命黨，都拿著板刀，鋼鞭，炸彈，洋炮，三尖兩刃刀，鉤鐮槍，走過土穀祠，叫道，『阿Q！同去同去！』於是一同去。……

「這時未莊的一夥鳥男女才好笑哩，跪下叫道，『阿Q，饒命！』誰聽他！第一個該死的是小D和趙太爺，還有秀才，還有假洋鬼子，……留幾條麼？王胡本來還可留，但也不要了。……

「東西，……直走進去打開箱子來：元寶，洋錢，洋紗衫，……秀才娘子的一張寧式床[43]先搬到土穀祠，此外便擺了錢家的桌椅，——或者也就用趙家的罷。自己是不動手的了，叫小D來搬，要搬得快，搬得不快打嘴巴。……

「趙司晨的妹子真醜。鄒七嫂的女兒過幾年再說。假洋鬼子的老婆會和沒有辮子的男人睡覺，嚇，不是好東西！秀才的老婆是眼胞上有疤的。……吳媽長久不見了，不知道在那裡，──可惜腳太大。」

阿Q沒有想得十分停當，已經發了鼾聲，四兩燭還只點去了小半寸，紅焰焰的光照著他張開的嘴。

「荷荷！」阿Q忽而大叫起來，抬了頭倉皇的四顧，待到看見四兩燭，卻又倒頭睡去了。

第二天他起得很遲，走出街上看時，樣樣都照舊。他也仍然肚餓，他想著，想不起什麼來；但他忽而似乎有了主意了，慢慢的跨開步，有意無意的走到靜修庵。

庵和春天時節一樣靜，白的牆壁和漆黑的門。他想了一想。前去打門，一隻狗在裡面叫。他急急拾了幾塊斷磚，再上去較爲用力的打，打到黑門上生出許多麻點的時候，才聽得有人來開門。

阿Q連忙捏好磚頭，擺開馬步，準備和黑狗來開戰。但庵門只開了一條縫，並無黑狗從中衝出。望進去只有一個老尼姑。

「你又來什麼事？」伊大吃一驚的說。

「革命了……你知道？……」阿Q說得很含糊。

「革命革命，革過一革的，……你們要革得我們怎麼樣呢？」老尼姑兩眼通紅的說。

「什麼？……」阿Q詫異了。

「你不知道，他們已經來革過了！」

「誰？……」阿Q更其詫異了。

「那秀才和洋鬼子！」

阿Q很出意外，不由的一錯愕；老尼姑見他失了銳氣，便飛速的關了門，阿Q再推時，牢不可開，再打時，沒有回答了。

那還是上午的事。趙秀才消息靈，一知道革命黨已在夜間進城，便將辮子盤在頂上，一早去拜訪那歷來也不相能的錢洋鬼子。這是「咸與維新」[44]的時候了，所以他們便談得很投機，立刻成了情投意合的同志，也相約去革命。他們想而又想，才想出靜修庵裡有一塊「皇帝萬歲萬萬歲」的龍牌，是應該趕緊革掉的，於是又立刻同到庵裡去革命。因爲老尼姑來阻擋，說了三句話，他們便將伊當作滿政府，在頭上很給了不少的棍子和栗鑿。尼姑待他們走後，定了神來檢點，龍牌固然已經碎在地上了，而且又不見了觀音娘娘座前的一個宣德爐[45]。

這事阿Q後來才知道。他頗悔自己睡著，但也深怪他們不來招呼他。他又退一步想道：

「難道他們還沒有知道我已經投降了革命黨麼？」

第八章　不准革命

未莊的人心日見其安靜了。據傳來的消息，知道革命黨雖然進了城，倒還沒有什麼大異樣。知縣大老爺還是原官，不過改稱了什麼，而且舉人老爺也做了什麼——這些名目，未莊人都說不明白——官，帶兵的也還是先前的老把總[46]。只有一件可怕的事是另有幾個不好的革命黨夾在裡面搗亂，第二天便動手剪辮子，聽說那鄰村的航船七斤便著了道兒，弄得不像人樣子了。但這卻還不算大恐怖，因爲未莊人本來少上城，即使偶有想進城的，也就立刻變了計，碰不著這危險。阿Q本也想進城去尋他的老朋友，一得這消息，也只得作罷了。

但未莊也不能說是無改革。幾天之後，將辮子盤在頂上的逐漸增加起來了，早經說過，最先自然是茂才公，其次便是趙司晨和趙白眼，後來是阿Q。倘在夏天，大家將辮子盤在頭頂上或者打一個結，本不算什麼稀奇事，但現在是暮秋，所以這「秋行夏令」的情形，在盤辮家不能不說是萬分的英斷，而在未莊也不能說無關於改革了。

趙司晨腦後空蕩蕩的走來，看見的人大嚷說，

「嚄，革命黨來了！」

阿Q聽到了很羨慕。他雖然早知道秀才盤辮的大新聞，但總沒有想到自己可以照樣做，現在看見趙司晨也如此，才有了學樣的意思，定下實行的決心。他用一支竹筷將辮子盤在頭頂上，遲疑多時，這才放膽的走去。

他在街上走，人也看他，然而不說什麼話，阿Q當初很不快，後來便很不平。他近來很容易鬧脾氣了；其實他的生活，倒也並不比造反之前反艱難，人見他也客氣，店鋪也不說要現錢。而阿Q總覺得自己太失意：既然革了命，不應該只是這樣的。況且有一回看見小D，愈使他氣破肚皮了。

小D也將辮子盤在頭頂上了，而且也居然用一支竹筷。阿Q萬料不到他也敢這樣做，自己也決不准他這樣做！小D是什麼東西呢？他很想即刻揪住他，拗斷他的竹筷，放下他的辮子，並且批他幾個嘴巴，聊且懲罰他忘了生辰八字，也敢來做革命黨的罪。但他終於饒放了，單是怒目而視的吐一口唾沫道「呸！」

這幾日裡，進城去的只有一個假洋鬼子。趙秀才本也想靠著寄存箱子的淵源，親身去拜訪舉人老爺的，但因為有剪辮的危險，所以也就中止了。他寫了一封「黃傘格」[47]的信，託假洋鬼子帶上城，而且託他給自己紹介紹介，去進自由黨。假洋鬼子回來時，向秀才討還了四塊洋錢，秀才便有一塊銀桃子掛

在大襟上了；未莊人都驚服，說這是柿油黨的頂子[48]，抵得一個翰林[49]；趙太爺因此也驟然大闊，遠過於他兒子初雋秀才的時候，所以目空一切，見了阿Q，也就很有些不放在眼裡了。

阿Q正在不平，又時時刻刻感著冷落，一聽得這銀桃子的傳說，他立即悟出自己之所以冷落的原因了：要革命，單說投降，是不行的；盤上辮子，也不行的；第一著仍然要和革命黨去結識。他生平所知道的革命黨只有兩個，城裡的一個早已「嚓」的殺掉了，現在只剩了一個假洋鬼子。他除卻趕緊去和假洋鬼子商量之外，再沒有別的道路了。

錢府的大門正開著，阿Q便怯怯的躄進去。他一到裡面，很吃了驚，只見假洋鬼子正站在院子的中央，一身烏黑的大約是洋衣，身上也掛著一塊銀桃子，手裡是阿Q曾經領教過的棍子，已經留到一尺多長的辮子都拆開了披在肩背上，蓬頭散髮的像一個劉海仙[50]。對面挺直的站著趙白眼和三個閒人，正在必恭必敬的聽說話。

阿Q輕輕的走近了，站在趙白眼的背後，心裡想招呼，卻不知道怎麼說才好：叫他假洋鬼子固然是不行的了，洋人也不妥，革命黨也不妥，或者就應該叫洋先生了罷。

洋先生卻沒有見他，因爲白著眼睛講得正起勁：

「我是性急的，所以我們見面，我總是說：洪哥[51]！我們動手罷！他卻總說道No！——這是洋話，你們不懂的。否則早已成功了。然而這正是他做事小心的地方。他再三再四的請我上湖北，我還沒有肯。誰願意在這小縣城裡做事情。……」

「唔，……這個……」阿Q候他略停，終於用十二分的勇氣開口了，但不知道因爲什麼，又並不叫他洋先生。

聽著說話的四個人都吃驚的回顧他。洋先生也才看見：

「什麼？」

「我……」

「出去！」

「我要投……」

「滾出去！」洋先生揚起哭喪棒來了。

趙白眼和閒人們便都吆喝道：「先生叫你滾出去，你還不聽麼！」

阿Q將手向頭上一遮，不自覺的逃出門外；洋先生倒也沒有追。他快跑了六十多步，這才慢慢的走，於是心裡便湧起了憂愁：洋先生不准他革命，他再沒有別的路；從此決不能望有白盔白甲的人來叫他，他所有的抱負，志向，希望，前程，全被一筆勾銷了。至於閒人們傳揚開去，給小D王胡等輩笑話，倒是還在其次的事。

他似乎從來沒有經驗過這樣的無聊。他對於自己的盤辮子，彷彿也覺得無意味，要侮蔑；爲報仇起見，很想立刻放下辮子來，但也沒有竟放。他遊到夜間，賒了兩碗酒，喝下肚去，漸漸的高興起來了，思想裡才又出現白盔白甲的碎片。

有一天，他照例的混到夜深，待酒店要關門，才踱回土穀祠去。

拍，吧～～！

他忽而聽得一種異樣的聲音，又不是爆竹。阿Q本來是愛看熱鬧，愛管閒事的，便在暗中直尋過去。似乎前面有些腳步聲；他正聽，猛然間一個人從對面逃來了。阿Q一看見，便趕緊翻身跟著逃。那人轉彎，阿 Q 也轉彎，既轉彎，那人站住了，阿Q也站住。他看後面並無什麼，看那人便是小D。

「什麼？」阿Q不平起來了。

「趙……趙家遭搶了！」小 D 氣喘吁吁的說。

阿 Q 的心怦怦的跳了。小 D 說了便走；阿 Q 卻逃而又停的兩三回。但他究竟是做過「這路生意」的人，格外膽大，於是躄出路角，仔細的聽，似乎有些嚷嚷，又仔細的看，似乎許多白盔白甲的人，絡繹的將箱子抬出了，器具抬出了，秀才娘子的寧式床也抬出了，但是不分明，他還想上前，兩隻腳卻沒有動。

這一夜沒有月，未莊在黑暗裡很寂靜，寂靜到像羲皇[52]時候一般太平。阿Q站著看到自己發煩，也似乎還是先前一樣，在那裡來來往往的搬，箱子抬出了，器具抬出了，秀才娘子的寧式床也抬出了，……抬得他自己有些不信他的眼睛了。但他決計不再上前，卻回到自己的祠裡去了。

土穀祠裡更漆黑；他關好大門，摸進自己的屋子裡。他躺了好一會，這才定了神，而且發出關於自己的思想來：白盔白甲的人明明到了，並不來打招呼，搬了許多好東西，又沒有自己的份，——這全是假洋鬼子可惡，不准我造反，否則，這次何至於沒有我的份呢？阿Q越想越氣，終於禁不住滿心痛恨起來，毒毒的點一點頭：「不准我造反，只准你造反？媽媽的假洋鬼子，——好，你造反！造反是殺頭的罪名呵，我總要告一狀，看你抓進縣裡去殺頭，——滿門抄斬，——嚓！嚓！」

第九章　大團圓

趙家遭搶之後，未莊人大抵很快意而且恐慌，阿Q也很快意而且恐慌。但四天之後，阿 Q 在半夜裡忽被抓進縣城裡去了。那時恰是暗夜，一隊兵，一隊團丁，一隊警察。五個偵探，悄悄地到了未莊，乘昏暗圍住土穀祠，正對門架好機關槍；然而阿Q不衝出。許多時沒有動靜，把總焦急起來了，懸了二十千的賞，才有兩個團丁冒了險，踰垣進去，裡應外合，一擁而入，將阿Q抓出來；直待擒出祠外面的機關槍左近，他才有些清醒了。

到進城，已經是正午，阿Q見自己被攙進一所破衙門，轉了五六個彎，便推在一間小屋裡。他剛剛一蹌踉，那用整株的木料做成的栅欄門便跟著他的腳跟闔上了，其餘的三面都是牆壁，仔細看時，屋角上還有兩個人。

阿Q雖然有些忐忑，卻並不很苦悶，因為他那土穀祠裡的臥室，也並沒有比這間屋子更高明。那兩個也彷彿是鄉下人，漸漸和他兜搭起來了，一個說是舉人老爺要追他祖父欠下來的陳租，一個不知道為了什麼事。他們問阿 Q，阿 Q 爽利的答道，「因為我想造反。」

他下半天便又被抓出栅欄門去了，到得大堂，上面坐著一個滿頭剃得精光的老頭子。阿Q疑心他是和尚，但看見下面站著一排兵，兩旁又站著十幾個長衫人物，也有滿頭剃得精光像這老頭子的，也有將一尺來長的頭髮披在背後像那假洋鬼子的，都是一臉橫肉，怒目而視的看他；他便知道這人一定有些來歷，膝關節立刻自然而然的寬鬆，便跪了下去了。

「站著說！不要跪！」長衫人物都吆喝說。

阿Q雖然似乎懂得，但總覺得站不住，身不由己的蹲了下去，而且終於趁勢改為跪下了。

「奴隸性！……」長衫人物又鄙夷似的說，但也沒有叫他起來。

「你從實招來罷，免得吃苦。我早都知道了。招了可以放你。」那光頭的老頭子看定了阿 Q 的臉，沈靜的清楚的說。

「招罷！」長衫人物也大聲說。

「我本來要……來投……」阿Q糊裡糊塗的想了一通，這才斷斷續續的說。

「那麼，爲什麼不來的呢？」老頭子和氣的問。

「假洋鬼子不准我！」

「胡說！此刻說，也遲了。現在你的同黨在那裡？」

「什麼？……」

「那一晚打劫趙家的一夥人。」

「他們沒有來叫我。他們自己搬走了。」阿Q提起來便憤憤。

「走到那裡去了呢？說出來便放你了。」老頭子更和氣了。

「我不知道，……他們沒有來叫我……」

然而老頭子使了一個眼色，阿Q便又被抓進柵欄門裡了。他第二次抓出柵欄門。是第二天的上午。

大堂的情形都照舊。上面仍然坐著光頭的老頭子，阿Q也仍然下了跪。

老頭子和氣的問道，「你還有什麼話說麼？」

阿Q一想，沒有話，便回答說，「沒有。」

於是一個長衫人物拿了一張紙，並一支筆送到阿 Q 的面前，要將筆塞在他手裡。阿Q這時很吃驚，幾乎「魂飛魄散」了：因爲他的手和筆相關，這回是初次。他正不知怎樣拿；那人卻又指著一處地方教他畫花押。

「我……我……不認得字。」阿Q一把抓住了筆，惶恐而且慚愧的說。

「那麼，便宜你，畫一個圓圈！」

阿Q要畫圓圈了，那手捏著筆卻只是抖。於是那人替他將紙鋪在地上，阿Q伏下去，使盡了平生的力畫圓圈。他生怕被人笑話，立志要畫得圓，但這可惡的筆不但很沈重，並且不聽話，剛剛一抖一抖的幾乎要合縫，卻又向外一聳，畫成瓜子模樣了。

阿Q正羞愧自己畫得不圓，那人卻不計較，早已掣了紙筆去，許多人又將他第二次抓進栅欄門。

他第二次進了栅欄，倒也並不十分懊惱。他以爲人生天地之間，大約本來有時要抓進抓出，有時要在紙上畫圓圈的，惟有圈而不圓，卻是他「行狀」上的一個汙點。但不多時也就釋然了，他想：孫子才畫得很圓的圓圈呢。於是他睡著了。

然而這一夜，舉人老爺反而不能睡：他和把總嘔了氣了。舉人老爺主張第一要追贓，把總主張第一要示衆。把總近來很不將舉人老爺放在眼裡了，拍案打凳的說道，「懲一儆百！你看，我做革命黨還不上二十天，搶案就是十幾件，全不破案，我的面子在那裡？破了案，你又來迂。不成！這是我管的！」舉人老爺窘急了，然而還堅持，說是倘若不追贓，他便立刻辭了幫辦民政的職務。而把總卻道，「請便罷！」於是舉人老爺在這一夜竟沒有睡，但幸而第二天倒也沒有辭。

阿Q第三次抓出栅欄門的時候，便是舉人老爺睡不著的那一夜的明天的上午了。他到了大堂，上面還坐著照例的光頭老頭子；阿Q也照例的下了跪。

老頭子很和氣的問道，「你還有什麼話麼？」

阿Q一想，沒有話，便回答說，「沒有。」

許多長衫和短衫人物，忽然給他穿上一件洋布的白背心。上面有些黑字。阿Q很氣苦：因爲這很像是帶孝，而帶孝是晦氣的。然而同時他的兩手反縛了。同時又被一直抓出衙門外去了。

阿Q被抬上了一輛沒有篷的車，幾個短衣人物也和他同坐在一處。這車立刻走動了，前面是一班背著洋炮的兵們和團丁，兩旁是許多張著嘴的看客，後面怎樣，阿Q沒有見。但他突然覺到了：這豈不是去殺頭麼？他一急，兩眼發黑，耳朵裡嗡的一聲，似乎發昏了。然而他又沒有全發昏，有時雖然著急，有時卻也泰然；他意思之間，似乎覺得人生天地間，大約本來有時也未免要殺頭的。

他還認得路，於是有些詫異了：怎麼不向著法場走呢？他不知道這是在遊街，在示衆。但即使知道也一樣，他不過便以爲人生天地間，大約本來有時也未免要遊街要示衆罷了。

他省悟了，這是繞到法場去的路，這一定是「嚓」的去殺頭。他惘惘的向左右看，全跟著螞蟻似的人，而在無意中，卻在路旁的人叢中發見了一個吳媽。很久違，伊原來在城裡做工了。阿Q忽然很羞愧自己沒志氣：竟沒有唱幾句戲。他的思想彷彿旋風似的在腦裡一迴旋：《小孤孀上墳》欠堂皇，《龍虎鬥》裡的「悔不該……」也太乏，還是「手執鋼鞭將你打」罷。他同時想將手一揚，才記得這兩手原來都捆著，於是「手執鋼鞭」也不唱了。

「過了二十年又是一個……」阿 Q 在百忙中，「無師自通」的說出半句從來不說的話。

「好！！！」從人叢裡，便發出豺狼的嗥叫一般的聲音來。

車子不住的前行，阿Q在喝采聲中，輪轉眼睛去看吳媽，似乎伊一向並沒有見他，卻只是出神的看著兵們背上的洋炮。

阿Q於是再看那些喝采的人們。

這剎那中，他的思想又彷彿旋風似的在腦裡一迴旋了。四年之前，他曾在山腳下遇見一隻餓狼，永是不近不遠的跟定他，要吃他的肉。他那時嚇得幾乎要死，幸而手裡有一柄斫柴刀，才得仗這壯了膽，支持到未莊；可是永遠記得那狼眼睛，又凶又怯，閃閃的像兩顆鬼火，似乎遠遠的來穿透了他的皮肉。而這回他又看見從來沒有見過的更可怕的眼睛了，又鈍又鋒利，不但已經咀嚼了他的話，並且還要咀嚼他皮肉以外的東西，永是不遠不近的跟他走。

這些眼睛們似乎連成一氣，已經在那裡咬他的靈魂。

「救命，……」

然而阿Q沒有說。他早就兩眼發黑，耳朵裡嗡的一聲，覺得全身彷彿微塵似的迸散了。

至於當時的影響，最大的倒反在舉人老爺，因爲終於沒有追贓，他全家都號咷了。其次是趙府，非特秀才因爲上城去報官，被不好的革命黨剪了辮子，而且又破費了二十千的賞錢，所以全家也號咷了。從這一天以來，他們便漸漸的都發生了遺老的氣味。

至於輿論，在未莊是無異議，自然都說阿Q壞，被槍斃便是他的壞的證據；不壞又何至於被槍斃呢？而城裡的輿論卻不佳，他們多半不滿足，以爲槍斃並無殺頭這般好看；而且那是怎樣的一個可笑的死囚呵，遊了那麼久的街，竟沒有唱一句戲：他們白跟一趟了。

一九二一年十二月

1 本篇最初分章發表於北京《晨報副刊》，自一九二一年十二月四日起至一九二二年二月十二日止，每周或隔周刊登一次，署名巴人。作者在一九二五年曾為這篇小說的俄文譯本寫過一篇短序，後收在《集外集》中；一九二六年又寫過〈阿Q正傳的成因〉一文，收在《華蓋集續編》中，都可參看。

2 「立言」　我國古代所謂「三不朽」之一。《左傳》襄公二十四年載魯國大夫叔孫豹的話：「太上有立德，其次有立功，其次有立言，雖久不廢，此之謂不朽。」

3 「名不正則言不順」　語見《論語．子路》。

4 內傳　小說體傳記的一種。作者在一九三一年三月三日給《阿Q正傳》日譯者山上正義的校譯中說：「昔日道士寫仙人的事多以『內傳』題名。」

5 「正史」　封建時代由官方撰修或認可的史書。清代乾隆時規定自《史記》至《明史》歷代二十四部紀傳體史書為「正史」。「正史」中的《列傳》部分，一般都是著名人物的傳記。

6 宣付國史館立「本傳」　舊時效忠於統治階級的重要人物或所謂名人，死後由政府明令褒揚，令文末常有「宣付國史館立傳」的話。歷代編纂史書的機構，名稱不一，清代叫國史館。辛亥革命後，北洋軍閥及國民黨政府都曾沿用這一名稱。

7 迭更司（C. Dickens,1812-1870）　通譯狄更斯，英國小說家。著有《大衛．科波菲爾》、《雙城記》等。《博徒別傳》原名《勞特奈．斯吞》，英國小說家柯南．道爾（1859-1930）著，陳大澄等譯，是商務印書館出版的《說部叢書》之一。魯迅在一九二六年八月八日致韋素園信中曾說：「《博徒別傳》是Rodney Stone的譯名，但是C. Doyle做的。《阿Q正傳》中說是迭更司作，乃是我誤記。」

8 「引車賣漿者流」　這是當時林琴南寫給蔡元培的信中攻擊白話文的用語。一九三一年三月三日作者給日本山上正義的校釋中說：「『引車賣漿』，即拉車賣豆腐漿之謂，係指蔡元培氏之父。那時，蔡元培氏為北京大學校長，亦係主張白話者之一，故亦受到攻擊之矢。」

9 不入三教九流的小說家　三教，指儒教、佛教、道教；九流，即九家。《漢書．藝文志》中分古代諸子為十家：儒家、道家、陰陽家、法家、名家、墨家、縱橫家、雜家、農家、小說家，並說：「諸子十家，其可觀者九家而已。」「小說家者流，蓋出於稗官。街談巷語，道聽途說者之所造也。……是以君子弗為也。」

10 《書法正傳》　一部關於書法的書，清代馮武著，共十卷。這裡的

「正傳」是「正確的傳授」的意思。

11 「著之竹帛」　語出《呂氏春秋．仲春紀》：「著乎竹帛，傳乎後世」。竹，竹筒；帛，絲綢。我國古代未發明造紙前曾用來書寫文字。

12 茂才　即秀才。東漢時，因為避光武帝劉秀的名諱，改秀才為茂才；後來有時也沿用作秀才的別稱。

13 陳獨秀辦了《新青年》提倡洋字　指一九一八年前後錢玄同等人在《新青年》雜誌上開展關於廢除漢字、改用羅馬字母拼音的討論一事。一九三一年三月三日作者在給山上正義的校釋中說：「主張使用羅馬字母的是錢玄同，這裡說是陳獨秀，係茂才公之誤。」

14 《郡名百家姓》《百家姓》是以前學塾所用的識字課本之一，宋初人編纂。為便於誦讀，將姓氏連綴為四言韻語。《郡名百家姓》則在每一姓上都附註郡（古代地方區域的名稱）名，表示某姓望族曾居古代某地，如趙為「天水」、錢為「彭城」之類。

15 胡適之　即胡適。他在一九二〇年七月所作〈《水滸傳》考證〉中自稱「有歷史癖與考據癖」。

16 「行狀」　原指封建時代記述死者世系、籍貫、生卒、事跡的文字，一般由其家屬撰寫。這裡泛指經歷。

17 土穀祠　即土地廟。土穀，指土地神和五穀神。

18 「文童」　也稱「童生」，指科舉時代習舉業而尚未考取秀才的人。

19 狀元　科舉時代，經皇帝殿試取中的第一名進士叫狀元。

20 押牌寶　一種賭博。賭局中為主的人叫「莊家」；下文的「青龍」、「天門」、「穿堂」等都是押牌寶的用語，指押賭注的位置；「四百」、「一百五十」是押賭注的錢數。

21 「塞翁失馬安知非福」　據《淮南子．人間訓》：「近塞上之人有善術者，馬無故亡胡中，人皆吊之。其父曰：此何遽不能為福乎？居數月，其馬將胡駿馬而歸，人皆賀之。其父曰：此何遽不能為禍乎？家富馬良，其子好騎，墮而折髀，人皆吊之。其父曰：此何遽不能為福乎？居一年，胡人大入塞，丁壯者控弦而戰，塞上之人死者十九，此獨以跛之故，父子相保。故福之為禍，禍之為福，化不可極，深不可測也。」

22 賽神　即迎神賽會，用儀仗、鼓樂和雜戲迎神出廟，周遊街巷，以酬神祈福。

23 《小孤孀上墳》　當時流行的一齣紹興地方戲。

24 太牢　按古代祭禮，原指牛、羊、豬三牲，但後來單稱牛為太牢。

25 皇帝已經停了考　光緒三十一年（1905），清政府下令自丙午科起，廢止科舉考試。

26 哭喪棒　舊時在為父母送殯時，兒子需手拄「孝杖」，以表示悲痛難支。阿Q因厭惡假洋鬼子，所以把他的手杖咒為「哭喪棒」。

27 「不孝有三無後為大」　語見《孟子・離婁》。

28 「若敖之鬼餒而」　語出《左傳》宣公四年：楚國司馬子良（若敖氏）的兒子越椒長相兇惡，子良的哥哥子文認為越椒長大後會招致滅族之禍，要子良殺死他。子良沒有依從。子文臨死時說：「鬼猶求食，若敖氏之鬼不其餒而。」意思是若敖氏以後沒有子孫供飯，鬼魂都要挨餓了。而，語尾助詞。

29 「不能收其放心」　《尚書・畢命》：「雖收放心，閒之維艱。」放心，心無約束的意思。

30 妲己　殷紂王的妃子。下文的褒姒是周幽王的妃子。《史記》中有商因妲己而亡，周因褒姒而衰的記載。貂蟬是《三國演義》中王允家的一個歌妓，書中有呂布為爭奪她而殺死董卓的故事。作者在這裡是諷刺那種把歷史上亡國敗家的原因都歸罪於婦女的觀點。

31 「男女之大防」　指封建禮教對男女之間所規定得嚴格界限，如「男子居外，女子居內」（《禮記・內則》），「男女授受不親」（《孟子・離樓》），等等。

32 「誅心」　猶「誅意」。《後漢書・霍諝傳》：「《春秋》之義，原情定過，赦事誅意。」誅心、誅意，指不同實際情形如何而主觀地推究別人的居心。

33 「而立」　語出《論語・為政》：「三十而立」。原是孔丘說他三十歲在學問上有所自立的話，後來就常用「而立」代指三十歲。

34 小 Don　即小同。作者在《且介亭雜文・寄〈戲〉周刊編者信》中說：「他叫『小同』，大起來，和阿Q一樣。」

35 「我手執鋼鞭將你打！」　這一句及下文的「悔不該，酒醉錯斬了鄭賢弟」，都是當時紹興地方戲《龍虎鬥》中的唱詞。這齣戲演的是宋太祖趙匡胤和呼延贊交戰的故事。鄭賢弟，指趙匡胤部下猛將鄭子明。

36 「士別三日便當刮目相待」　語出《三國志・吳書・呂蒙傳》裴松之注：「士別三日，即更刮目相待。」刮目，拭目的意思。

37 三十二張的竹牌　一種賭具。即牙牌或骨牌，用象牙或獸骨所制，簡陋的就用竹製成。下文的「麻醬」指麻雀牌，俗稱麻將，也是一種賭具。阿 Q 把「麻將」訛為「麻醬」。

38 三百大錢九二串　即「三百大錢，以九十二文作為一百」（見《華蓋集續編．阿Q正傳的成因》）。舊時我國用的銅錢，中有方孔，可用繩子串在一起，每千枚（或每枚「當十」的大錢一百枚）為一串，稱作一吊，但實際上常不足數。

39 「庭訓」　《論語．季氏》載：孔丘「嘗獨立，鯉（按即孔丘的兒子）趨而過庭」，孔丘要他學「詩」、學「禮」。後來就常有人稱父親的教訓為「庭訓」或「過庭之訓」。

40 「斯亦不足畏也矣」　語見《論語．子罕》。

41 宣統三年九月十四日　這一天是公元一九一一年十一月四日，辛亥革命武昌起義後的第二十五天。據《中國革命記》第三冊（一九一一年上海自由社編印）記載：辛亥九月十四日杭州府為民軍佔領，紹興府即日宣布光復。

42 穿著崇正皇帝的素　崇正，作品中人物對崇禎的訛稱。崇禎是明思宗（朱由檢）的年號。明亡於清，後來有些農民起義的部隊，常用「反清復明」的口號來反對清朝統治，因此直到清末還有人認為革命軍起義是替崇禎皇帝報仇。

43 寧式床　浙江寧波一帶製作的一種比較講究的床。

44 「咸與維新」　語見《尚書．胤征》。原意指對一切受惡習影響的人都給以棄舊從新的機會。這裡指辛亥革命時革命派與反動勢力妥協，地主官僚等乘此投機的現象。

45 宣德爐　明宣宗宣德年間（1426-1435）製造的一種比較名貴的小型銅香爐，爐底有「大明宣德年制」字樣。

46 把總　清代最下一級的武官。

47 「黃傘格」　一種寫信格式。在八行豎寫的信紙上，每行都有頌揚或表示敬意的語句，這些語句都抬頭寫，但不寫到底，近中央處的一行寫受信人的名號，更加抬高一格，下面的字也多一些，這一行便矗立於兩旁的短行之間，看起來像一把黃傘的傘柄。黃傘是封建時代高貴的儀仗之一，故這種寫法稱「黃傘格」。這樣的信表示對於對方的敬意。

48 柿油黨的頂子　柿油黨是「自由黨」的諧音，作者在《華蓋集續編．阿Q正傳的成因》中說：「『柿油黨』……原是『自由黨』，鄉下人不能懂，便訛成他們能懂的『柿油黨』了。」頂子是清代官員帽頂上表示官階的帽珠。這裡是未莊人把自由黨的徽章比做官員的「頂子」。

49 翰林　唐代以來皇帝的文學侍從的名稱。明、清時代凡進士選入翰林院供職者通稱翰林，擔任編修國史、起草文件等工作，是一種名望較高的文職官銜。

50 劉海仙　指五代時的劉海蟾。相傳他在終南山修道成仙。流行於民間的他的畫像，一般都是披著長髮，前額覆有短髮。

51 洪哥　大概指黎元洪。他原任清朝新軍第二十一混成協的協統（相當於以後的旅長），一九一一年武昌起義時，被拉出來擔任革命軍的鄂軍都督。他並未參與武昌起義的籌畫。

52 義皇　指伏羲氏。傳說中我國上古時代的帝王。他的時代過去曾被形容為太平盛世。

社戲[1]

我在倒數上去的二十年中，只看過兩回中國戲，前十年是絕不看，因爲沒有看戲的意思和機會，那兩回全在後十年，然而都沒有看出什麼來就走了。

第一回是民國元年我初到北京的時候，當時一個朋友對我說，北京戲最好，你不去見見世面麼？我想，看戲是有味的，而況在北京呢。於是都興致勃勃的跑到什麼園，戲文已經開場了，在外面也早聽到咚咚地響。我們挨進門，幾個紅的綠的在我的眼前一閃爍，便又看見戲台下滿是許多頭，再定神四面看，卻見中間也還有幾個空座，擠過去要坐時，又有人對我發議論，我因爲耳朵已經喤喤的響著了，用了心，才聽到他是說「有人，不行！」

我們退到後面，一個辮子很光的卻來領我們到了側面，指出一個地位來。這所謂地位者，原來是一條長凳，然而他那坐板比我的上腿要狹到四分之三，他的腳比我的下腳要長過三分之二。我先是沒有爬上去的勇氣，接著便聯想到私刑拷打的刑具，不由得毛骨悚然的走出了。

走了許多路，忽聽得我的朋友的聲音道，「究竟怎的？」我回過臉去，原來他也被我帶出來了。他很詫異的說，「怎麼總是走，不答應？」我說，「朋友，對不起，我耳朵只在咚咚喤喤的響，並沒有聽到你的話。」

後來我每一想到，便很以爲奇怪，似乎這戲不太好，——否則便是我近來在戲台下不適於生存了。

第二回忘記了那一年，總之是募集湖北水災捐而譚叫天[2]還沒有死。捐法是兩元錢買一張戲票，可以到第一舞台去看戲，扮演的多是名角，其一就是小叫天。我買了一張票，本是對於勸募人聊以塞責的，然而似乎又有好事家乘機對我說了些叫天不可不看的大法要了。我於是忘了前幾年的咚咚喤喤之災，竟到第一舞台去了，但大約一半也因爲重價購來的寶票，總得使用了才舒服。我打聽得叫天出台是遲的，而第一舞台卻是新式構造，用不著爭座位，便放了心，延宕到九點鐘才出去，誰料照例，人都滿了，連立足也難，我只得擠在遠處的人叢中看一個老旦在台上唱。那老旦嘴邊插著兩個點火的紙捻子，旁邊有一個鬼卒，我費盡思量，才疑心他或者是目連[3]的母親，因爲後來又出來了一個和尚。然而我又不知道那名角是誰，就去問擠小在我的左邊的一位胖紳士。他很看不起似的斜瞥了我一眼，說道，「龔雲甫[4]！」我深愧淺陋而且粗疏，臉上一熱，同時腦裡也制出了決不再問的定章，於是看小旦唱，看花旦唱，看老生唱，看不知什麼角色唱，看一大班人亂打，看兩三個人互打，從九點多到十點，從十點到十一點，從十一點到十一點半，從十一點半到十二點，——然而叫天竟還沒有來。

我向來沒有這樣忍耐的等候過什麼事物，而況這身邊的胖紳士的吁吁的喘氣，這台上的咚咚喤喤的敲打，紅紅綠綠的晃蕩，加之以十二點，忽而使我省悟到這裡不適於生存了。我同時便機械的擰轉身子，用力往外只一擠，覺得背後便已滿滿的，大約那彈性的胖紳士早在我的空處胖開了他的右半身了。我後無回路，自然擠而又擠，終於出了大門。街上除了專等看客的車輛之外，幾乎沒有什麼行人了，大門口卻還有十幾個人昂著頭看戲目，別有一堆人站著並不看什麼，我想：他們大概是看散戲之後出來的女人們的，而叫天卻還沒有來……

然而夜氣很清爽，眞所謂「沁人心脾」，我在北京遇著這樣的好空氣，仿佛這是第一遭了。

這一夜，就是我對於中國戲告了別的一夜，此後再沒有想到他，即使偶爾經過戲園，我們也漠不相關，精神上早已一在天之南一在地之北了。

但是前幾天，我忽在無意之中看到一本日本文的書，可惜忘記了書名和著者，總之是關於中國戲的。其中有一篇，大意仿佛說，中國戲是大敲，大叫，大跳，使看客頭昏腦眩，很不適於劇場，但若在野外散漫的所在，遠遠的看起來，也自有他的風致。我當時覺得這正是說了在我意中而未曾想到的話，因爲我確記得在野外看過很好的好戲，到北京以後的連進兩回戲園去，也許還是受了那時的影響裡。可惜我不知道怎麼一來，竟將書名忘卻了。

至於我看那好戲的時候，卻實在已經是「遠哉遙遙」的了，其時恐怕我還不過十一二歲。我們魯鎭的習慣，本來是凡有出嫁的女兒，倘自己還未當家，夏間便大抵回到母家去消夏。那時我的祖母雖然還康健，但母親也已分擔了些家務，所以夏期便不能多日的歸省了，只得在掃墓完畢之後，抽空去住幾天，這時我便每年跟了我的母親住在外祖母的家裡。那地方叫平橋村，是一個離海邊不遠，極偏僻的，臨河的小村莊；住戶不滿三十家，都種田，打魚，只有一家很小的雜貨店。但在我是樂土：因爲我在這裡不但得到優待，又可以免念「秩秩斯干幽幽南山」[5]了。

和我一同玩的是許多小朋友，因爲有了遠客，他們也都從父母那裡得了減少工作的許可，伴我來遊戲。在小村裡，一家的客，幾乎也就是公共的。我們年紀都相仿，但論起行輩來，卻至少是叔子，有幾個還是太公，因爲他們合村都同姓，是本家。然而我們是朋友，即使偶爾吵鬧起來，打了太公，一村的老老小小，也決沒有一個會想出「犯上」這兩個字來，而他們也百分之九十九不識字。

我們每天的事情大概是掘蚯蚓，掘來穿在銅絲做的小鉤上，伏在河沿上去釣蝦。蝦是水世界裡的呆子，決不憚用了自己的兩個鉗捧著鉤尖送到嘴裡去的，所以不半天便可以釣到一大碗。這蝦照例是歸我吃的。其次便是一同去放牛，但或者因爲高等動物了的緣故罷，黃牛水牛都欺生，敢於欺侮我，因此我也總不敢走近身，只好遠遠地跟著，站著。這時候，小朋友們便不再原諒我會讀「秩秩斯干」，卻全都嘲笑起來了。

至於我在那裡所第一盼望的，卻在到趙莊去看戲。趙莊是離平橋村五里的較大的村莊；平橋村太小，自己演不起戲，每年總付給趙莊多少錢，算作合做的。當時我並不想到他們爲什麼年年要演戲。現在想，那或者是春賽，是社戲[6]了。

就在我十一二歲時候的這一年，這日期也看看等到了。不料這一年眞可惜，在早上就叫不到船。平橋村只有一只早出晚歸的航船是大船，決沒有留用的道理。其餘的都是小船，不合用；央人到鄰村去問，也沒有，早都給別人定下了。外祖母很氣惱，怪家裡的人不早定，絮叨起來。母親便寬慰伊，說我們魯鎮的戲比小村裡的好得多，一年看幾回，今天就算了。只有我急得要哭，母親卻竭力的囑咐我，說萬不能裝模裝樣，怕又招外祖母生氣，又不准和別人一同去，說是怕外祖母要擔心。

總之，是完了。到下午，我的朋友都去了，戲已經開場了，我似乎聽到鑼鼓的聲音，而且知道他們在戲台下買豆漿喝。

這一天我不釣蝦，東西也少吃。母親很為難，沒有法子想。到晚飯時候，外祖母也終於覺察了，並且說我應當不高興，他們太怠慢，是待客的禮數裡從來所沒有的。吃飯之後，看過戲的少年們也都聚攏來了，高高興興的來講戲。只有我不開口；他們都嘆息而且表同情。忽然間，一個最聰明的雙喜大悟似的提議了，他說，「大船？八叔的航船不是回來了嗎？」十幾個別的少年也大悟，立刻攛掇起來，說可以坐了這航船和我一同去。我高興了。然而外祖母又怕都是孩子們，不可靠；母親又說是若叫大人一同去，他們白天全有工作，要他熬夜，是不合情理的。在這遲疑之中，雙喜可又看出底細來了，便又大聲的說道，「我寫包票！船又大；迅哥兒向來不亂跑；我們又都是識水性的！」

誠然！這十多個少年，委實沒有一個不會鳧水的，而且兩三個還是弄潮的好手。

外祖母和母親也相信，便不再駁回，都微笑了。我們立刻一哄的出了門。

我的很重的心忽而輕鬆了，身體也似乎舒展到說不出的大。一出門，便望見月下的平橋內泊著一只白篷的航船，大家跳下船，雙喜拔前篙，阿發拔後篙，年幼的都陪我坐在艙中，較大的聚在船尾。母親送出來吩咐「要小心」的時候，我們已經點開船，在橋石上一磕，退後幾尺，即又上前出了橋。於是架起兩支櫓，一支兩人，一里一換，有說笑的，有嚷的，夾著潺潺的船頭激水的聲音，在左右都是碧綠的豆麥田地的河流中，飛一般徑向趙莊前進了。

兩岸的豆麥和河底的水草所發散出來的清香，夾雜在水氣中撲面的吹來；月色便朦朧在這水氣裡。淡黑的起伏的連山，彷彿是踴躍的鐵的獸脊似的，都遠遠地向船尾跑去了，但我卻還以爲船慢。他們換了四回手，漸望見依稀的趙莊，而且似乎聽到歌吹了，還有幾點火，料想便是戲台，但或者也許是漁火。

那聲音大概是橫笛，宛轉，悠揚，使我的心也沉靜，然而又自失起來，覺得要和他彌散在含著豆麥蘊藻之香的夜氣裡。

那火接近了，果然是漁火；我才記得先前望見的也不是趙莊。那是正對船頭的一叢松柏林，我去年也曾經去遊玩過，還看見破的石馬倒在地下，一個石羊蹲在草裡呢。過了那林，船便彎進了叉港，於是趙莊便眞在眼前了。

最惹眼的是屹立在莊外臨河的空地上的一座戲台，模糊在遠外的月夜中，和空間幾乎分不出界限，我疑心畫上見過的仙境，就在這裡出現了。這時船走得更快，不多時，在台上顯出人物來，紅紅綠綠的動，近台的河裡一望烏黑的是看戲的人家的船篷。

「近台沒有什麼空了，我們遠遠的看罷。」阿發說。

這時船慢了，不久就到，果然近不得台旁，大家只能下了篙，比那正對戲台的神棚還要遠。其實我們這白篷的航船，本也不願意和烏篷的船在一處，而況並沒有空地呢……

在停船的匆忙中，看見台上有一個黑的長胡子的背上插著四張旗，捏著長槍，和一群赤膊的人正打仗。雙喜說，那就是有名的鐵頭老生，能連翻八十四個筋斗，他日裡親自數過的。

我們便都擠在船頭上看打仗，但那鐵頭老生卻又並不翻筋斗，只有幾個赤膊的人翻，翻了一陣，都進去了，接著走出一個小旦來，咿咿呀呀的唱。雙喜說，「晚上看客少，鐵頭老生也懈了，誰肯顯本領給白地看呢？」我相信這話對，因為其時台下已經不很有人，鄉下人為了明天的工作，熬不得夜，早都睡覺去了，疏疏朗朗的站著的不過是幾十個本村和鄰村的閒漢。烏篷船裡的那些土財主的家眷固然在，然而他們也不在乎看戲，多半是專到戲台下來吃糕餅水果和瓜子的。所以簡直可以算白地。

然而我的意思卻也並不在乎看翻筋斗。我最願意看的是一個人蒙了白布，兩手在頭上捧著一隻棒似的蛇頭的蛇精，其次是套了黃布衣跳老虎。但是等了許多時都不見，小旦雖然進去了，立刻又出來了一個很老的小生。我有些疲倦了，托桂生買豆漿去。他去了一刻，回來說，「沒有。賣豆漿的聾子也回去了。日裡倒有，我還喝了兩碗呢。現在去舀一瓢水來給你喝罷。」

我不喝水，支撐著仍然看，也說不出見了些什麼，只覺得戲子的臉都漸漸的有些稀奇了，那五官漸不明顯，似乎融成一片的再沒有什麼高低。年紀小的幾個多打呵欠了，大的也各管自己談話。忽而一個紅衫的小丑被綁在台柱子上，給一個花白鬍子的用馬鞭打起來了，大家才又振作精神的笑著看。在這一夜裡，我以為這實在要算是最好的一折。

然而老旦終於出台了。老旦本來是我所最怕的東西，尤其是怕他坐下了唱。這時候，看見大家也都很掃興，才知道他們的意見是和我一致的。那老旦當初還只是踱來踱去的唱，後來竟在中間的一把交椅上坐下了。我很擔心；雙喜他們卻就破口喃喃的罵。我忍耐的等著，許多工夫，只見那老旦將手一抬，我以爲就要站起來了，不料他卻又慢慢的放下在原地方，仍舊唱。全船裡幾個人不住的吁氣，其餘的也打起呵欠來。雙喜終於熬不住了，說道，怕他會唱到天明還不完，還是我們走的好罷。大家立刻都贊成，和開船時候一樣踴躍，三四人徑奔船尾，拔了篙，點退幾丈，回轉船頭，架起櫓，罵著老旦，又向那松柏林前進了。

月還沒有落，彷彿看戲也並不很久似的，而一離趙莊，月光又顯得格外的皎潔。回望戲台在燈火光中，卻又如初來未到時候一般，又漂渺得像一座仙山樓閣，滿被紅霞罩著了。吹到耳邊來的又是橫笛，很悠揚；我疑心老旦已經進去了，但也不好意思說再回去看。

不多久，松柏林早在船後了，船行也並不慢，但周圍的黑暗只是濃，可知已經到了深夜。他們一面議論著戲子，或罵，或笑，一面加緊的搖船。這一次船頭的激水聲更其響亮了，那航船，就像一條大白魚背著一群孩子在浪花裡躥，連夜漁的幾個老漁父，也停了艇子看著喝采起來。

離平橋村還有一里模樣，船行卻慢了，搖船的都說很疲乏，因爲太用力，而且許久沒有東西吃。這回想出來的是桂生，說是羅漢豆[7]正旺相，柴火又現成，我們可以偷一點來煮吃的。大家都贊成，立刻近岸停了船；岸上的田裡，烏油油的便都是結實的羅漢豆。

「阿阿，阿發，這邊是你家的，這邊是老六一家的，我們偷那一邊的呢？」雙喜先跳下去了，在岸上說。

我們也都跳上岸，阿發一面跳，一面說道，「且慢，讓我來看一看罷，」他於是往來的摸了一回，直起身來說道，「偷我們的罷，我們的大得多呢。」一聲答應，大家便散開在阿發家的豆田裡，各摘了一大捧，拋入船艙中。雙喜以為再多偷，倘給阿發的娘知道是要哭罵的，於是各人便到六一公公的田裡又各偷了一大捧。

我們中間幾個年長的仍然慢慢的搖著船，幾個到後艙去生火，年幼的和我都剝豆。不久豆熟了，便任憑航船浮在水面上，都圍起來用手撮著吃。吃完豆，又開船，一面洗器具，豆莢豆殼全拋在河水裡，什麼痕跡也沒有了。雙喜所慮的是用了八公公船上的鹽和柴，這老頭子很細心，一定要知道，會罵的。然而大家議論之後，歸結是不怕。他如果罵，我們便要他歸還去年在岸邊拾去的一枝枯柏樹，而且當面叫他「八癩子」。

「都回來了！那裡會錯。我原說過寫包票的！」雙喜在船頭上忽而大聲的說。

我向船頭一望，前面已經是平橋。橋腳上站著一個人，卻是我的母親，雙喜便是對伊說著話。我走出前艙去，船也就進了平橋了，停了船，我們紛紛都上岸。母親頗有些生氣，說是過了三更了，怎麼回來得這樣遲，但也就高興了，笑著邀大家去吃炒米。

大家都說已經吃了點心，又渴睡，不如及早睡的好，各自回去了。

第二天，我向午才起來，並沒有聽到什麼關係八公公鹽柴事件的糾葛，下午仍然去釣蝦。

「雙喜，你們這班小鬼，昨天偷了我的豆了罷？又不肯好好的摘，踏壞了不少。」我抬頭看時，是六一公公棹著小船，賣了豆回來了，船肚裡還有剩下的一堆豆。

「是的，我們請客。我們當初還不要你的呢。你看，你把我的蝦嚇跑了！」雙喜說。

六一公公看見我，便停了楫，笑道，「請客？——這是應該的。」於是對我說，「迅哥兒，昨天的戲可好嗎？」

我點一點頭，說道，「好。」

「豆可中吃呢？」

我又點一點頭，說道，「很好。」

不料六一公公竟非常感激起來，將大拇指一翹，得意的說道，「這眞是大市鎮裡出來的讀過書的人才識貨！我的豆種是粒粒挑選過的，鄉下人不識好歹，還說我的豆比不上別人的呢。我今天也要送些給我們的姑奶奶嘗嘗去……」他於是打著楫子過去了。

待到母親叫我回去吃晚飯的時候，桌上便有一大碗煮熟了的羅漢豆，就是六一公公送給母親和我吃的。聽說他還對母親極口誇獎我，說「小小年紀便有見識，將來一定要中狀元。姑奶奶，你的福氣是可以寫包票的了。」但我吃了豆，卻並沒有昨夜的豆那麼好。

眞的，一直到現在，我實在再沒有吃到那夜似的好豆，——也不再看到那夜似的好戲了。

一九二二年十月

1　本篇最初發表於一九二二年十二月上海《小說月報》第十三卷第十二號。

2　譚叫天（1847-1917）　即譚鑫培，又稱小叫天，當時的京劇演員，擅長老生戲。

3　目連　釋迦牟尼的弟子。據《盂蘭盆經》說，目連的母親因生前違犯佛教戒律，墮入地獄，他曾入地獄救母。《目連救母》一劇，舊時在民間很流行。

4　龔雲甫（1862-1932）　當時的京劇演員，擅長老旦戲。

5　「秩秩斯干幽幽南山」　語見《詩經・小雅・斯干》。據漢代鄭玄注：「秩秩，流行也；干，澗也；幽幽，深遠也。」

6　社戲　「社」原指土地神或土地廟。在紹興，社是一種區域名稱，社戲就是社中每年所演的「年規戲」。

7　羅漢豆　即蠶豆。

〔彷徨〕

本書收作者一九二四年至一九二五年所作小說十一篇。一九二六年八月由北京北新書局初版，列為作者所編的《烏合叢書》之一。

祝福[1]

舊曆的年底畢竟最像年底，村鎮上不必說，就在天空中也顯出將到新年的氣象來。灰白色的沈重的晚雲中間時時發出閃光，接著一聲鈍響，是送灶[2]的爆竹；近處燃放的可就更強烈了，震耳的大音還沒有息，空氣裡已經散滿了幽微的火藥香。我是正在這一夜回到我的故鄉魯鎮的。雖說故鄉，然而已沒有家，所以只得暫寓在魯四老爺的宅子裡。他是我的本家，比我長一輩，應該稱之曰「四叔」，是一個講理學的老監生[3]。他比先前並沒有什麼大改變，單是老了些，但也還未留鬍子，一見面是寒暄，寒暄之後說我「胖了」，說我「胖了」之後即大罵其新黨[4]。但我知道，這並非借題在罵我：因為他所罵的還是康有為[5]。但是，談話是總不投機的了，於是不多久，我便一個人剩在書房裡。

第二天我起得很遲，午飯之後，出去看了幾個本家和朋友；第三天也照樣。他們也都沒有什麼大改變，單是老了些；家中卻一律忙，都在準備著「祝福」[6]。這是魯鎮年終的大典，致敬盡禮，迎接福神，拜求來年一年中的好運氣的。殺雞，宰鵝，買豬肉，用心細細的洗，女人的臂膊都在水裡浸得通紅，有的還帶著絞絲銀鐲子。煮熟之後，橫七豎八的插些筷子在這類東西上，可就稱爲「福禮」了，五更天陳列起來，並且點上香燭，恭請福神們來享用；拜的卻只限於男人，拜完自然仍然是放爆竹。年年如此，家家如此，——只要買得起福禮和爆竹之類的，——今年自然也如此。天色愈陰暗了，下午竟下起雪來，雪花大的有梅花那麼大，滿天飛舞，夾著煙靄和忙碌的氣色，將魯鎮亂成一團糟。我回到四叔的書房裡時，瓦楞上已經雪白，房裡也映得較光明，極分明的顯出壁上掛著的朱拓[7]的大「壽」字，陳摶[8]老祖寫的；一邊的對聯已經脫落，鬆鬆的捲了放在長桌上，一邊的還在，道是「事理通達心氣和平」[9]。我又無聊賴的到窗下的案頭去一翻，只見一堆似乎未必完全的《康熙字典》，一部《近思錄集注》和一部《四書襯》[10]。無論如何，我明天決計要走了。

況且，一想到昨天遇見祥林嫂的事，也就使我不能安住。那是下午，我到鎮的東頭訪過一個朋友，走出來，就在河邊遇見她；而且見她瞪著的眼睛的視線，就知道明明是向我走來的。我這回在魯鎮所見的人們中，改變之大，可以說無過於她的了：五年前的花白的頭髮，即今已經全白，全不像四十上下的人；臉上瘦削不堪，黃中帶黑，而且消盡了先前悲哀的神色，彷彿是木刻似的；只有那眼珠間或一輪，還可以表示她是一個活物。她一手提著竹籃，內中一個破碗，空的；一手拄著一支比她更長的竹竿，下端開了裂：她分明已經純乎是一個乞丐了。

我就站住，豫備她來討錢。

「你回來了？」她先這樣問。

「是的。」

「這正好。你是識字的，又是出門人，見識得多。我正要問你一件事——」她那沒有精采的眼睛忽然發光了。

我萬料不到她卻說出這樣的話來，詫異的站著。

「就是——」她走近兩步，放低了聲音，極秘密似的切切的說，「一個人死了之後，究竟有沒有魂靈的？」

我很悚然，一見她的眼釘著我的，背上也就遭了芒刺一般，比在學校裡遇到不及豫防的臨時考，教師又偏是站在身旁的時候，惶急得多了。對於魂靈的有無，我自己是向來毫不介意的；但在此刻，怎樣回答她好呢？我在極短期的躊躕中，想，這裡的人照例相信鬼，然而她，卻疑惑了，——或者不如說希望：希望其有，又希望其無……。人何必增添末路的人的苦惱，爲她起見，不如說有罷。

「也許有罷，——我想。」我於是吞吞吐吐的說。

「那麼，也就有地獄了？」

「阿！地獄？」我很吃驚，只得支唔著，「地獄？——論理，就該也有。——然而也未必，……誰來管這等事……。」

「那麼，死掉的一家的人，都能見面的？」

「唉唉，見面不見面呢？……」這時我已知道自己也還是完全一個愚人，什麼躊躕，什麼計畫，都擋不住三句問。我即刻膽怯起來了，便想全翻過先前的話來，「那是，……實在，我說不清……。其實，究竟有沒有魂靈，我也說不清。」

我乘她不再緊接的問，邁開步便走，匆匆的逃回四叔的家中，心裡很覺得不安逸。自己想，我這答話怕於她有些危險。她大約因爲在別人的祝福時候，感到自身的寂寞了，然而會不會含有別的什麼意思的呢？——或者是有了什麼豫感了？倘有別的意思，又因此發生別的事，則我的答話委實該負若干的責任……。但隨後也就自笑，覺得偶爾的事，本沒有什麼深意義，而我偏要細細推敲，正無怪教育家要說是生著神經病；而況明明說過「說不清」。已經推翻了答話的全局，即使發生什麼事，於我也毫無關係了。

「說不清」是一句極有用的話。不更事的勇敢的少年，往往敢於給人解決疑問，選定醫生，萬一結果不佳，大抵反成了怨府，然而一用這說不清來作結束，便事事逍遙自在了。我在這時，更感到這一句話的必要，即使和討飯的女人說話，也是萬不可省的。

但是我總覺得不安，過了一夜，也仍然時時記憶起來，彷彿懷著什麼不祥的豫感；在陰沈的雪天裡，在無聊的書房裡，這不安愈加強烈了。不如走罷，明天進城去。福興樓的清燉魚翅，一元一大盤，價廉物美，現在不知增價了否？往日同遊的朋友，雖然已經雲散，然而魚翅是不可不吃的，即使只有我一個……。無論如何，我明天決計要走了。

我因爲常見些但願不如所料，以爲未必竟如所料的事，卻每每恰如所料的起來，所以很恐怕這事也一律。果然，特別的情形開始了。傍晚，我竟聽到有些人聚在內室裡談話，彷彿議論什麼事似的，但不一會，說話聲也就止了，只有四叔且走而且高聲的說：

「不早不遲，偏偏要在這時候，——這就可見是一個謬種！」

我先是詫異，接著是很不安，似乎這話於我有關係。試望門外，誰也沒有。好容易待到晚飯前他們的短工來沖茶，我才得了打聽消息的機會。

「剛才，四老爺和誰生氣呢？」我問。

「還不是和祥林嫂？」那短工簡捷的說。

「祥林嫂？怎麼了？」我又趕緊的問。

「老了。」

「死了？」我的心突然緊縮，幾乎跳起來，臉上大約也變了色。但他始終沒有抬頭，所以全不覺。我也就鎮定了自己，接著問：

「什麼時候死的？」

「什麼時候？——昨天夜裡，或者就是今天罷。——我說不清。」

「怎麼死的？」

「怎麼死的？——還不是窮死的？」他淡然的回答，仍然沒有抬頭向我看，出去了。

然而我的驚惶卻不過暫時的事，隨著就覺得要來的事，已經過去，並不必仰仗我自己的「說不清」和他之所謂「窮死的」的寬慰，心地已經漸漸輕鬆；不過偶然之間，還似乎有些負疚。晚飯擺出來了，四叔儼然的陪著。我也還想打聽些關於祥林嫂的消息，但知道他雖然讀過「鬼神者二氣之良能也」[11]，而忌諱仍然極多，當臨近祝福時候，是萬不可提起死亡疾病之類的話的；倘不得已，就該用一種替代的隱語，可惜我又不知道，因此屢次想問，而終於中止了。我從他儼然的臉色上，又忽而疑他正以為我不早不遲，偏要在這時候來打攪他，也是一個謬種，便立刻告訴他明天要離開魯鎮，進城去，趁早放寬了他的心。他也不很留。這樣悶悶的吃完了一餐飯。

冬季日短，又是雪天，夜色早已籠罩了全市鎮。人們都在燈下匆忙，但窗外很寂靜。雪花落在積得厚厚的雪褥上面，聽去似乎瑟瑟有聲，使人更加感得沉寂。我獨坐在發出黃光的菜油燈下，想，這百無聊賴的祥林嫂，被人們棄在塵芥堆中的，看得厭倦了的陳舊的玩物，先前還將形骸露在塵芥裡，從活得有趣的人們看來，恐怕要怪訝她何以還要存在，現在總算被無常[12]打掃得乾乾淨淨了。魂靈的有無，我不知道；然而在現世，則無聊生者不生，即使厭見者不見，爲人爲己，也還都不錯。我靜聽著窗外似乎瑟瑟作響的雪花聲，一面想，反而漸漸的舒暢起來。

然而先前所見所聞的她的半生事跡的斷片，至此也聯成一片了。

她不是魯鎭人。有一年的冬初，四叔家裡要換女工，做中人的衛老婆子帶她進來了，頭上紮著白頭繩，烏裙，藍夾襖，月白背心，年紀大約二十六七，臉色青黃，但兩頰卻還是紅的。衛老婆子叫她祥林嫂，說是自己母家的鄰舍，死了當家人，所以出來做工了。四叔皺了皺眉，四嬸已經知道了他的意思，是在討厭她是一個寡婦。但看她模樣還周正，手腳都壯大，又只是順著眼，不開一句口，很像一個安分耐勞的人，便不管四叔的皺眉，將她留下了。試工期內，她整天的做，似乎閒著就無聊，又有力，簡直抵得過一個男子，所以第三天就定局，每月工錢五百文。

大家都叫她祥林嫂；沒問她姓什麼，但中人是衛家山人，既說是鄰居，那大概也就姓衛了。她不很愛說話，別人問了才回答，答的也不多。直到十幾天之後，這才陸續的知道她家裡還有嚴厲的婆婆；一個小叔子，十多歲，能打柴了；她是春天沒了丈夫的；他本來也打柴爲生，比她小十歲：大家所知道的就只是這一點。

日子很快的過去了，她的做工卻毫沒有懈，食物不論，力氣是不惜的。人們都說魯四老爺家裡雇著了女工，實在比勤快的男人還勤快。到年底，掃塵，洗地，殺鷄，宰鵝，徹夜的煮福禮，全是一人擔當，竟沒有添短工。然而她反滿足，口角邊漸漸的有了笑影，臉上也白胖了。

新年才過，她從河邊淘米回來時，忽而失了色，說剛才遠遠地看見一個男人在對岸徘徊，很像夫家的堂伯，恐怕是正爲尋她而來的。四嬸很驚疑，打聽底細，她又不說。四叔一知道，就皺一皺眉，道：

「這不好。恐怕她是逃出來的。」

她誠然是逃出來的，不多久，這推想就證實了。

此後大約十幾天，大家正已漸漸忘卻了先前的事，衛老婆子忽而帶了一個三十多歲的女人進來了，說那是祥林嫂的婆婆。那女人雖是山裡人模樣，然而應酬很從容，說話也能幹，寒暄之後，就賠罪，說她特來叫她的兒媳回家去，因爲開春事務忙，而家中只有老的和小的，人手不夠了。

「既是她的婆婆要她回去，那有什麼話可說呢。」四叔說。

於是算清了工錢，一共一千七百五十文，她全存在主人家，一文也還沒有用，便都交給她的婆婆。那女人又取了衣服，道過謝，出去了。其時已經是正午。

「阿呀，米呢？祥林嫂不是去淘米的麼？……」好一會，四嬸這才驚叫起來。她大約有些餓，記得午飯了。

於是大家分頭尋淘籮。她先到廚下，次到堂前，後到臥房，全不見淘籮的影子。四叔踱出門外，也不見，直到河邊，才見平平正正的放在岸上，旁邊還有一株菜。

看見的人報告說，河裡面上午就泊了一隻白篷船，篷是全蓋起來的，不知道什麼人在裡面，但事前也沒有人去理會他。待到祥林嫂出來淘米，剛剛要跪下去，那船裡便突然跳出兩個男人來，像是山裡人，一個抱住她，一個幫著，拖進船去了。祥林嫂還哭喊了幾聲，此後便再沒有什麼聲息，大約給用什麼堵住了罷。接著就走上兩個女人來，一個不認識，一個就是衛婆子。窺探艙裡，不很分明，她像是捆了躺在船板上。

「可惡！然而……。」四叔說。

這一天是四嬸自己煮午飯；他們的兒子阿牛燒火。

午飯之後，衛老婆子又來了。

「可惡！」四叔說。

「你是什麼意思？虧你還會再來見我們。」四嬸洗著碗，一見面就憤憤的說，「你自己薦她來，又合夥劫她去，鬧得沸反盈天的，大家看了成個什麼樣子？你拿我們家裡開玩笑麼？」

「阿呀阿呀，我眞上當。我這回，就是爲此特地來說說清楚的。她來求我薦地方，我那裡料得到是瞞著她的婆婆的呢。對不起，四老爺，四太太。總是我老發昏不小心，對不起主顧。幸而府上是向來寬洪大量，不肯和小人計較的。這回我一定薦一個好的來折罪……。」

「然而……。」四叔說。

於是祥林嫂事件便告終結，不久也就忘卻了。

只有四嬸，因爲後來雇用的女工，大抵非懶即饞，或者饞而且懶，左右不如意，所以也還提起祥林嫂。每當這些時候，她往往自言自語的說，「她現在不知道怎麼樣了？」意思是希望她再來。但到第二年的新正，她也就絕了望。

新正將盡，衛老婆子來拜年了，已經喝得醉醺醺的，自說因爲回了一趟衛家山的娘家，住下幾天，所以來得遲了。她們問答之間，自然就談到祥林嫂。

「她麼？」衛老婆子高興的說，「現在是交了好運了。她婆婆來抓她回去的時候，是早已許給了賀家墺的賀老六的，所以回家之後不幾天，也就裝在花轎裡抬去了。」

「阿呀。這樣的婆婆！……」四嬸驚奇的說。

「阿呀，我的太太！你眞是大戶人家的太太的話。我們山裡人，小戶人家，這算得什麼？她有小叔子，也得娶老婆。不嫁了她，那有這一注錢來做聘禮？她的婆婆倒是精明強幹的女人呵，很有打算，所以就將她嫁到裡山去。倘許給本村人，財禮就不多；惟獨肯嫁進深山野墺裡去的女人少，所以她就到手了八十千[13]。現在第二個兒子的媳婦也娶進了，財禮只花了五十，除去辦喜事的費用，還剩十多千。嚇，你看，這多麼好打算？……」

「祥林嫂竟肯依？……」

「這有什麼依不依。——鬧是誰也總要鬧一鬧的；只要用繩子一捆，塞在花轎裡，抬到男家，捺上花冠，拜堂，關上房門，就完事了。可是祥林嫂眞出格，聽說那時實在鬧得利害，大家還都說大約因爲在念書人家做過事，所以與衆不同呢。太太，我們見得多了：回頭人出嫁，哭喊的也有，說要尋死覓活的也有，抬到男家鬧得拜不成天地的也有，連花燭都砸了的也有。祥林嫂可是異乎尋常，他們說她一路只是嚎，罵，抬到賀家墺，喉嚨已經全啞了。拉出轎來，兩個男人和她的小叔子使勁的擒住她也還拜不成天地。他們一不小心，一鬆手，阿呀，阿彌陀佛，她就一頭撞在香案角上，頭上碰了一個大窟窿，鮮血直流，用了兩把香灰，包上兩塊紅布還止不住血呢。直到七手八腳的將她和男人反關在新房裡。還是罵，阿呀呀，這眞是……。」她搖一搖頭，順下眼睛，不說了。

「後來怎麼樣呢？」四嬸還問。

「聽說第二天也沒有起來。」她抬起眼來說。

「後來呢？」

「後來？——起來了。她到年底就生了一個孩子，男的，新年就兩歲了。我在娘家這幾天，就有人到賀家墺去。回來說看見他們娘兒倆，母親也胖，兒子也胖；上頭又沒有婆婆；男人所有的是力氣，會做活；房子是自家的。——唉唉，她眞是交了好運了。」

從此之後，四嬸也就不再提起祥林嫂。

但有一年的秋季，大約是得到祥林嫂好運的消息之後的又過了兩個新年，她竟又站在四叔家的堂前了。桌上放著一個荸薺式的圓籃，簷下一個小鋪蓋。她仍然頭上紮著白頭繩，烏裙，藍夾襖，月白背心，臉色青黃，只是兩頰上已經消失了血色，順著眼，眼角上帶些淚痕，眼光也沒有先前那樣精神了。而且仍然是衛老婆子領著，顯出慈悲模樣，絮絮的對四嬸說：

「……這實在是叫作『天有不測風雲』，她的男人是堅實人，誰知道年紀青青。就會斷送在傷寒上？本來已經好了的，吃了一碗冷飯，復發了。幸虧有兒子；她又能做，打柴摘茶養蠶都來得，本來還可以守著，誰知道那孩子又會給狼銜去的呢？春天快完了，村上倒反來了狼，誰料到？現在她只剩了一個光身了。大伯來收屋，又趕她。她眞是走投無路了，只好來求老主人。好在她現在已經再沒有什麼牽掛，太太家裡又湊巧要換人，所以我就領她來。——我想，熟門熟路，比生手實在好得多……。」

「我真傻，真的，」祥林嫂抬起她沒有神采的眼睛來，接著說。「我單知道下雪的時候野獸在山坳裡沒有食吃，會到村裡來；我不知道春天也會有。我一清早起來就開了門，拿小籃盛了一籃豆，叫我們的阿毛坐在門檻上剝豆去。他是很聽話的，我的話句句聽；他出去了。我就在屋後劈柴，淘米，米下了鍋，要蒸豆。我叫阿毛，沒有應，出去一看，只見豆撒得一地，沒有我們的阿毛了。他是不到別家去玩的；各處去一問，果然沒有。我急了，央人出去尋。直到下半天，尋來尋去尋到山坳裡，看見刺柴上掛著一隻他的小鞋。大家都說，糟了，怕是遭了狼了。再進去；他果然躺在草窠裡，肚裡的五臟已經都給吃空了，手上還緊緊的捏著那只小籃呢。……」她接著但是嗚咽，說不出成句的話來。

四嬸起初還躊躕，待到聽完她自己的話，眼圈就有些紅了。她想了一想，便教拿圓籃和鋪蓋到下房去。衛老婆子彷彿卸了一肩重擔似的噓一口氣；祥林嫂比初來時候神氣舒暢些，不待指引，自己馴熟的安放了鋪蓋。她從此又在魯鎮做女工了。

大家仍然叫她祥林嫂。

然而這一回，她的境遇卻改變得非常大。上工之後的兩三天，主人們就覺得她手腳已沒有先前一樣靈活，記性也壞得多，死屍似的臉上又整日沒有笑影，四嬸的口氣上，已頗有些不滿了。當她初到的時候，四叔雖然照例皺過眉，但鑒於向來雇用女工之難，也就並不大反對，只是暗暗地告誡四嬸說，這種人雖然似乎很可憐，但是敗壞風俗的，用她幫忙還可以，祭祀時候可用不著她沾手，一切飯菜，只好自己做，否則，不乾不淨，祖宗是不吃的。

四叔家裡最重大的事件是祭祀，祥林嫂先前最忙的時候也就是祭祀，這回她卻清閒了。桌子放在堂中央，繫上桌幃，她還記得照舊的去分配酒杯和筷子。

「祥林嫂，你放著罷！我來擺。」四嬸慌忙的說。

她訕訕的縮了手，又去取燭臺。

「祥林嫂，你放著罷！我來拿。」四嬸又慌忙的說。

她轉了幾個圓圈，終於沒有事情做，只得疑惑的走開。她在這一天可做的事是不過坐在灶下燒火。

鎮上的人們也仍然叫她祥林嫂，但音調和先前很不同；也還和她講話，但笑容卻冷冷的了。她全不理會那些事，只是直著眼睛，和大家講她自己日夜不忘的故事：

「我真傻，真的，」她說。「我單知道雪天是野獸在深山裡沒有食吃，會到村裡來；我不知道春天也會有。我一大早起來就開了門，拿小籃盛了一籃豆，叫我們的阿毛坐在門檻上剝豆去。他是很聽話的孩子，我的話句句聽；他就出去了。我就在屋後劈柴，淘米，米下了鍋，打算蒸豆。我叫，『阿毛！』沒有應。出去一看，只見豆撒得滿地，沒有我們的阿毛了。各處去一問，都沒有。我急了，央人去尋去。直到下半天，幾個人尋到山坳裡，看見刺柴上掛著一隻他的小鞋。大家都說，完了，怕是遭了狼了。再進去；果然，他躺在草窠裡，肚裡的五臟已經都給吃空了，可憐他手裡還緊緊的揑著那只小籃呢。……」她於是淌下眼淚來，聲音也嗚咽了。

這故事倒頗有效，男人聽到這裡，往往斂起笑容，沒趣的走了開去；女人們卻不獨寬恕了她似的，臉上立刻改換了鄙薄的神氣，還要陪出許多眼淚來。有些老女人沒有在街頭聽到她的話，便特意尋來，要聽她這一段悲慘的故事。直到她說到嗚咽，她們也就一齊流下那停在眼角上的眼淚，歎息一番，滿足的去了，一面還紛紛的評論著。

她就只是反復的向人說她悲慘的故事，常常引住了三五個人來聽她。但不久，大家也都聽得純熟了，便是最慈悲的念佛的老太太們，眼裡也再不見有一點淚的痕跡。後來全鎮的人們幾乎都能背誦她的話，一聽到就煩厭得頭痛。

「我眞傻，眞的，」她開首說。

「是的，你是單知道雪天野獸在深山裡沒有食吃，才會到村裡來的。」他們立即打斷她的話，走開去了。

她張著口怔怔的站著，直著眼睛看他們，接著也就走了，似乎自己也覺得沒趣。但她還妄想，希圖從別的事，如小籃，豆，別人的孩子上，引出她的阿毛的故事來。倘一看見兩三歲的小孩子，她就說：

「唉唉，我們的阿毛如果還在，也就有這麼大了。……」

孩子看見她的眼光就吃驚，牽著母親的衣襟催她走。於是又只剩下她一個，終於沒趣的也走了。後來大家又都知道了她的脾氣，只要有孩子在眼前，便似笑非笑的先問她，道：

「祥林嫂。你們的阿毛如果還在，不是也就有這麼大了麼？」

她未必知道她的悲哀經大家咀嚼賞鑒了許多天，早已成爲渣滓，只值得煩厭和唾棄；但從人們的笑影上，也彷彿覺得這又冷又尖，自己再沒有開口的必要了。她單是一瞥他們，並不回答一句話。

魯鎮永遠是過新年，臘月二十以後就忙起來了。四叔家裡這回須雇男短工，還是忙不過來，另叫柳媽做幫手，殺鷄，宰鵝；然而柳媽是善女人[14]，吃素，不殺生的，只肯洗器皿。祥林嫂除燒火之外，沒有別的事，卻閒著了，坐著只看柳媽洗器皿。微雪點點的下來了。

「唉唉，我眞傻，」祥林嫂看了天空，歎息著，獨語似的說。

「祥林嫂，你又來了。」柳媽不耐煩的看著她的臉，說。「我問你：你額角上的傷疤，不就是那時撞壞的麼？」

「唔唔。」她含糊的回答。

「我問你：你那時怎麼後來竟依了呢？」

「我麼？……」

「你呀。我想：這總是你自己願意了，不然……。」

「阿阿，你不知道他力氣多麼大呀。」

「我不信。我不信你這麼大的力氣，眞會拗他不過。你後來一定是自己肯了，倒推說他力氣大。」

「阿阿，你……你倒自己試試看。」她笑了。

柳媽的打皺的臉也笑起來，使她蹙縮得像一個核桃；乾枯的小眼睛一看祥林嫂的額角，又釘住她的眼。祥林嫂似乎很局促了，立刻斂了笑容，旋轉眼光，自去看雪花。

「祥林嫂，你實在不合算。」柳媽詭秘的說。「再一強，或者索性撞一個死，就好了。現在呢，你和你的第二個男人過活不到兩年，倒落了一件大罪名。你想，你將來到陰司去，那兩個死鬼的男人還要爭，你給了誰好呢？閻羅大王只好把你鋸開來，分給他們。我想，這眞是……。」

她臉上就顯出恐怖的神色來，這是在山村裡所未曾知道的。

「我想，你不如及早抵當。你到土地廟裡去捐一條門檻，當作你的替身，給千人踏，萬人跨，贖了這一世的罪名，免得死了去受苦。」

她當時並不回答什麼話，但大約非常苦悶了，第二天早上起來的時候，兩眼上便都圍著大黑圈。早飯之後，她便到鎮的西頭的土地廟裡去求捐門檻。廟祝[15]起初執意不允許，直到她急得流淚，才勉強答應了。價目是大錢十二千。

她久已不和人們交口，因爲阿毛的故事是早被大家厭棄了的；但自從和柳媽談了天，似乎又即傳揚開去，許多人都發生了新趣味，又來逗她說話了。至於題目，那自然是換了一個新樣，專在她額上的傷疤。

「祥林嫂，我問你：你那時怎麼竟肯了？」一個說。

「唉，可惜，白撞了這一下。」一個看著她的疤，應和道。

她大約從他們的笑容和聲調上，也知道是在嘲笑她，所以總是瞪著眼睛，不說一句話，後來連頭也不回了。她整日緊閉了嘴唇，頭上帶著大家以爲恥辱的記號的那傷痕，默默的跑街，掃地，洗菜，淘米。快夠一年，她才從四嬸手裡支取了歷來積存的工錢，換算了十二元鷹洋[16]，請假到鎮的西頭去。但不到一頓飯時候，她便回來，神氣很舒暢，眼光也分外有神，高興似的對四嬸說，自己已經在土地廟捐了門檻了。

冬至的祭祖時節，她做得更出力，看四嬸裝好祭品，和阿牛將桌子抬到堂屋中央，她便坦然的去拿酒杯和筷子。

「你放著罷，祥林嫂！」四嬸慌忙大聲說。

她像是受了炮烙[17]似的縮手，臉色同時變作灰黑，也不再去取燭臺，只是失神的站著。直到四叔上香的時候，教她走開，她才走開。這一回她的變化非常大，第二天，不但眼睛窈陷下去，連精神也更不濟了。而且很膽怯，不獨怕暗夜，怕黑影，即使看見人，雖是自己的主人，也總惴惴的，有如在白天出穴遊行的小鼠；否則呆坐著，直是一個木偶人。不半年，頭髮也花白起來了，記性尤其壞，甚而至於常常忘卻了去淘米。

「祥林嫂怎麼這樣了？倒不如那時不留她。」四嬸有時當面就這樣說，似乎是警告她。

然而她總如此，全不見有伶俐起來的希望。他們於是想打發她走了，教她回到衛老婆子那裡去。但當我還在魯鎮的時候，不過單是這樣說；看現在的情狀，可見後來終於實行了。然而她是從四叔家出去就成了乞丐的呢，還是先到衛老婆子家然後再成乞丐的呢？那我可不知道。

我給那些因爲在近旁而極響的爆竹聲驚醒，看見豆一般大的黃色的燈火光，接著又聽得畢畢剝剝的鞭炮，是四叔家正在「祝福」了；知道已是五更將近時候。我在朦朧中，又隱約聽到遠處的爆竹聲聯綿不斷，似乎合成一天音響的濃雲，夾著團團飛舞的雪花，擁抱了全市鎮。我在這繁響的擁抱中，也懶散而且舒適，從白天以至初夜的疑慮，全給祝福的空氣一掃而空了，只覺得天地聖衆歆享了牲醴和香煙，都醉醺醺的在空中蹣跚，豫備給魯鎮的人們以無限的幸福。

一九二四年二月七日

1　本篇最初發表於一九二四年三月二十五日上海《東方雜誌》半月刊第二十一卷第六號。

2　送灶　舊俗以夏曆十二月二十四日為灶神升天的日子，在這一天或前一天祭送灶神，稱為送灶。

3　理學　又稱道學，是宋代周敦頤、程顥、程頤、朱熹等人闡釋儒家學説而形成的思想體系。它認為「理」字是宇宙的本體，把「三綱五常」等倫理道德説成是「天理」，提出「存天理，滅人欲」的主張。監生，國子監生員的簡稱。國子監原是封建時代中央最高學府，清代乾隆以後可以通過援例捐資取得監生名義，不一定在監讀書。

4　新黨　清末對主張或傾向維新的人的稱呼；辛亥革命前後，也用來稱呼革命黨人及擁護革命的人。

5　康有為（1858-1927）　字廣廈，號長素，廣東南海人，清末維新運動領袖。他主張「變法維新」，改君主專制為君主立憲。一八九八年他與譚嗣同、梁啟超等受光緒皇帝任用，參預政事，試行變法，因遭到以慈禧太后為首的頑固派的激烈反對而失敗。康有為在變法失敗後逃亡國外，組織保皇黨，反對孫中山領導的民主革命運動；辛亥革命後又聯絡軍閥張勳扶植清廢帝溥儀復辟。

6　「祝福」　舊時江南一帶每年年終的一種迷信習俗。清代范寅《越諺·風俗》載：「祝福，歲暮謝年，謝神祖，名此。」

7　朱拓　用銀朱等紅顏料從碑刻上拓下的文字或圖形。

8　陳摶　據《宋史·隱逸列傳》載：陳摶是五代時人，因科舉不第，先後隱居武當山和華山修道。後人把他附會為「神仙」。

9　「事理通達心氣和平」　語出朱熹《論語集注》。朱熹在《季氏》篇中「不學詩無以言」和「不學禮無以立」語下分別注云：「事理通達而心氣和平，故能言」；「品節詳明而德性堅定，故能立」。

10　《康熙字典》　清代康熙年間張玉書、陳廷敬等奉旨編纂的一部大型字典，康熙五十五年（1716）刊行。《近思錄》，是一部所謂理學入門書，宋代朱熹、呂祖謙選錄周敦頤、程顥、程頤以及張載四人的文字編成，共十四卷。清初茅星來和江永分別為它作過集注。《四書襯》，清代駱培著，是一部解説「四書」（《論語》、《孟子》、《大學》、《中庸》）的書。

11　「鬼神者二氣之良能也」　語見宋代張載的《張子全書·正蒙》，也見《近思錄》。意思是：鬼神是陰陽二氣自然變化而成的。

12　無常　佛家語，原指世間一切事物都在變異滅壞的過程中；後引申為死的意思，也用作迷信傳説中「勾魂使者」的名稱。

13 八十千　舊時以一文錢為一貫或一吊，所以幾千文錢也稱為幾貫或幾吊，但也有些地方直稱為多少千。八十千即八十吊。

14 善女人　佛家語，指信佛的女人。

15 廟祝　舊時廟宇中管理香火的人。

16 鷹洋　指墨西哥銀元，幣面鑄有鷹的圖案。鴉片戰爭後曾大量流入我國。

17 炮烙　亦作炮格，相傳為殷紂王時的一種酷刑。據《史記・殷本紀》裴駰集解引《列女傳》：「膏銅柱，下加之炭，令有罪者行焉，輒墮炭中，妲己笑，名曰炮格之刑。」

在酒樓上[1]

我從北地向東南旅行，繞道訪了我的家鄉，就到 S 城。這城離我的故鄉不過三十里，坐了小船，小半天可到，我曾在這裡的學校裡當過一年的教員。深冬雪後，風景淒清，懶散和懷舊的心緒聯結起來，我竟暫寓在 S 城的洛思旅館裡了；這旅館是先前所沒有的。城圈本不大，尋訪了幾個以為可以會見的舊同事，一個也不在，早不知散到那裡去了；經過學校的門口，也改換了名稱和模樣，於我很生疏。不到兩個時辰，我的意興早已索然，頗悔此來為多事了。

我所住的旅館是租房不賣飯的，飯菜必須另外叫來，但又無味，入口如嚼泥土。窗外只有漬痕斑駁的牆壁，帖著枯死的莓苔；上面是鉛色的天，白皚皚的絕無精采，而且微雪又飛舞起來了。我午餐本沒有飽，又沒有可以消遣的事情，便很自然的想到先前有一家很熟識的小酒樓，叫一石居的，算來離旅館並不遠。我於是立即鎖了房門，出街向那酒樓去。其實也無非想姑且逃避客中的無聊，並不專為買醉。一石居是在的，狹小陰濕的店面和破舊的招牌都依舊；但從掌櫃以至堂倌卻已沒有一個熟人，我在這一石居中也完全成了生客。然而我終於跨上那走熟的屋角的扶梯去了，由此徑到小樓上。上面也依然是五張小板桌；獨有原是木櫺的後窗卻換嵌了玻璃。

「一斤紹酒。——菜？十個油豆腐，辣醬要多！」

我一面說給跟我上來的堂倌聽，一面向後窗走，就在靠窗的一張桌旁坐下了。樓上「空空如也」，任我揀得最好的坐位：可以眺望樓下的廢園。這園大概是不屬於酒家的，我先前，也曾眺望過許多回，有時也在雪天裡。但現在從慣於北方的眼睛看來，卻很值得驚異了：幾株老梅竟鬥雪開著滿樹的繁花，彷彿毫不以深冬爲意；倒塌的亭子邊還有一株山茶樹，從暗綠的密葉裡顯出十幾朵紅花來，赫赫的在雪中明得如火，憤怒而且傲慢，如蔑視遊人的甘心於遠行。我這時又忽地想到這裡積雪的滋潤，著物不去，晶瑩有光，不比朔雪的粉一般乾，大風一吹，便飛得滿空如煙霧。……

「客人，酒。……」

堂倌懶懶的說著，放下杯，筷，酒壺和碗碟，酒到了。我轉臉向了板桌，排好器具，斟出酒來。覺得北方固不是我的舊鄉，但南來又只能算一個客子，無論那邊的乾雪怎樣紛飛，這裡的柔雪又怎樣的依戀，於我都沒有什麼關係了。我略帶些哀愁，然而很舒服的呷一口酒。酒味很純正；油豆腐也煮得十分好；可惜辣醬太淡薄，本來 S 城人是不懂得吃辣的。

大概是因爲正在下午的緣故罷，這雖說是酒樓，卻毫無酒樓氣，我已經喝下三杯酒去了，而我以外還是四張空板桌。我看著廢園，漸漸的感到孤獨，但又不願有別的酒客上來。偶然聽得樓梯上腳步響，便不由的有些懊惱，待到看見是堂倌，才又安心了，這樣的又喝了兩杯酒。

我想，這回定是酒客了，因爲聽得那腳步聲比堂倌的要緩得多。約略料他走完了樓梯的時候，我便害怕似的抬頭去看這無干的同伴，同時也就吃驚的站起來。我竟不料在這裡意外的遇見朋友了，——假如他現在還許我稱他為朋友。那上來的分明是我的舊同窗，也是做教員時代的舊同事，面貌雖然頗有些改變，但一見也就認識，獨有行動卻變得格外迂緩，很不像當年敏捷精悍的呂緯甫了。

「阿，——緯甫，是你麼？我萬想不到會在這裡遇見你。」

「阿阿，是你！我也萬想不到……」

我就邀他同坐，但他似乎略略躊躕之後，方才坐下來。我起先很以為奇，接著便有些悲傷，而且不快了。細看他相貌，也還是亂蓬蓬的鬚髮；蒼白的長方臉，然而衰瘦了。精神很沈靜，或者卻是頹唐；又濃又黑的眉毛底下的眼睛也失了精采，但當他緩緩的四顧的時候，卻對廢園忽地閃出我在學校時代常常看見的射人的光來。

「我們，」我高興的，然而頗不自然的說，「我們這一別，怕有十年了罷。我早知道你在濟南，可是實在懶得太難，終於沒有寫一封信。……」

「彼此都一樣。可是現在我在太原了，已經兩年多，和我的母親。我回來接她的時候，知道你早搬走了，搬得很乾淨。」

「你在太原做什麼呢？」我問。

「教書，在一個同鄉的家裡。」

「這以前呢？」

「這以前麼？」他從衣袋裡掏出一支煙捲來，點了火銜在嘴裡，看著噴出的煙霧，沉思似的說，「無非做了些無聊的事情，等於什麼也沒有做。」

他也問我別後的景況；我一面告訴他一個大概，一面叫堂倌先取杯筷來，使他先喝著我的酒，然後再去添二斤。其間還點菜，我們先前原是毫不客氣的，但此刻卻推讓起來了，終於說不清那一樣是誰點的，就從堂倌的口頭報告上指定了四樣菜：茴香豆，凍肉，油豆腐，青魚干。

「我一回來，就想到我可笑。」他一手擎著煙捲，一隻手扶著酒杯，似笑非笑的向我說。「我在少年時，看見蜂子或蠅子停在一個地方，給什麼來一嚇，即刻飛去了，但是飛了一個小圈子，便又回來停在原地點，便以爲這實在很可笑，也可憐。可不料現在我自己也飛回來了，不過繞了一點小圈子。又不料你也回來了。你不能飛得更遠些麼？」

「這難說，大約也不外乎繞點小圈子罷。」我也似笑非笑的說。「但是你爲什麼飛回來的呢？」

「也還是爲了無聊的事。」他一口喝乾了一杯酒，吸幾口煙，眼睛略爲張大了。「無聊的。——但是我們就談談罷。」

堂倌搬上新添的酒菜來，排滿了一桌，樓上又添了煙氣和油豆腐的熱氣，彷彿熱鬧起來了；樓外的雪也越加紛紛的下。

「你也許本來知道，」他接著說，「我曾經有一個小兄弟，是三歲上死掉的，就葬在這鄉下。我連他的模樣都記不清楚了，但聽母親說，是一個很可愛念的孩子，和我也很相投，至今她提起來還似乎要下淚。今年春天，一個堂兄就來了一封信，說他的墳邊已經漸漸的浸了水，不久怕要陷入河裡去了，須得趕緊去設法。母親一知道就很著急，幾乎幾夜睡不著，——她又自己能看信的。然而我能有什麼法子呢？沒有錢，沒有工夫：當時什麼法也沒有。

「一直挨到現在，趁著年假的閒空，我才得回南給他來遷葬。」他又喝乾一杯酒，看著窗外，說，「這在那邊那裡能如此呢？積雪裡會有花，雪地下會不凍。就在前天，我在城裡買了一口小棺材，——因爲我豫料那地下的應該早已朽爛了，——帶著棉絮和被褥，雇了四個土工，下鄉遷葬去。我當時忽而很高興，願意掘一回墳，願意一見我那曾經和我很親睦的小兄弟的骨殖：這些事我生平都沒有經歷過。到得墳地，果然，河水只是咬進來，離墳已不到二尺遠。可憐的墳，兩年沒有培土，也平下去了。我站在雪中，決然的指著他對土工說，『掘開來！』我實在是一個庸人，我這時覺得我的聲音有些希奇，這命令也是一個在我一生中最爲偉大的命令。但土工們卻毫不駭怪，就動手掘下去了。待到掘著壙穴，我便過去看，果然，棺木已經快要爛盡了，只剩下一堆木絲和小木片。我的心顫動著，自去撥開這些，很小心的，要看一看我的小兄弟。然而出乎意外！被褥，衣服，骨骼，什麼也沒有。我想，這些都消盡了，向來聽說最難爛的是頭髮，也許還有罷。我便伏下去，在該是枕頭所在的泥土裡仔仔細細的看，也沒有。蹤影全無！」

我忽而看見他眼圈微紅了，但立即知道是有了酒意。他總不很吃菜，單是把酒不停的喝，早喝了一斤多，神情和舉動都活潑起來，漸近於先前所見的呂緯甫了。我叫堂倌再添二斤酒，然後回轉身，也拿著酒杯，正對面默默的聽著。

「其實，這本已可以不必再遷，只要平了土，賣掉棺材，就此完事了的。我去賣棺材雖然有些離奇，但只要價錢極便宜，原鋪子就許要，至少總可以撈回幾文酒錢來。但我不這樣，我仍然鋪好被褥，用棉花裹了些他先前身體所在的地方的泥土，包起來，裝在新棺材裡，運到我父親埋著的墳地上，在他墳旁埋掉了。因爲外面用磚墎，昨天又忙了我大半天：監工。但這樣總算完結了一件事，足夠去騙騙我的母親，使她安心些。——阿阿，你這樣的看我，你怪我何以和先前太不相同了麼？是的，我也還記得我們同到城隍[2]廟裡去拔掉神像的鬍子的時候，連日議論些改革中國的方法以至於打起來的時候。但我現在就是這樣了，敷敷衍衍，模模糊糊。我有時自己也想到，倘若先前的朋友看見我，怕會不認我做朋友了。——然而我現在就是這樣。」

他又掏出一支煙捲來，銜在嘴裡，點了火。

「看你的神情，你似乎還有些期望我，——我現在自然麻木得多了，但是有些事也還看得出。這使我很感激，然而也使我很不安：怕我終於辜負了至今還對我懷著好意的老朋友。……」他忽而停住了，吸幾口煙，才又慢慢的說，「正在今天，剛在我到這一石居來之前，也就做了一件無聊事，然而也是我自己願意做的。我先前的東邊的鄰居叫長富，是一個船戶。他有一個女兒叫阿順，你那時到我家裡來，也許見過的，但你一定沒有留心，因為那時她還小。後來她也長得並不好看，不過是平常的瘦瘦的瓜子臉，黃臉皮；獨有眼睛非常大；睫毛也很長，眼白又青得如夜的晴天，而且是北方的無風的晴天，這裡的就沒有那麼明淨了。她很能幹，十多歲沒了母親，招呼兩個小弟妹都靠她；又得服侍父親，事事都周到；也經濟，家計倒漸漸的穩當起來了。鄰居幾乎沒有一個不誇獎她，連長富也時常說些感激的話。這一次我動身回來的時候，我的母親又記得她了，老年人記性真長久。她說她曾經知道順姑因為看見誰的頭上戴著紅的剪絨花，自己也想有一朵，弄不到，哭了，哭了小半夜，就挨了她父親的一頓打，後來眼眶還紅腫了兩三天。這種剪絨花是外省的東西，S 城裡尚且買不出，她那裡想得到手呢？趁我這一次回南的便，便叫我買兩朵去送她。

「我對於這差使倒並不以爲煩厭，反而很喜歡；爲阿順，我實在還有些願意出力的意思的。前年，我回來接我母親的時候，有一天，長富正在家，不知怎的我和他閒談起來了。他便要請我吃點心，蕎麥粉，並且告訴我所加的是白糖。你想，家裡能有白糖的船戶，可見決不是一個窮船戶了。所以他也吃得很闊綽。我被勸不過，答應了，但要求只要用小碗。他也很識世故，便囑咐阿順說，『他們文人，是不會吃東西的。你就用小碗，多加糖！』然而等到調好端來的時候，仍然使我吃一嚇，是一大碗，足夠我吃一天。但是和長富吃的一碗比起來，我的也確乎算小碗。我生平沒有吃過蕎麥粉，這回一嘗，實在不可口，卻是非常甜。我漫然的吃了幾口，就想不吃了，然而無意中，忽然間看見阿順遠遠的站在屋角裡，就使我立刻消失了放下碗筷的勇氣。我看她的神情，是害怕而且希望，大約怕自己調得不好，願我們吃得有味。我知道如果剩下大半碗來，一定要使她很失望，而且很抱歉。我於是同時決心，放開喉嚨灌下去了，幾乎吃得和長富一樣快。我由此才知道硬吃的苦痛，我只記得還做孩子時候的吃盡一碗拌著驅除蛔蟲藥粉的沙糖才有這樣難。然而我毫不抱怨，因爲她過來收拾空碗時候的忍著的得意的笑容，已盡夠賠償我的苦痛而有餘了。所以我這一夜雖然飽脹得睡不穩，又做了一大串惡夢，也還是祝贊她一生幸福，願世界爲她變好。然而這些意思也不過是我的那些舊日的夢的痕跡，即刻就自笑，接著也就忘卻了。

「我先前並不知道她曾經爲了一朵剪絨花挨打，但因爲母親一說起，便也記得了蕎麥粉的事，意外的勤快起來了。我先在太原城裡搜求了一遍，都沒有；一直到濟南……」

窗外沙沙的一陣聲響，許多積雪從被他壓彎了的一枝山茶樹上滑下去了，樹枝筆挺的伸直，更顯出烏油油的肥葉和血紅的花來。天空的鉛色來得更濃；小鳥雀啾唧的叫著，大概黃昏將近，地面又全罩了雪，尋不出什麼食糧，都趕早回巢來休息了。

「一直到了濟南，」他向窗外看了一回，轉身喝乾一杯酒，又吸幾口煙，接著說。「我才買到剪絨花。我也不知道使她挨打的是不是這一種，總之是絨做的罷了。我也不知道她喜歡深色還是淺色，就買了一朵大紅的，一朵粉紅的，都帶到這裡來。

「就是今天午後，我一吃完飯，便去看長富，我爲此特地耽擱了一天。他的家倒還在，只是看去很有些晦氣色了，但這恐怕不過是我自己的感覺。他的兒子和第二個女兒——阿昭，都站在門口，大了。阿昭長得全不像她姊姊，簡直像一個鬼，但是看見我走向她家，便飛奔的逃進屋裡去。我就問那小子，知道長富不在家。『你的大姊呢？』他立刻瞪起眼睛，連聲問我尋她什麼事，而且惡狠狠的似乎就要撲過來，咬我。我支吾著退走了，我現在是敷敷衍衍……

「你不知道，我可是比先前更怕去訪人了。因爲我已經深知道自己之討厭，連自己也討厭，又何必明知故犯的去使人暗暗地不快呢？然而這回的差使是不能不辦妥的，所以想了一想，終於回到就在斜對門的柴店裡。店主的母親，老發奶奶，倒也還在，而且也還認識我，居然將我邀進店裡坐去了。我們寒暄幾句之後，我就說明了回到 S 城和尋長富的緣故。不料她歎息說：

「『可惜順姑沒有福氣戴這剪絨花了。』

「她於是詳細的告訴我，說是『大約從去年春天以來，她就見得黃瘦，後來忽而常常下淚了，問她緣故又不說；有時還整夜的哭，哭得長富也忍不住生氣，罵她年紀大了，發了瘋。可是一到秋初，起先不過小傷風，終於躺倒了，從此就起不來。直到咽氣的前幾天，才肯對長富說，她早就像她母親一樣，不時的吐紅和流夜汗。但是瞞著，怕他因此要擔心。有一夜，她的伯伯長庚又來硬借錢，——這是常有的事，——她不給，長庚就冷笑著說：你不要驕氣，你的男人比我還不如！她從此就發了愁，又怕羞，不好問，只好哭。長富趕緊將她的男人怎樣的掙氣的話說給她聽，那裡還來得及？況且她也不信，反而說：好在我已經這樣，什麼也不要緊了。』

「她還說，『如果她的男人眞比長庚不如，那就眞可怕呵！比不上一個偷鷄賊，那是什麼東西呢？然而他來送殮的時候，我是親眼看見他的，衣服很乾淨，人也體面；還眼淚汪汪的說，自己撐了半世小船，苦熬苦省的積起錢來聘了一個女人，偏偏又死掉了。可見他實在是一個好人，長庚說的全是誑。只可惜順姑竟會相信那樣的賊骨頭的誑話，白送了性命。——但這也不能去怪誰，只能怪順姑自己沒有這一份好福氣。』

「那倒也罷，我的事情又完了。但是帶在身邊的兩朵剪絨花怎麼辦呢？好，我就托她送了阿昭。這阿昭一見我就飛跑，大約將我當作一隻狼或是什麼，我實在不願意去送她。——但是我也就送她了，對母親只要說阿順見了喜歡的了不得就是。這些無聊的事算什麼？只要模模糊糊。模模糊糊的過了新年，仍舊教我的『子曰詩云』去。」

「你教的是『子曰詩云』麼？」我覺得奇異，便問。

「自然。你還以爲教的是ABCD麼？我先是兩個學生，一個讀《詩經》[3]，一個讀《孟子》[4]。新近又添了一個，女的，讀《女兒經》[5]。連算學也不教，不是我不教，他們不要教。」

「我實在料不到你倒去教這類的書，……」

「他們的老子要他們讀這些；我是別人，無乎不可的。這些無聊的事算什麼？只要隨隨便便，……」

他滿臉已經通紅，似乎很有些醉，但眼光卻又消沈下去了。我微微的歎息，一時沒有話可說。樓梯上一陣亂響，擁上幾個酒客來：當頭的是矮子，擁腫的圓臉；第二個是長的，在臉上很惹眼的顯出一個紅鼻子；此後還有人，一疊連的走得小樓都發抖。我轉眼去看呂緯甫，他也正轉眼來看我，我就叫堂倌算酒賬。

「你借此還可以支持生活麼？」我一面準備走，一面問。

「是的。——我每月有二十元，也不大能夠敷衍。」

「那麼，你以後豫備怎麼辦呢？」

「以後？——我不知道。你看我們那時豫想的事可有一件如意？我現在什麼也不知道，連明天怎樣也不知道，連後一分……」

堂倌送上賬來，交給我；他也不像初到時候的謙虛了，只向我看了一眼，便吸煙，聽憑我付了賬。

我們一同走出店門，他所住的旅館和我的方向正相反，就在門口分別了。我獨自向著自己的旅館走，寒風和雪片撲在臉上，倒覺得很爽快。見天色已是黃昏，和屋宇和街道都織在密雪的純白而不定的羅網裡。

一九二四年二月十六日

1　本篇最初發表於一九二四年五月十日上海《小説月報》第十五卷第五號。

2　城隍　迷信中主管城池的神。

3　《詩經》　我國最早的詩歌總集，共三百零五篇。編成於春秋時代，大抵是周初到春秋中期的作品，相傳曾經孔丘刪定。

4　《孟子》　記載戰國中期儒家學派代表人物孟軻（約前372-前289）的言行的書，由他的弟子纂輯而成。

5　《女兒經》　一種向婦女宣傳封建禮教的通俗讀物。版本較多，作者不一，較流行的有明代趙南星注刻本。

肥皂[1]

四銘太太正在斜日光中背著北窗和她八歲的女兒秀兒糊紙錠，忽聽得又重又緩的布鞋底聲響，知道四銘進來了，並不去看他，只是糊紙錠。但那布鞋底聲卻愈響愈逼近，覺得終於停在她的身邊了，於是不免轉過眼去看，只見四銘就在她面前聳肩曲背的狠命掏著布馬掛底下的袍子的大襟後面的口袋。

他好容易曲曲折折的匯出手來，手裡就有一個小小的長方包，葵綠色的，一徑遞給四太太。她剛接到手，就聞到一陣似橄欖非橄欖的說不清的香味，還看見葵綠色的紙包上有一個金光燦爛的印子和許多細簇簇的花紋。秀兒即刻跳過來要搶著看，四太太趕忙推開她。

「上了街？……」她一面看，一面問。

「唔唔。」他看著她手裡的紙包，說。

於是這葵綠色的紙包被打開了，裡面還有一層很薄的紙，也是葵綠色，揭開薄紙，才露出那東西的本身來，光滑堅致，也是葵綠色，上面還有細簇簇的花紋，而薄紙原來卻是米色的，似橄欖非橄欖的說不清的香味也來得更濃了。

「唉唉，這實在是好肥皂。」她捧孩子似的將那葵綠色的東西送到鼻子下面去，嗅著說。

「唔唔，你以後就用這個……。」

她看見他嘴裡這麼說，眼光卻射在她的脖子上，便覺得顴骨以下的臉上似乎有些熱。她有時自己偶然摸到脖子上，尤其是耳朵後，指面上總感著些粗糙，本來早就知道是積年的老泥，但向來倒也並不很介意。現在在他的注視之下，對著這葵綠異香的洋肥皀，可不禁臉上有些發熱了，而且這熱又不絕的蔓延開去，即刻一徑到耳根。她於是就決定晚飯後要用這肥皀來拚命的洗一洗。

「有些地方，本來單用皀莢子是洗不乾淨的。」她自對自的說。

「媽，這給我！」秀兒伸手來搶葵綠紙；在外面玩耍的小女兒招兒也跑到了。四太太趕忙推開她們，裹好薄紙，又照舊包上葵綠紙，欠過身去擱在洗臉台上最高的一層格子上，看一看，翻身仍然糊紙錠。

「學程！」四銘記起了一件事似的，忽而拖長了聲音叫，就在她對面的一把高背椅子上坐下了。

「學程！」她也幫著叫。

她停下糊紙錠，側耳一聽，什麼響應也沒有，又見他仰著頭焦急的等著，不禁很有些抱歉了，便盡力提高了喉嚨，尖利的叫：

「絟兒呀！」

這一叫確乎有效，就聽到皮鞋聲橐橐的近來，不一會，絟兒已站在她面前了，只穿短衣，肥胖的圓臉上亮晶晶的流著油汗。

「你在做什麼？怎麼爹叫也不聽見？」她譴責的說。

「我剛在練八卦拳[2]……。」他立即轉身向了四銘，筆挺的站著，看著他，意思是問他什麼事。

「學程，我就要問你：『惡毒婦』是什麼？」

「『惡毒婦』？……那是，『很凶的女人』罷？……」

「胡說！胡鬧！」四銘忽而怒得可觀。「我是『女人』嗎！？」

學程嚇得倒退了兩步，站得更挺了。他雖然有時覺得他走路很像上台的老生，卻從沒有將他當作女人看待，他知道自己答的很錯了。

「『惡毒婦』是『很凶的女人』，我倒不懂，得來請教你？——這不是中國話，是鬼子話，我對你說。這是什麼意思，你懂嗎？」

「我，……我不懂。」學程更加局促起來。

「嚇，我白化錢送你進學堂，連這一點也不懂。虧煞你的學堂還誇什麼『口耳並重』，倒教得什麼也沒有。說這鬼話的人至多不過十四五歲，比你還小些呢，已經嘰嘰咕咕的能說了，你卻連意思也說不出，還有這臉說『我不懂』！——現在就給我去查出來！」

學程在喉嚨底裡答應了一聲「是」，恭恭敬敬的退出去了。

「這眞叫作不成樣子，」過了一會，四銘又慷慨的說，「現在的學生是。其實，在光緒年間，我就是最提倡開學堂的，[3] 可萬料不到學堂的流弊竟至於如此之大：什麼解放咧，自由咧，沒有實學，只會胡鬧。學程呢，爲他化了的錢也不少了，都白化。好容易給他進了中西折中的學堂，英文又專是『口耳並重』的，你以爲這該好了罷，哼，可是讀了一年，連『惡毒婦』也不懂，大約仍然是念死書。嚇，什麼學堂，造就了些什麼？我簡直說：應該統統關掉！」

「對咧，眞不如統統關掉的好。」四太太糊著紙錠，同情的說。

「秀兒她們也不必進什麼學堂了。『女孩子，念什麼書？』九公公先前這樣說，反對女學的時候，我還攻擊他呢；可是現在看起來，究竟是老年人的話對。你想，女人一陣一陣的在街上走，已經很不雅觀的了，她們卻還要剪頭髮。我最恨的就是那些剪了頭髮的女學生，我簡直說，軍人土匪倒還情有可原，攪亂天下的就是她們，應該很嚴的辦一辦……。」

「對咧，男人都像了和尙還不夠，女人又來學尼姑了。」

「學程！」

學程正捧著一本小而且厚的金邊書快步進來，便呈給四銘，指著一處說：

「這倒有點像。這個……。」

四銘接來看時，知道是字典，但文字非常小，又是橫行的。他眉頭一皺，擎向窗口，細著眼睛，就學程所指的一行念過去：

「『第十八世紀創立之共濟講社[4]之稱』——唔，不對。——這聲音是怎麼念的？」他指著前面的「鬼子」字，問。

「惡特拂羅斯（Oddfellows）。」

「不對，不對，不是這個。」四銘又忽而憤怒起來了。「我對你說：那是一句壞話，罵人的話，罵我這樣的人的。懂了嗎？查去！」

學程看了他幾眼，沒有動。

「這是什麼悶葫蘆，沒頭沒腦的？你也先得說說淸，教他好用心的查去。」她看見學程爲難，覺得可憐，便排解而且不滿似的說。

「就是我在大街上廣潤祥買肥皂的時候，」四銘呼出了一口氣，向她轉過臉去，說。「店裡又有三個學生在那裡買東西。我呢，從他們看起來，自然也怕太嚕嘛一點了罷。我一氣看了六七樣，都要四角多，沒有買；看一角一塊的，又太壞，沒有什麼香。我想，不如中通的好，便挑定了那綠的一塊，兩角四分。伙計本來是勢利鬼，眼睛生在額角上的，早就撅著狗嘴的了；可恨那學生這壞小子又都擠眉弄眼的說著鬼話笑。後來，我要打開來看一看才付錢：洋紙包著，怎麼斷得定貨色的好壞呢。誰知道那勢利鬼不但不依，還蠻不講理，說了許多可惡的廢話；壞小子們又附和著說笑。那一句是頂小的一個說的，而且眼睛看著我，他們就都笑起來了：可見一定是一句壞話。」他於是轉臉對著學程道，「你只要在『壞話類』裡去查去！」

學程在喉嚨底裡答應了一聲「是」，恭恭敬敬的退去了。

「他們還嚷什麼『新文化新文化』，『化』到這樣了，還不夠？」他兩眼釘著屋樑，盡自說下去。「學生也沒有道德，社會上也沒有道德，再不想點法子來挽救，中國這才眞個要亡了。——你想，那多麼可嘆？……」」

「什麼？」她隨口的問，並不驚奇。

「孝女。」他轉眼對著她，鄭重的說。「就在大街上，有兩個討飯的。一個是姑娘，看去該有十八九歲了。——其實這樣的年紀，討飯是很不相宜的了，可是她還討飯。——和一個六七十歲的老的，白頭髮，眼睛是瞎的，坐在布店的檐下求乞。大家多說她是孝女，那老的是祖母。她只要討得一點什麼，便都獻給祖母吃，自己情願餓肚皮。可是這樣的孝女，有人肯布施麼？」他射出眼光來釘住她，似乎要試驗她的識見。

她不答話，也只將眼光釘住他，似乎倒是專等他來說明。

「哼，沒有。」他終於自己回答說。「我看了好半天，只見一個人給了一文小錢；其餘的圍了一大圈，倒反去打趣。還有兩個光棍，竟肆無忌憚的說：『阿發，你不要看得這貨色髒。你只要去買兩塊肥皂來，咯支咯支遍身洗一洗，好得很哩！』哪，你想，這成什麼話？」

「哼，」她低下頭去了，久之，才又懶懶的問，「你給了錢麼？」

「我麼？——沒有。一兩個錢，是不好意思拿出去的。她不是平常的討飯，總得……。」

「嗡。」她不等說完話，便慢慢地站起來，走到廚下去。昏黃只顯得濃密，已經是晚飯時候了。

四銘也站起身，走出院子去。天色比屋子裡還明亮，學程就在牆角落上練習八卦拳：這是他的「庭訓」[5]，利用晝夜之交的時間的經濟法，學程奉行了將近大半年了。他贊許似的微微點一點頭，便反背著兩手在空院子裡來回的踱方步。不多久，那唯一的盆景萬年青的闊葉又已消失在昏暗中，破絮一般的白雲間閃出星點，黑夜就從此開頭。四銘當這時候，便也不由的感奮起來，彷彿就要大有所爲，與周圍的壞學生以及惡社會宣戰。他意氣漸漸勇猛，腳步愈跨愈大，布鞋底聲也愈走愈響，嚇得早已睡在籠子裡的母雞和小雞也都唧唧足足的叫起來了。

堂前有了燈光，就是號召晚餐的烽火，合家的人們便都齊集在中央的桌子周圍。燈在下橫；上首是四銘一人居中，也是學程一般肥胖的圓臉，但多兩撇細鬍子，在菜湯的熱氣裡，獨據一面，很像廟裡的財神。左橫是四太太帶著招兒；右橫是學程和秀兒一列。碗筷聲雨點似的響，雖然大家不言語，也就是很熱鬧的晚餐。

招兒帶翻了飯碗了，菜湯流得小半桌。四銘盡量的睜大了細眼睛瞪著看得她要哭，這才收回眼光，伸筷自去夾那早先看中了的一個菜心去。可是菜心已經不見了，他左右一瞥，就發現學程剛剛挾著塞進他張得很大的嘴裡去，他於是只好無聊的吃了一筷黃菜葉。

「學程，」他看著他的臉說，「那一句查出了沒有？」

「那一句？——那還沒有。」

「哼，你看，也沒有學問，也不懂道理，單知道吃！學學那個孝女罷，做了乞丐，還是一味孝順祖母，自己情願餓肚子。但是你們這些學生那裡知道這些，肆無忌憚，將來只好像那光棍……。」

「想倒想著了一個，但不知可是。——我想，他們說的也許是『阿爾特膚爾』[6]。」

「哦哦，是的！就是這個！他們說的就是這樣一個聲音：『惡毒夫咧。』這是什麼意思？你也就是他們這一黨：你知道的。」

「意思，——意思我不很明白。」

「胡說！瞞我。你們都是壞種！」

「『天不打吃飯人』，你今天怎麼盡鬧脾氣，連吃飯時候也是打雞罵狗的。他們小孩子們知道什麼。」四太太忽而說。

「什麼？」四銘正想發話，但一回頭，看見她陷下的兩頰已經鼓起，而且很變了顏色，三角形的眼裡也發著可怕的光，便趕緊改口說，「我也沒有鬧什麼脾氣，我不過教學程應該懂事些。」

「他那裡懂得你心裡的事呢。」她可是更氣忿了。「他如果能懂事，早就點了燈籠火把，尋了那孝女來了。好在你已經給她買好了一塊肥皂在這裡，只要再去買一塊……」

「胡說！那話是那光棍說的。」

「不見得。只要再去買一塊，給她咯支咯支的遍身洗一洗，供起來，天下也就太平了。」

「什麼話？那有什麼相干？我因爲記起了你沒有肥皂……」

「怎麼不相干？你是特誠買給孝女的，你咯支咯支的去洗去。我不配，我不要，我也不要沾孝女的光。」

「這眞是什麼話？你們女人……」四銘支吾著，臉上也像學程練了八卦拳之後似的流出油汗來，但大約大半也因爲吃了太熱的飯。

「我們女人怎麼樣？我們女人，比你們男人好得多。你們男人不是罵十八九歲的女學生，就是稱讚十八九歲的女討飯：都不是什麼好心思。『咯支咯支』，簡直是不要臉！」

「我不是已經說過了？那是一個光棍……」

「四翁！」外面的暗中忽然起了極響的叫喊。

「道翁麼？我就來！」四銘知道那是高聲有名的何道統，便遇赦似的，也高興的大聲說。「學程，你快點燈照何老伯到書房去！」

學程點了燭，引著道統走進西邊的廂房裡，後面還跟著卜薇園。

「失迎失迎，對不起。」四銘還嚼著飯，出來拱一拱手，說。「就在舍間用便飯，何如？……」

「已經偏過了。」薇園迎上去，也拱一拱手，說。「我們連夜趕來，就爲了那移風文社的第十八屆徵文題目，明天不是『逢七』麼？」

「哦！今天十六？」四銘恍然的說。

「你看，多麼糊塗！」道統大嚷道。

「那麼，就得連夜送到報館去，要他明天一准登出來。」

「文題我已經擬下了。你看怎樣，用得用不得？」道統說著，就從手巾包裡挖出一張紙條來交給他。

四銘踱到燭台面前，展開紙條，一字一字的讀下去：

「『恭擬全國人民合詞吁請貴大總統特頒明令專重聖經崇祀孟母[7]以挽頹風而存國粹文』。——好極好極。可是字數太多了罷？」

「不要緊的！」道統大聲說。「我算過了，還無須乎多加廣告費。但是詩題呢？」

「詩題麼？」四銘忽而恭敬之狀可掬了。「我倒有一個在這裡：孝女行。那是實事，應該表彰表彰她。我今天在大街上……」

「哦哦，那不行。」薇園連忙搖手，打斷他的話。「那是我也看見的。她大概是『外路人』，我不懂她的話，她也不懂我的話，不知道她究竟是那裡人。大家倒都說她是孝女；然而我問她可能做詩，她搖搖頭。要是能做詩，那就好了。」

「然而忠孝是大節，不會做詩也可以將就……。」

「那倒不然，而孰知不然！」薇園攤開手掌，向四銘連搖帶推的奔過去，力爭說。「要會做詩，然後有趣。」

「我們，」四銘推開他，「就用這個題目，加上說明，登報去。一來可以表彰表彰她；二來可以借此針砭社會。現在的社會還成個什麼樣子，我從旁考察了好半天，竟不見有什麼人給一個錢，這豈不是全無心肝……」

「阿呀，四翁！」薇園又奔過來，「你簡直是在『對著和尚罵賊禿』了。我就沒有給錢，我那時恰恰身邊沒有帶著。」

「不要多心，薇翁。」四銘又推開他，「你自然在外，又作別論。你聽我講下去：她們面前圍了一大群人，毫無敬意，只是打趣。還有兩個光棍，那是更其肆無忌憚了，有一個簡直說，『阿發，你去買兩塊肥皂來，咯支咯支遍身洗一洗，好得很哩。』你想，這……」

「哈哈哈！兩塊肥皂！」道統的響亮的笑聲突然發作了，震得人耳朵喤喤的叫。「你買，哈哈，哈哈！」

「道翁，道翁，你不要這麼嚷。」四銘吃了一驚，慌張的說。

「咯支咯支，哈哈！」

「道翁！」四銘沉下臉來了，「我們講正經事，你怎麼只胡鬧，鬧得人頭昏。你聽，我們就用這兩個題目，即刻送到報館去，要他明天一准登出來。這事只好偏勞你們兩位了。」

「可以可以，那自然。」薇園極口應承說。

「呵呵，洗一洗，咯支……唏唏……」

「道翁！」四銘憤憤的叫。

道統給這一喝，不笑了。他們擬好了說明，薇園膽在信箋上，就和道統跑往報館去。四銘拿著燭台，送出門口，回到堂屋的外面，心裡就有些不安逸，但略一躊躕，也終於跨進門檻去了。他一進門，迎頭就看見中央的方桌中間放著那肥皂的葵綠色的小小的長方包。包中央的金印子在燈光下明晃晃的發閃，周圍還有細小的花紋。

秀兒和招兒都蹲在桌子下橫的地上玩；學程坐在右橫查字

典。最後在離燈最遠的陰影裡的高背椅子上發見了四太太，燈光照處，見她死板板的臉上並不顯出什麼喜怒，眼睛也並不看著什麼東西。

「咯支咯支，不要臉不要臉……」

四銘微微的聽得秀兒在他背後說，回頭看時，什麼動作也沒有了，只有招兒還用了她兩只小手的指頭在自己臉上抓。

他覺得存身不住，便熄了燭，踱出院子去。他來回的踱，一不小心，母鷄和小鷄又唧唧足足的叫了起來，他立即放輕腳步，並且走遠些。經過許多時，堂屋裡的燈移到臥室裡去了。他看見一地月光，彷彿滿鋪了無縫的白紗，玉盤似的月亮現在白雲間，看不出一點缺。

他很有些悲傷，似乎也像孝女一樣，成了「無告之民」[8]，孤苦零丁了。他這一夜睡得非常晚。

但到第二天的早晨，肥皀就被錄用了。這日他比平日起得遲，看見她已經伏在洗臉台上擦脖子，肥皀的泡沫就如大螃蟹嘴上的水泡一般，高高的堆在兩個耳朵後，比起先前用的皀莢時候的只有一層极薄的白沫來，那高低眞有霄壤之別。以此之後，四太太的身上便總帶著些似橄欖非橄欖的說不清的香味；幾乎小半年，這才忽而換了樣，凡有聞到的都說那可似乎是檀香。

一九二四年三月二二日

1 本篇最初發表於一九二四年三月二十七、二十八日北京《晨報副刊》。

2 八卦拳　拳術的一種，多用掌法，按八卦的特定形式進行。清末有些王公大臣和「五四」前後的封建復古派把它作為「國粹」加以提倡。

3 關於光緒年間開學堂，戊戌變法（1898）前後，在維新派的推動下，我國開始興辦近代教育，開設學堂。這些學堂當時曾不同程度地傳播了西方近代的科學文化和社會學說。

4　共濟講社（Oddfellows）　又譯共濟社，十八世紀在英國出現的一種以互濟為目的的秘密結社。

5　「庭訓」　《論語・季氏》載：孔丘「嘗獨立，鯉（按即孔丘的兒子）趨而過庭」，孔丘要他學「詩」、學「禮」。後來就常有人稱父親的教訓為「庭訓」或「過庭之訓」。

6　阿爾特膚爾　英語 Old fool 的音譯，意為「老傻瓜」。

7　孟母　指孟軻的母親，她是善於教子的「賢母」。

8　無告之民　語出《禮記・王制》，其中說：孤、獨、鰥、寡「四者，天民之窮而無告者也」。無告，有苦無處訴說。

示眾[1]

首善之區[2]的西城的一條馬路上，這時候什麼擾攘也沒有。火焰焰的太陽雖然還未直照，但路上的沙土彷彿已是閃爍地生光；酷熱滿和在空氣裡面，到處發揮著盛夏的威力。許多狗都拖出舌頭來，連樹上的烏老鴉也張著嘴喘氣，——但是，自然也有例外的。遠處隱隱有兩個銅盞[3]相擊的聲音，使人憶起酸梅湯，依稀感到涼意，可是那懶懶的單調的金屬音的間作，卻使那寂靜更其深遠了。

只有腳步聲，車夫默默地前奔，似乎想趕緊逃出頭上的烈日。

「熱的包子咧！剛出屜的……。」

十一二歲的胖孩子，細著眼睛，歪了嘴在路旁的店門前叫喊。聲音已經嘶嗄了，還帶些睡意，如給夏天的長日催眠。他旁邊的破舊桌子上，就有二三十個饅頭包子，毫無熱氣，冷冷地坐著。

「荷阿！饅頭包子咧，熱的……。」

像用力擲在牆上而反撥過來的皮球一般，他忽然飛在馬路的那邊了。在電杆旁，和他對面，正向著馬路，其時也站定了兩個人：一個是淡黃制服的掛刀的面黃肌瘦的巡警，手裡牽著繩頭，繩的那頭就拴在別一個穿藍布大衫上罩白背心的男人的臂膊上。這男人戴一頂新草帽，帽檐四面下垂，遮住了眼睛的一帶。但胖孩子身體矮，仰起臉來看時，卻正撞見這人的眼睛了。那眼睛也似乎正在看他的腦殼。他連忙順下眼，去看白背心，只見背心上一行一行地寫著些大大小小的什麼字。

剎時間，也就圍滿了大半圈的看客。待到增加了禿頭的老頭子之後，空缺已經不多，而立刻又被一個赤膊的紅鼻子胖大漢補滿了。這胖子過於橫闊，占了兩人的地位，所以續到的便只能屈在第二層，從前面的兩個脖子之間伸進腦袋去。

禿頭站在白背心的略略正對面，彎了腰，去研究背心上的文字，終於讀起來：

「嗡，都，哼，八，而，……」

胖孩子卻看見那白背心正研究著這發亮的禿頭，他也便跟著去研究，就只見滿頭光油油的，耳朵左近還有一片灰白色的頭髮，此外也不見得有怎樣新奇。但是後面的一個抱著孩子的老媽子卻想乘機擠進來了；禿頭怕失了位置，連忙站直，文字雖然還未讀完，然而無可奈何，只得另看白背心的臉：草帽檐下半個鼻子，一張嘴，尖下巴。

又像用了力擲在牆上而反撥過來的皮球一般，一個小學生飛奔上來，一手按住了自己頭上的雪白的小布帽，向人叢中直鑽進去。但他鑽到第三——也許是第四——層。竟遇見一件不可動搖的偉大的東西了，抬頭看時，藍褲腰上面有一座赤條條的很闊的背脊，背脊上還有汗正在流下來。他知道無可措手，只得順著褲腰右行，幸而在盡頭發見了一條空處，透著光明。他剛剛低頭要鑽的時候，只聽得一聲「什麼」，那褲腰以下的屁股向右一歪，空處立刻閉塞，光明也同時不見了。

但不多久，小學生卻從巡警的刀旁邊鑽出來了。他詫異地四顧：外面圍著一圈人，上首是穿白背心的，那對面是一個赤膊的胖小孩，胖小孩後面是一個赤膊的紅鼻子胖大漢。他這時隱約悟出先前的偉大的障礙物的本體了，便驚奇而且佩服似的只望著紅鼻子。胖小孩本是注視著小學生的臉的，於是也不禁依了他的眼光，回轉頭去了，在那裡是一個很胖的奶子，奶頭四近有幾枝很長的毫毛。

「他，犯了什麼事啦？……」

大家都愕然看時，是一個工人似的粗人，正在低聲下氣地請教那禿頭老頭子。

禿頭不作聲，單是睜起了眼睛看定他。他被看得順下眼光去，過一會再看時，禿頭還是睜起了眼睛看定他，而且別的人也似乎都睜了眼睛看定他。他於是彷彿自己就犯了罪似的局促起來，終至於慢慢退後，溜出去了。一個挾洋傘的長子就來補了缺；禿頭也旋轉臉去再看白背心。

長子彎了腰，要從垂下的草帽檐下去賞識白背心的臉，但不知道為什麼忽又站直了。於是他背後的人們又須竭力伸長了脖子；有一個瘦子竟至於連嘴都張得很大，像一條死鱸魚。

巡警，突然間，將腳一提，大家又愕然，趕緊都看他的腳；然而他又放穩了，於是又看白背心。長子忽又彎了腰，還要從垂下的草帽檐下去窺測，但即刻也就立直，擎起一隻手來拚命搔頭皮。

禿頭不高興了，因為他先覺得背後有些不太平，接著耳朵邊就有唧咕唧咕的聲響。他雙眉一鎖，回頭看時，緊挨他右邊，有一隻黑手拿著半個大饅頭正在塞進一個貓臉的人的嘴裡去。他也就不說什麼，自去看白背心的新草帽了。

忽然，就有暴雷似的一擊，連橫闊的胖大漢也不免向前一蹌踉。同時，從他肩膊上伸出一隻胖得不相上下的臂膊來，展開五指，拍的一聲正打在胖孩子的臉頰上。

「好快活！你媽的……」同時，胖大漢後面就有一個彌勒佛[4]似的更圓的胖臉這麼說。

胖孩子也蹌踉了四五步，但是沒有倒，一手按著臉頰，旋轉身，就想從胖大漢的腿旁的空隙間鑽出去。胖大漢趕忙站穩，並且將屁股一歪，塞住了空隙，恨恨地問道：

「什麼？」

胖孩子就像小鼠子落在捕機裡似的，倉皇了一會，忽然向小學生那一面奔去，推開他，衝出去了。小學生也返身跟出去了。

「嚇，這孩子……。」總有五六個人都這樣說。

待到重歸平靜，胖大漢再看白背心的臉的時候，卻見白背心正在仰面看他的胸脯；他慌忙低頭也看自己的胸脯時，只見兩乳之間的窪下的坑裡有一片汗，他於是用手掌拂去了這些汗。

然而形勢似乎總不甚太平了。抱著小孩的老媽子因爲在騷擾時四顧，沒有留意，頭上梳著的喜鵲尾巴似的「蘇州俏」[5]便碰了站在旁邊的車夫的鼻梁。車夫一推，卻正推在孩子上；孩子就扭轉身去，向著圈外，嚷著要回去了。老媽子先也略略一蹌踉，但便即站定，旋轉孩子來使他正對白背心，一手指點著，說道：

「阿，阿，看呀！多麼好看哪！……」

空隙間忽而探進一個戴硬草帽的學生模樣的頭來，將一粒瓜子之類似的東西放在嘴裡，下顎向上一磕，咬開，退出去了。這地方就補上了一個滿頭油汗而粘著灰土的橢圓臉。

挾洋傘的長子也已經生氣，斜下了一邊的肩膊，皺眉疾視著肩後的死鱸魚。大約從這麼大的大嘴裡呼出來的熱氣，原也不易招架的，而況又在盛夏。禿頭正仰視那電杆上釘著的紅牌上的四個白字，彷彿很覺得有趣。胖大漢和巡警都斜了眼研究著老媽子的鉤刀般的鞋尖。

「好！」

什麼地方忽有幾個人同聲喝采。都知道該有什麼事情起來了，一切頭便全數回轉去。連巡警和他牽著的犯人也都有些搖動了。

「剛出屜的包子咧！荷阿，熱的……。」

路對面是胖孩子歪著頭，磕睡似的長呼；路上是車夫們默默地前奔，似乎想趕緊逃出頭上的烈日。大家都幾乎失望了，幸而放出眼光去四處搜索，終於在相距十多家的路上，發見了一輛洋車停放著，一個車夫正在爬起來。

圓陣立刻散開，都錯錯落落地走過去。胖大漢走不到一半，就歇在路邊的槐樹下；長子比禿頭和橢圓臉走得快，接近了。車上的坐客依然坐著，車夫已經完全爬起，但還在摩自己的膝髁。周圍有五六個人笑嘻嘻地看他們。

「成麼？」車夫要來拉車時，坐客便問。

他只點點頭，拉了車就走；大家就惘惘然目送他。起先還知道那一輛是曾經跌倒的車，後來被別的車一混，知不清了。

馬路上就很清閒，有幾隻狗伸出了舌頭喘氣；胖大漢就在槐陰下看那很快地一起一落的狗肚皮。

老媽子抱了孩子從屋檐陰下蹩過去了。胖孩子歪著頭，擠細了眼睛，拖長聲音，磕睡地叫喊——

「熱的包子咧！荷阿！……剛出屜的……。」

一九二五年三月十八日

1　本篇最初發表於一九二五年四月十三日北京《語絲》週刊第二十二期。

2　首善之區　指首都。《漢書．儒林傳》載：「故教化之行也，建首善，自京師始。」這裡指北洋軍閥時代的首都北京。

3　銅盞　一種杯狀小銅器。舊時北京賣酸梅湯的商販，常用兩個銅盞相擊，發出有節奏的聲音，以招引顧客。

4　彌勒佛　佛教菩薩之一，佛經說他繼承釋迦牟尼的佛位而成佛。常見的塑像是胖圓笑臉，袒胸露腹，俗稱大肚子彌勒佛。

5　「蘇州俏」　舊時婦女所梳髮髻的一種式樣，先流行於蘇州一帶，故有此稱。

孤獨者[1]

一

我和魏連殳相識一場，回想起來倒也別致，竟是以送殮始，以送殮終。

那時我在S城，就時時聽到人們提起他的名字，都說他很有些古怪：所學的是動物學，卻到中學堂去做歷史教員；對人總是愛理不理的，卻常喜歡管別人的閒事；常說家庭應該破壞，一領薪水卻一定立即寄給他的祖母，一日也不拖延。此外還有許多零碎的話柄；總之，在S城裡也算是一個給人當作談助的人。有一年的秋天，我在寒石山的一個親戚家裡閒住；他們就姓魏，是連殳的本家。但他們卻更不明白他，彷彿將他當作一個外國人看待，說是「同我們都異樣的」。

這也不足爲奇，中國的興學雖說已經二十年了，寒石山卻連小學也沒有。全山村中，只有連殳是出外遊學的學生，所以從村人看來，他確是一個異類；但也很妒羨，說他掙得許多錢。

到秋末，山村中痢疾流行了；我也自危，就想回到城中去。那時聽說連殳的祖母就染了病，因爲是老年，所以很沈重；山中又沒有一個醫生。所謂他的家屬者，其實就只有一個這祖母，雇一名女工簡單地過活；他幼小失了父母，就由這祖母撫養成人的。聽說她先前也曾經吃過許多苦，現在可是安樂了。但因爲他沒有家小，家中究竟非常寂寞，這大概也就是大家所謂異樣之一端罷。

寒石山離城是旱道一百里，水道七十里，專使人叫連殳去，往返至少就得四天。山村僻陋，這些事便算大家都要打聽的大新聞，第二天便轟傳她病勢已經極重，專差也出發了；可是到四更天竟咽了氣，最後的話，是：「爲什麼不肯給我會一會連殳的呢？……」

族長，近房，他的祖母的母家的親丁，閒人，聚集了一屋子，豫計連殳的到來，應該已是入殮的時候了。壽材壽衣早已做成，都無須籌畫；他們的第一大問題是在怎樣對付這「承重孫」[2]，因爲逆料他關於一切喪葬儀式，是一定要改變新花樣的。聚議之後，大概商定了三大條件，要他必行。一是穿白，二是跪拜，三是請和尚道士做法事[3]。總而言之：是全都照舊。

他們既經議妥，便約定在連殳到家的那一天，一同聚在廳前，排成陣勢，互相策應，並力作一回極嚴厲的談判。村人們都咽著唾沫，新奇地聽候消息；他們知道連殳是「吃洋教」的「新黨」，向來就不講什麼道理，兩面的爭鬥，大約總要開始的，或者還會釀成一種出人意外的奇觀。

傳說連殳的到家是下午，一進門，向他祖母的靈前只是彎了一彎腰。族長們便立刻照豫定計畫進行，將他叫到大廳上，先說過一大篇冒頭，然後引入本題，而且大家此唱彼和，七嘴八舌，使他得不到辯駁的機會。但終於話都說完了，沈默充滿了全廳，人們全數悚然地緊看著他的嘴。只見連殳神色也不動，簡單地回答道：

「都可以的。」

這又很出於他們的意外，大家的心的重擔都放下了，但又似乎反加重，覺得太「異樣」，倒很有些可慮似的。打聽新聞的村人們也很失望，口口相傳道，「奇怪！他說『都可以』哩！我們看去罷！」都可以就是照舊，本來是無足觀了，但他們也還要看，黃昏之後，便欣欣然聚滿了一堂前。

我也是去看的一個，先送了一份香燭；待到走到他家，已見連殳在給死者穿衣服了。原來他是一個短小瘦削的人，長方臉，蓬鬆的頭髮和濃黑的鬚眉占了一臉的小半，只見兩眼在黑氣裡發光。那穿衣也穿得眞好，井井有條，彷彿是一個大殮的專家，使旁觀者不覺歎服。寒石山老例，當這些時候，無論如何，母家的親丁是總要挑剔的；他卻只是默默地，遇見怎麼挑剔便怎麼改，神色也不動。站在我前面的一個花白頭髮的老太太，便發出羨慕感歎的聲音。

其次是拜；其次是哭，凡女人們都念念有詞。其次入棺；其次又是拜；又是哭，直到釘好了棺蓋。沈靜了一瞬間，大家忽而擾動了，很有驚異和不滿的形勢。我也不由的突然覺到：連殳就始終沒有落過一滴淚，只坐在草薦上，兩眼在黑氣裡閃閃地發光。

大殮便在這驚異和不滿的空氣裡面完畢。大家都怏怏地，似乎想走散，但連殳卻還坐在草薦上沈思。忽然，他流下淚來了，接著就失聲，立刻又變成長嚎，像一匹受傷的狼，當深夜在曠野中嗥叫，慘傷裡夾雜著憤怒和悲哀。這模樣，是老例上所沒有的，先前也未曾豫防到，大家都手足無措了，遲疑了一會，就有幾個人上前去勸止他，愈去愈多，終於擠成一大堆。

但他卻只是兀坐著號咷，鐵塔似的動也不動。

大家又只得無趣地散開；他哭著，哭著，約有半點鐘，這才突然停了下來，也不向弔客招呼，徑自往家裡走。接著就有前去窺探的人來報告：他走進他祖母的房裡，躺在床上，而且，似乎就睡熟了。

隔了兩日，是我要動身回城的前一天，便聽到村人都遭了魔似的發議論，說連殳要將所有的器具大半燒給他祖母，餘下的便分贈生時侍奉，死時送終的女工，並且連房屋也要無期地借給她居住了。親戚本家都說到舌敝唇焦，也終於阻擋不住。

恐怕大半也還是因爲好奇心，我歸途中經過他家的門口，便又順便去弔慰。他穿了毛邊的白衣出見，神色也還是那樣，冷冷的。我很勸慰了一番；他卻除了唯唯諾諾之外，只回答了一句話，是：

「多謝你的好意。」

二

我們第三次相見就在這年的冬初，S 城的一個書鋪子裡，大家同時點了一點頭，總算是認識了。但使我們接近起來的，是在這年底我失了職業之後。從此，我便常常訪問連殳去。一則，自然是因爲無聊賴；二則，因爲聽人說，他倒很親近失意的人的，雖然素性這麼冷。但是世事升沈無定，失意人也不會長是失意人，所以他也就很少長久的朋友。這傳說果然不虛，我一投名片，他便接見了。兩間連通的客廳，並無什麼陳設，不過是桌椅之外，排列些書架，大家雖說他是一個可怕的「新黨」，架上卻不很有新書。他已經知道我失了職業；但套話一說就完，主客便只好默默地相對，逐漸沈悶起來。我只見他很快地吸完一枝煙，煙蒂要燒著手指了，才拋在地面上。

「吸煙罷。」他伸手取第二枝煙時，忽然說。

我便也取了一枝，吸著，講些關於教書和書籍的，但也還覺得沉悶。我正想走時，門外一陣喧嚷和腳步聲，四個男女孩子闖進來了。大的八九歲，小的四五歲，手臉和衣服都很髒，而且醜得可以。但是連殳的眼裡卻即刻發出歡喜的光來了，連忙站起，向客廳間壁的房裡走，一面說道：

「大良，二良，都來！你們昨天要的口琴，我已經買來了。」

孩子們便跟著一齊擁進去，立刻又各人吹著一個口琴一擁而出，一出客廳門，不知怎的便打將起來。有一個哭了。

「一人一個，都一樣的。不要爭呵！」他還跟在後面囑咐。

「這麼多的一群孩子都是誰呢？」我問。

「是房主人的。他們都沒有母親，只有一個祖母。」

「房東只一個人麼？」

「是的。他的妻子大概死了三四年了罷，沒有續娶。——否則，便要不肯將餘屋租給我似的單身人。」他說著，冷冷地微笑了。

我很想問他何以至今還是單身，但因爲不很熟，終於不好開口。

只要和連殳一熟識，是很可以談談的。他議論非常多，而且往往頗奇警。使人不耐的倒是他的有些來客，大抵是讀過《沉淪》[4]的罷，時常自命爲「不幸的青年」或是「零餘者」，螃蟹一般懶散而驕傲地堆在大椅子上，一面唉聲歎氣，一面皺著眉頭吸煙。還有那房主的孩子們，總是互相爭吵，打翻碗碟，硬討點心，亂得人頭昏。但連殳一見他們，卻再不像平時那樣的冷冷的了，看得比自己的性命還寶貴。聽說有一回，三良發了紅斑痧，竟急得他臉上的黑氣愈見其黑了；不料那病是輕的，於是後來便被孩子們的祖母傳作笑柄。

「孩子總是好的。他們全是天眞……。」他似乎也覺得我有些不耐煩了，有一天特地乘機對我說。

「那也不盡然。」我只是隨便回答他。

「不。大人的壞脾氣，在孩子們是沒有的。後來的壞，如你平日所攻擊的壞，那是環境教壞的。原來卻並不壞，天眞……。我以爲中國的可以希望，只在這一點。」

「不。如果孩子中沒有壞根苗，大起來怎麼會有壞花果？譬如一粒種子，正因爲內中本含有枝葉花果的胚，長大時才能夠發出這些東西來。何嘗是無端……。」我因爲閒著無事，便也如大人先生們一下野，就要吃素談禪[5]一樣，正在看佛經。佛理自然是並不懂得的，但竟也不自檢點，一味任意地說。

然而連殳氣忿了，只看了我一眼，不再開口。我也猜不出他是無話可說呢，還是不屑辯。但見他又顯出許久不見的冷冷的態度來，默默地連吸了兩枝煙；待到他再取第三枝時，我便只好逃走了。

這仇恨是歷了三月之久才消釋的。原因大概是一半因爲忘卻，一半則他自己竟也被「天眞」的孩子所仇視了，於是覺得我對於孩子的冒瀆的話倒也情有可原。但這不過是我的推測。其時是在我的寓裡的酒後，他似乎微露悲哀模樣，半仰著頭道：

「想起來眞覺得有些奇怪。我到你這裡來時，街上看見一個很小的小孩，拿了一片蘆葉指著我道：殺！他還不很能走路……。」

「這是環境教壞的。」

我即刻很後悔我的話。但他卻似乎並不介意，只竭力地喝酒，其間又竭力地吸煙。

「我倒忘了，還沒有問你，」我便用別的話來支唔，「你是不大訪問人的，怎麼今天有這興致來走走呢？我們相識有一年多了，你到我這裡來卻還是第一回。」

「我正要告訴你呢：你這幾天切莫到我寓裡來看我了。我的寓裡正有很討厭的一大一小在那裡，都不像人！」

「一大一小？這是誰呢？」我有些詫異。

「是我的堂兄和他的小兒子。哈哈，兒子正如老子一般。」

「是上城來看你，帶便玩玩的罷？」

「不。說是來和我商量，就要將這孩子過繼給我的。」

「呵！過繼給你？」我不禁驚叫了，「你不是還沒有娶親麼？」

「他們知道我不娶的了。但這都沒有什麼關係。他們其實是要過繼給我那一間寒石山的破屋子。我此外一無所有，你是知道的；錢一到手就花完。只有這一間破屋子。他們父子的一生的事業是在逐出那一個借住著的老女工。」

他那詞氣的冷峭，實在又使我悚然。但我還慰解他說：

「我看你的本家也還不至於此。他們不過思想略舊一點罷了。譬如，你那年大哭的時候，他們就都熱心地圍著使勁來勸你……。」

「我父親死去之後，因爲奪我屋子，要我在筆據上畫花押，我大哭著的時候，他們也是這樣熱心地圍著使勁來勸我……。」他兩眼向上凝視，彷彿要在空中尋出那時的情景來。

「總而言之：關鍵就全在你沒有孩子。你究竟爲什麼老不結婚的呢？」我忽而尋到了轉舵的話，也是久已想問的話，覺得這時是最好的機會了。

他詫異地看著我，過了一會，眼光便移到他自己的膝髁上去了，於是就吸煙，沒有回答。

三

但是，雖在這一種百無聊賴的境地中，也還不給連殳安住。漸漸地，小報上有匿名人來攻擊他，學界上也常有關於他的流言，可是這已經並非先前似的單是話柄，大概是於他有損的了。我知道這是他近來喜歡發表文章的結果，倒也並不介意。S 城人最不願意有人發些沒有顧忌的議論，一有，一定要暗暗地來叮他，這是向來如此的，連殳自己也知道。但到春天，忽然聽說他已被校長辭退了。這卻使我覺得有些兀突；其實，這也是向來如此的，不過因爲我希望著自己認識的人能夠倖免，所以就以爲兀突罷了，S 城人倒並非這一回特別惡。

其時我正忙著自己的生計，一面又在接洽本年秋天到山陽去當教員的事，竟沒有工夫去訪問他。待到有些餘暇的時候，離他被辭退那時大約快有三個月了，可是還沒有發生訪問連殳的意思。有一天，我路過大街，偶然在舊書攤前停留，卻不禁使我覺到震悚，因爲在那裡陳列著的一部汲古閣初印本《史記索隱》[6]，正是連殳的書。他喜歡書，但不是藏書家，這種本子，在他是算作貴重的善本，非萬不得已，不肯輕易變賣的。難道他失業剛才兩三月，就一貧至此麼？雖然他向來一有錢即隨手散去，沒有什麼貯蓄。於是我便決意訪問連殳去，順便在街上買了一瓶燒酒，兩包花生米，兩個燻魚頭。

他的房門關閉著，叫了兩聲，不見答應。我疑心他睡著了，更加大聲地叫，並且伸手拍著房門。

「出去了罷！」大良們的祖母，那三角眼的胖女人，從對面的窗口探出她花白的頭來了，也大聲說，不耐煩似的。

「那裡去了呢？」我問。

「那裡去了？誰知道呢？——他能到那裡去呢，你等著就是，一會兒總會回來的。」

我便推開門走進他的客廳去。眞是「一日不見，如隔三秋」[7]，滿眼是淒涼和空空洞洞，不但器具所餘無幾了，連書籍也只剩了在S城決沒有人會要的幾本洋裝書。屋中間的圓桌還在，先前曾經常常圍繞著憂鬱慷慨的青年，懷才不遇的奇士和醃臢吵鬧的孩子們的，現在卻見得很閒靜，只在面上蒙著一層薄薄的灰塵。我就在桌上放了酒瓶和紙包，拖過一把椅子來，靠桌旁對著房門坐下。

的確不過是「一會兒」，房門一開，一個人悄悄地陰影似的進來了，正是連殳。也許是傍晚之故罷，看去彷彿比先前黑，但神情卻還是那樣。

「阿！你在這裡？來得多久了？」他似乎有些喜歡。

「並沒有多久。」我說，「你到那裡去了？」

「並沒有到那裡去，不過隨便走走。」

他也拖過椅子來，在桌旁坐下；我們便開始喝燒酒，一面談些關於他的失業的事。但他卻不願意多談這些；他以爲這是意料中的事，也是自己時常遇到的事，無足怪，而且無可談的。他照例只是一意喝燒酒，並且依然發些關於社會和歷史的議論。不知怎地我此時看見空空的書架，也記起汲古閣初印本的《史記索隱》，忽而感到一種淡漠的孤寂和悲哀。

「你的客廳這麼荒涼……。近來客人不多了麼？」

「沒有了。他們以爲我心境不佳，來也無意味。心境不佳，實在是可以給人們不舒服的。冬天的公園，就沒有人去……。」他連喝兩口酒，默默地想著，突然，仰起臉來看著我問道，「你在圖謀的職業也還是毫無把握罷？……」

我雖然明知他已經有些酒意，但也不禁憤然，正想發話，只見他側耳一聽，便抓起一把花生米，出去了。門外是大良們笑嚷的聲音。

但他一出去，孩子們的聲音便寂然，而且似乎都走了。他還追上去，說些話，卻不聽得有回答。他也就陰影似的悄悄地回來，仍將一把花生米放在紙包裡。

「連我的東西也不要吃了。」他低聲，嘲笑似的說。

「連殳，」我很覺得悲涼，卻強裝著微笑，說，「我以爲你太自尋苦惱了。你看得人間太壞……。」

他冷冷的笑了一笑。

「我的話還沒有完哩。你對於我們，偶而來訪問你的我們，也以爲因爲閒著無事，所以來你這裡，將你當作消遣的資料的罷？」

「並不。但有時也這樣想。或者尋些談資。」

「那你可錯誤了。人們其實並不這樣。你實在親手造了獨頭繭[8]，將自己裹在裡面了。你應該將世間看得光明些。」我歎惜著說。

「也許如此罷。但是，你說：那絲是怎麼來的？——自然，世上也盡有這樣的人，譬如，我的祖母就是。我雖然沒有分得她的血液，卻也許會繼承她的運命。然而這也沒有什麼要緊，我早已豫先一起哭過了……。」

我即刻記起他祖母大殮時候的情景來，如在眼前一樣。

「我總不解你那時的大哭……。」於是鶻突地問了。

「我的祖母人殮的時候罷？是的，你不解的。」他一面點燈，一面冷靜地說，「你的和我交往，我想，還正因爲那時的哭哩。你不知道，這祖母，是我父親的繼母；他的生母，他三歲時候就死去了。」他想著，默默地喝酒，吃完了一個燻魚頭。

「那些往事，我原是不知道的。只是我從小時候就覺得不可解。那時我的父親還在，家景也還好，正月間一定要懸掛祖像，盛大地供養起來。看著這許多盛裝的畫像，在我那時似乎是不可多得的眼福。但那時，抱著我的一個女工總指了一幅像說：『這是你自己的祖母。拜拜罷，保佑你生龍活虎似的大得快。』我眞不懂得我明明有著一個祖母，怎麼又會有什麼『自己的祖母』來。可是我愛這『自己的祖母』，她不比家裡的祖母一般老；她年青，好看，穿著描金的紅衣服，戴著珠冠，和我母親的像差不多。我看她時，她的眼睛也注視我，而且口角上漸漸增多了笑影：我知道她一定也是極其愛我的。

「然而我也愛那家裡的，終日坐在窗下慢慢地做針線的祖母。雖然無論我怎樣高興地在她面前玩笑，叫她，也不能引她歡笑，常使我覺得冷冷地，和別人的祖母們有些不同。但我還愛她。可是到後來，我逐漸疏遠她了；這也並非因爲年紀大了，已經知道她不是我父親的生母的緣故，倒是看久了終日終年的做針線，機器似的，自然免不了要發煩。但她卻還是先前一樣，做針線；管理我，也愛護我，雖然少見笑容，卻也不加呵斥。直到我父親去世，還是這樣；後來呢，我們幾乎全靠她做針線過活了，自然更這樣，直到我進學堂……。」

燈火銷沉下去了，煤油已經將涸，他便站起，從書架下摸出一個小小的洋鐵壺來添煤油。

「只這一月裡，煤油已經漲價兩次了……。」他旋好了燈頭，慢慢地說。「生活要日見其困難起來。——她後來還是這樣，直到我畢業，有了事做，生活比先前安定些；恐怕還直到她生病，實在打熬不住了，只得躺下的時候罷……。

「她的晚年，據我想，是總算不很辛苦的，享壽也不小了，正無須我來下淚。況且哭的人不是多著麼？連先前竭力欺凌她的人們也哭，至少是臉上很慘然。哈哈！……可是我那時不知怎地，將她的一生縮在眼前了，親手造成孤獨，又放在嘴裡去咀嚼的人的一生。而且覺得這樣的人還很多哩。這些人們，就使我要痛哭，但大半也還是因爲我那時太過於感情用事……。

「你現在對於我的意見，就是我先前對於她的意見。然而我的那時的意見，其實也不對的。便是我自己，從略知世事起，就的確逐漸和她疏遠起來了……。」

他沉默了，指間夾著煙捲，低了頭，想著。燈火在微微地發抖。

「呵，人要使死後沒有一個人爲他哭，是不容易的事呵。」他自言自語似的說；略略一停，便仰起臉來向我道，「想來你也無法可想。我也還得趕緊尋點事情做……。」

「你再沒有可托的朋友了麼？」我這時正是無法可想，連自己。

「那倒大概還有幾個的，可是他們的境遇都和我差不多……。」

我辭別連殳出門的時候，圓月已經升在中天了。是極靜的夜。

四

山陽的教育事業的狀況很不佳。我到校兩月，得不到一文薪水，只得連煙捲也節省起來。但是學校裡的人們，雖是月薪十五六元的小職員，也沒有一個不是樂天知命的，仗著逐漸打熬成功的銅筋鐵骨，面黃肌瘦地從早辦公一直到夜，其間看見名位較高的人物，還得恭恭敬敬地站起，實在都是不必「衣食足而知禮節」[9]的人民。我每看見這情狀，不知怎的總記起連殳臨別託付我的話來。他那時生計更其不堪了，窘相時時顯露，看去似乎已沒有往時的深沉，知道我就要動身，深夜來訪，遲疑了許久，才吞吞吐吐地說道：

「不知道那邊可有法子想？——便是鈔寫，一月二三十塊錢的也可以的。我……。」

我很詫異了，還不料他竟肯這樣的遷就，一時說不出話來。

「我……，我還得活幾天……。」

「那邊去看一看，一定竭力去設法罷。」

這是我當日一口承當的答話，後來常常自己聽見，眼前也同時浮出連殳的相貌，而且吞吞吐吐地說道「我還得活幾天」。到這些時，我便設法向各處推薦一番；但有什麼效驗呢，事少人多，結果是別人給我幾句抱歉的話，我就給他幾句抱歉的信。到一學期將完的時候，那情形就更加壞了起來。那地方的幾個紳士所辦的《學理周報》上，竟開始攻擊我了，自然是決不指名的，但措辭很巧妙，使人一見就覺得我是在挑剔學潮[10]，連推薦連殳的事，也算是呼朋引類。

我只好一動不動，除上課之外，便關起門來躲著，有時連煙捲的煙鑽出窗隙去，也怕犯了挑剔學潮的嫌疑。連殳的事，自然更是無從說起了。這樣地一直到深冬。

下了一天雪，到夜還沒有止，屋外一切靜極，靜到要聽出靜的聲音來。我在小小的燈火光中，閉目枯坐，如見雪花片片飄墜，來增補這一望無際的雪堆；故鄉也準備過年了，人們忙得很；我自己還是一個兒童，在後園的平坦處和一夥小朋友塑雪羅漢。雪羅漢的眼睛是用兩塊小炭嵌出來的，顏色很黑，這一閃動，便變了連殳的眼睛。

「我還得活幾天！」仍是這樣的聲音。

「爲什麼呢？」我無端地這樣問，立刻連自己也覺得可笑了。

這可笑的問題使我清醒，坐直了身子，點起一枝煙捲來；推窗一望，雪果然下得更大了。聽得有人叩門；不一會，一個人走進來，但是聽熟的客寓雜役的腳步。他推開我的房門，交給我一封六寸多長的信，字跡很潦草，然而一瞥便認出「魏緘」兩個字，是連殳寄來的。

這是從我離開 S 城以後他給我的第一封信。我知道他疏懶，本不以杳無消息爲奇，但有時也頗怨他不給一點消息。待到接了這信，可又無端地覺得奇怪了，慌忙拆開來。裡面也用了一樣潦草的字體，寫著這樣的話：

「申飛……。

「我稱你什麼呢？我空著。你自己願意稱什麼，你自己添上去罷。我都可以的。

「別後共得三信。沒有覆。這原因很簡單：我連買郵票的錢也沒有。

「你或者願意知道些我的消息，現在簡直告訴你罷：我失敗了。先前，我自以爲是失敗者，現在知道那並不，現在才眞是失敗者了。先前，還有人願意我活幾天，我自己也還想活幾天的時候，活不下去；現在，大可以無須了，然而要活下去……。

「然而就活下去麼？

「願意我活幾天的，自己就活不下去。這人已被敵人誘殺了。誰殺的呢？誰也不知道。

「人生的變化多麼迅速呵！這半年來，我幾乎求乞了，實際，也可以算得已經求乞。然而我還有所爲，我願意爲此求乞，爲此凍餒，爲此寂寞，爲此辛苦。但滅亡是不願意的。你看，有一個願意我活幾天的，那力量就這麼大。然而現在是沒有了，連這一個也沒有了。同時，我自己也覺得不配活下去；別人呢？也不配的。同時，我自己又覺得偏要爲不願意我活下去的人們而活下去；好在願意我好好地活下去的已經沒有了，再沒有誰痛心。使這樣的人痛心，我是不願意的。然而現在是沒有了，連這一個也沒有了。快活極了，舒服極了；我已經躬行我先前所憎惡，所反對的一切，拒斥我先前所崇仰，所主張的一切了。我已經眞的失敗，——然而我勝利了。

「你以爲我發了瘋麼？你以爲我成了英雄或偉人了麼？不，不的。這事情很簡單；我近來已經做了杜師長的顧問，每月的薪水就有現洋八十元了。

「申飛……。

「你將以我爲什麼東西呢，你自己定就是，我都可以的。

「你大約還記得我舊時的客廳罷，我們在城中初見和將別時候的客廳。現在我還用著這客廳。這裡有新的賓客，新的饋贈，新的頌揚，新的鑽營，新的磕頭和打拱，新的打牌和猜拳，新的冷眼和噁心，新的失眠和吐血⋯⋯。

「你前信說你教書很不如意。你願意也做顧問麼？可以告訴我，我給你辦。其實是做門房也不妨，一樣地有新的賓客和新的饋贈，新的頌揚⋯⋯。

「我這裡下大雪了。你那裡怎樣？現在已是深夜，吐了兩口血，使我淸醒起來。記得你竟從秋天以來陸續給了我三封信，這是怎樣的可以驚異的事呵。我必須寄給你一點消息，你或者不至於倒抽一口冷氣罷。

「此後，我大約不再寫信的了，我這習慣是你早已知道的。何時回來呢？倘早，當能相見。——但我想，我們大概究竟不是一路的；那麼，請你忘記我罷。我從我的眞心感謝你先前常替我籌劃生計。但是現在忘記我罷；我現在已經『好』了。

連殳。十二月十四日。」

這雖然並不使我「倒抽一口冷氣」，但草草一看之後，又細看了一遍，卻總有些不舒服，而同時可又夾雜些快意和高興；又想，他的生計總算已經不成問題，我的擔子也可以放下了，雖然在我這一面始終不過是無法可想。忽而又想寫一封信回答他，但又覺得沒有話說，於是這意思也立即消失了。

我的確漸漸地在忘卻他。在我的記憶中，他的面貌也不再時常出現。但得信之後不到十天，S 城的學理七日報社忽然接續著郵寄他們的《學理七日報》來了。我是不大看這些東西的，不過既經寄到，也就隨手翻翻。這卻使我記起連殳來，因爲裡面常有關於他的詩文，如《雪夜謁連殳先生》，《連殳顧問高齋雅集》等等；有一回，《學理閑譚》裡還津津地敘述他先前所被傳爲笑柄的事，稱作「逸聞」，言外大有「且夫非常之人，必能行非常之事」[11]的意思。

不知怎地雖然因此記起，但他的面貌卻總是逐漸模糊；然而又似乎和我日加密切起來，往往無端感到一種連自己也莫明其妙的不安和極輕微的震顫。幸而到了秋季，這《學理七日報》就不寄來了；山陽的《學理周刊》上卻又按期登起一篇長論文：《流言即事實論》。裡面還說，關於某君們的流言，已在公正士紳間盛傳了。這是專指幾個人的，有我在內；我只好極小心，照例連吸煙卷的煙也謹防飛散。小心是一種忙的苦痛，因此會百事俱廢，自然也無暇記得連殳。總之：我其實已經將他忘卻了。

但我也終於敷衍不到暑假，五月底，便離開了山陽。

五

從山陽到歷城，又到太谷，一總轉了大半年，終於尋不出什麼事情做，我便又決計回 S 城去了。到時是春初的下午，天氣欲雨不雨，一切都罩在灰色中；舊寓裡還有空房，仍然住下。在道上，就想起連殳的了，到後，便決定晚飯後去看他。我提著兩包聞喜名產的煮餅，走了許多潮濕的路，讓道給許多攔路高臥的狗，這才總算到了連殳的門前。裡面彷彿特別明亮似的。我想，一做顧問，連寓裡也格外光亮起來了，不覺在暗中一笑。但仰面一看，門旁卻白白的，分明帖著一張斜角紙[12]。我又想，大良們的祖母死了罷；同時也跨進門，一直向裡面走。

微光所照的院子裡，放著一具棺材，旁邊站一個穿軍衣的兵或是馬弁，還有一個和他談話的，看時卻是大良的祖母；另外還閑站著幾個短衣的粗人。我的心即刻跳起來了。她也轉過臉來凝視我。

「阿呀！您回來了？何不早幾天……。」她忽而大叫起來。

「誰……誰沒有了？」我其實是已經大概知道的了，但還是問。

「魏大人，前天沒有的。」

我四顧，客廳裡暗沉沉的，大約只有一盞燈；正屋裡卻掛著白的孝幃，幾個孩子聚在屋外，就是大良二良們。

「他停在那裡，」大良的祖母走向前，指著說，「魏大人恭喜之後，我把正屋也租給他了；他現在就停在那裡。」

孝幃上沒有別的，前面是一張條桌。一張方桌；方桌上擺著十來碗飯菜。我剛跨進門，當面忽然現出兩個穿白長衫的來攔住了，瞪了死魚似的眼睛，從中發出驚疑的光來，釘住了我的臉。我慌忙說明我和連殳的關係，大良的祖母也來從旁證實，他們的手和眼光這才逐漸弛緩下去，默許我近前去鞠躬。

我一鞠躬，地下忽然有人嗚嗚的哭起來了，定神看時，一個十多歲的孩子伏在草薦上，也是白衣服，頭髮剪得很光的頭上還絡著一大綹苧麻絲[13]。

我和他們寒暄後，知道一個是連殳的從堂兄弟，要算最親的了；一個是遠房侄子。我請求看一看故人，他們卻竭力攔阻，說是「不敢當」的。然而終於被我說服了，將孝幃揭起。

這回我會見了死的連殳。但是奇怪！他雖然穿一套皺的短衫褲，大襟上還有血跡，臉上也瘦削得不堪，然而面目卻還是先前那樣的面目，寧靜地閉著嘴，合著眼，睡著似的，幾乎要使我伸手到他鼻子前面，去試探他可是其實還在呼吸著。

一切是死一般靜，死的人和活的人。我退開了，他的從堂兄弟卻又來周旋，說「舍弟」正在年富力強，前程無限的時候，竟遽爾「作古」了，這不但是「衰宗」不幸，也太使朋友傷心。言外頗有替連殳道歉之意；這樣地能說，在山鄉中人是少有的。但此後也就沈默了，一切是死一般靜，死的人和活的人。

我覺得很無聊，怎樣的悲哀倒沒有，便退到院子裡，和大良們的祖母閒談起來。知道入殮的時候是臨近了，只待壽衣送到；釘棺材釘時，「子午卯酉」四生肖是必須躲避的。她談得高興了，說話滔滔地泉流似的湧出，說到他的病狀，說到他生時的情景，也帶些關於他的批評。

「你可知道魏大人自從交運之後，人就和先前兩樣了，臉也抬高起來，氣昂昂的。對人也不再先前那麼迂。你知道，他先前不是像一個啞子，見我是叫老太太的麼？後來就叫『老傢伙』。唉唉，眞是有趣。人送他仙居術[14]，他自己是不吃的，就摔在院子裡，——就是這地方，——叫道，『老傢伙，你吃去罷。』他交運之後，人來人往，我把正屋也讓給他住了，自己便搬在這廂房裡。他也眞是一走紅運，就與衆不同，我們就常常這樣說笑。要是你早來一個月，還趕得上看這裡的熱鬧，三日兩頭的猜拳行令，說的說，笑的笑，唱的唱，做詩的做詩，打牌的打牌……。

「他先前怕孩子們比孩子們見老子還怕，總是低聲下氣的。近來可也兩樣了，能說能鬧，我們的大良們也很喜歡和他玩，一有空，便都到他的屋裡去。他也用種種方法逗著玩；要他買東西，他就要孩子裝一聲狗叫，或者磕一個響頭。哈哈，眞是過得熱鬧。前兩月二良要他買鞋，還磕了三個響頭哩，哪，現在還穿著，沒有破呢。」

一個穿白長衫的人出來了，她就住了口。我打聽連殳的病症，她卻不大清楚，只說大約是早已瘦了下去的罷，可是誰也沒理會，因爲他總是高高興興的。到一個多月前，這才聽到他吐過幾回血，但似乎也沒有看醫生；後來躺倒了；死去的前三天，就啞了喉嚨，說不出一句話。十三大人從寒石山路遠迢迢地上城來，問他可有存款，他一聲也不響。十三大人疑心他裝出來的，也有人說有些生癆病死的人是要說不出話來的，誰知道呢……。

「可是魏大人的脾氣也太古怪，」她忽然低聲說，「他就不肯積蓄一點，水似的花錢。十三大人還疑心我們得了什麼好處。有什麼屁好處呢？他就冤裡冤枉糊裡糊塗地花掉了。譬如買東西，今天買進，明天又賣出，弄破，眞不知道是怎麼一回事。待到死了下來，什麼也沒有，都糟掉了。要不然，今天也不至於這樣地冷靜……。

「他就是胡鬧，不想辦一點正經事。我是想到過的，也勸過他。這麼年紀了，應該成家；照現在的樣子，結一門親很容易；如果沒有門當戶對的，先買幾個姨太太也可以：人是總應該像個樣子的。可是他一聽到就笑起來，說道，『老傢伙，你還是總替別人惦記著這等事麼？』你看，他近來就浮而不實，不把人的好話當好話聽。要是早聽了我的話，現在何至於獨自冷清清地在陰間摸索，至少，也可以聽到幾聲親人的哭聲……。」

一個店夥背了衣服來了。三個親人便檢出裡衣，走進幃後去。不多久，孝幃揭起了，裡衣已經換好，接著是加外衣。這很出我意外。一條土黃的軍褲穿上了，嵌著很寬的紅條，其次穿上去的是軍衣，金閃閃的肩章，也不知道是什麼品級，那裡來的品級。到入棺，是連殳很不妥帖地躺著，腳邊放一雙黃皮鞋。腰邊放一柄紙糊的指揮刀，骨瘦如柴的灰黑的臉旁，是一頂金邊的軍帽。

三個親人扶著棺沿哭了一場，止哭拭淚；頭上絡麻線的孩子退出去了，三良也避去，大約都是屬「子午卯酉」之一的。

粗人扛起棺蓋來，我走近去最後看一看永別的連殳。

他在不妥帖的衣冠中，安靜地躺著，合了眼，閉著嘴，口角間彷彿含著冰冷的微笑，冷笑著這可笑的死屍。

敲釘的聲音一響，哭聲也同時迸出來。這哭聲使我不能聽完，只好退到院子裡；順腳一走，不覺出了大門了。潮濕的路極其分明，仰看太空，濃雲已經散去，掛著一輪圓月，散出冷靜的光輝。

我快步走著，彷彿要從一種沈重的東西中衝出，但是不能夠。耳朵中有什麼掙扎著，久之，久之，終於掙扎出來了，隱約像是長嗥，像一匹受傷的狼，當深夜在曠野中嗥叫，慘傷裡夾雜著憤怒和悲哀。

我的心地就輕鬆起來，坦然地在潮濕的石路上走，月光底下。

一九二五年十月十七日畢

1　本篇在收入本書前未在報刊上發表過。

2　「承重孫」　按封建宗法制度，長子先亡，由嫡長孫代替亡父充當祖父母喪禮的主持人，稱承重孫。

3 法事　原指佛教徒念經、供佛一類活動。這裡指和尚、道士超渡亡魂的儀式，也叫「做功德」。

4 《沉淪》　小説集，郁達夫著，內收中篇小説《沉淪》和短篇小説《南遷》、《銀灰色的死》，一九二一年十月上海泰東圖書局出版。這些作品以「不幸的青年」或「零餘者」為主人公，反映當時一部分小資產階級知識份子在帝國主義、封建勢力壓抑下的憂鬱、苦悶和自暴自棄的病態心理，帶有頹廢的傾向。

5 吃素談禪　談禪，指談論佛教教義。當時軍閥官僚在失勢後，往往發表下野「宣言」或「通電」，宣稱出洋遊歷或隱居山林，吃齋唸佛，從此不問國事等，實則窺測方向，伺機再起。

6 《史記索隱》　唐代司馬貞注釋《史記》的書，共三十卷。汲古閣，是明末藏書家毛晉的藏書室。《史記索隱》是毛晉重刻的宋版書之一。

7 「一日不見，如隔三秋」　語出《詩經・王風・采葛》：「一日不見，如三秋兮。」

8 獨頭繭　紹興方言稱孤獨的人為獨頭。蠶吐絲作繭，將自己孤獨地裹在裡面，所以這裡用「獨頭繭」比喻自甘孤獨的人。

9 「衣食足而知禮節」　語出《管子・牧民》：「倉廩實則知禮節，衣食足則知榮辱。」

10 挑剔學潮　一九二五年五月，作者和北京女子師範大學其他六位教授發表了支持該校學生反對反動的學校當局的宣言，陳西瀅於同月《現代評論》第一卷第二十五期發表的《閒話》中，攻擊作者等是「暗中挑剔風潮」。作者在這裡借用此語，含有諷刺陳西瀅文句不通的意味。

11 「且夫非常之人，必能行非常之事」　語出《史記・司馬相如列傳》：「蓋世必有非常之人，然後有非常之事。」

12 斜角紙　我國舊時民間習俗，人死後在大門旁斜貼一張白紙，紙上寫明死者的性別和年齡，入殮時需要避開的是哪些生肖的人，以及「殃」和「煞」的種類、日期，使別人知道避忌。（這就是所謂「殃榜」。據清代范寅《越諺》：煞神，「人首雞身」，「人死必如期至，犯之輒死」）。

13 苧麻絲　指「麻冠」（用苧麻編成）。舊時習俗，死者的兒子或承重孫在守靈和送殯時戴用，作為「重孝」的標誌。

14 仙居術　浙江省仙居縣所產的藥用植物白朮。

傷逝[1]

——涓生的手記

如果我能夠，我要寫下我的悔恨和悲哀，爲子君，爲自己。

會館[2]裡的被遺忘在偏僻裡的破屋是這樣地寂靜和空虛。時光過得眞快，我愛子君，仗著她逃出這寂靜和空虛，已經滿一年了。事情又這麼不湊巧，我重來時，偏偏空著的又只有這一間屋。依然是這樣的破窗，這樣的窗外的半枯的槐樹和老紫藤，這樣的窗前的方桌，這樣的敗壁，這樣的靠壁的板床。深夜中獨自躺在床上，就如我未曾和子君同居以前一般，過去一年中的時光全被消滅，全未有過，我並沒有曾經從這破屋子搬出，在吉兆胡同創立了滿懷希望的小小的家庭。

不但如此。在一年之前，這寂靜和空虛是並不這樣的，常常含著期待；期待子君的到來。在久待的焦躁中，一聽到皮鞋的高底尖觸著磚路的淸響，是怎樣地使我驟然生動起來呵！於是就看見帶著笑渦的蒼白的圓臉，蒼白的瘦的臂膊，布的有條紋的衫子，玄色的裙。她又帶了窗外的半枯的槐樹的新葉來，使我看見，還有掛在鐵似的老幹上的一房一房的紫白的藤花。

然而現在呢，只有寂靜和空虛依舊，子君卻決不再來了，而且永遠，永遠地！……

子君不在我這破屋裡時，我什麼也看不見。在百無聊賴中，隨手抓過一本書來，科學也好，文學也好，橫豎什麼都一樣；看下去，看下去，忽而自己覺得，已經翻了十多頁了，但是毫不記得書上所說的事。只是耳朵卻分外地靈，彷彿聽到大門外一切往來的履聲，從中便有子君的，而且橐橐地逐漸臨近，——但是，往往又逐漸渺茫，終於消失在別的步聲的雜遝中了。我憎惡那不像子君鞋聲的穿布底鞋的長班[3]的兒子，我憎惡那太像子君鞋聲的常常穿著新皮鞋的鄰院的搽雪花膏的小東西！

莫非她翻了車麼？莫非她被電車撞傷了麼？……

我便要取了帽子去看她，然而她的胞叔就曾經當面罵過我。

驀然，她的鞋聲近來了，一步響於一步，迎出去時，卻已經走過紫藤棚下，臉上帶著微笑的酒窩。她在她叔子的家裡大約並未受氣；我的心寧帖了，默默地相視片時之後，破屋裡便漸漸充滿了我的語聲，談家庭專制，談打破舊習慣，談男女平等，談伊孛生，談泰戈爾，談雪萊[4]……。她總是微笑點頭，兩眼裡瀰漫著稚氣的好奇的光澤。壁上就釘著一張銅板的雪萊半身像，是從雜誌上裁下來的，是他的最美的一張像。當我指給她看時，她卻只草草一看，便低了頭，似乎不好意思了。這些地方，子君就大概還未脫盡舊思想的束縛，——我後來也想，倒不如換一張雪萊淹死在海裡的記念像或是伊孛生的罷；但也終於沒有換，現在是連這一張也不知那裡去了。

「我是我自己的，他們誰也沒有干涉我的權利！」

這是我們交際了半年，又談起她在這裡的胞叔和在家的父親時，她默想了一會之後，分明地，堅決地，沈靜地說了出來的話。其時是我已經說盡了我的意見，我的身世，我的缺點，很少隱瞞；她也完全瞭解的了。這幾句話很震動了我的靈魂，此後許多天還在耳中發響，而且說不出的狂喜，知道中國女性，並不如厭世家所說那樣的無法可施，在不遠的將來，便要看見輝煌的曙色的。

送她出門，照例是相離十多步遠；照例是那鮎魚鬚的老東西的臉又緊帖在髒的窗玻璃上了，連鼻尖都擠成一個小平面；到外院，照例又是明晃晃的玻璃窗裡的那小東西的臉，加厚的雪花膏。她目不邪視地驕傲地走了，沒有看見：我驕傲地回來。

「我是我自己的，他們誰也沒有干涉我的權利！」這徹底的思想就在她的腦裡，比我還透澈，堅強得多。半瓶雪花膏和鼻尖的小平面，於她能算什麼東西呢？

我已經記不清那時怎樣地將我的純眞熱烈的愛表示給她。豈但現在，那時的事後便已模糊，夜間回想，早只剩了一些斷片了；同居以後一兩月，便連這些斷片也化作無可追蹤的夢影。我只記得那時以前的十幾天，曾經很仔細地研究過表示的態度，排列過措辭的先後，以及倘或遭了拒絕以後的情形。可是臨時似乎都無用，在慌張中，身不由己地竟用了在電影上見過的方法了。後來一想到，就使我很愧恧，但在記憶上卻偏只有這一點永遠留遺，至今還如暗室的孤燈一般，照見我含淚握著她的手，一條腿跪了下去……。

不但我自己的，便是子君的言語舉動，我那時就沒有看得分明；僅知道她已經允許我了。但也還彷彿記得她臉色變成青白，後來又漸漸轉作緋紅，——沒有見過，也沒有再見的緋紅；孩子似的眼裡射出悲喜，但是夾著驚疑的光，雖然力避我的視線，張惶地似乎要破窗飛去。然而我知道她已經允許我了，沒有知道她怎樣說或是沒有說。

她卻是什麼都記得：我的言辭，竟至於讀熟了的一般，能夠滔滔背誦；我的舉動，就如有一張我所看不見的影片掛在眼下，敘述得如生，很細微，自然連那使我不願再想的淺薄的電影的一閃。夜闌人靜，是相對溫習的時候了，我常是被質問，被考驗，並且被命復述當時的言語，然而常須由她補足，由她糾正，像一個丁等的學生。

這溫習後來也漸漸稀疏起來。但我只要看見她兩眼注視空中，出神似的凝想著，於是神色越加柔和，笑窩也深下去，便知道她又在自修舊課了，只是我很怕她看到我那可笑的電影的一閃。但我又知道，她一定要看見，而且也非看不可的。

然而她並不覺得可笑。即使我自己以爲可笑，甚而至於可鄙的，她也毫不以爲可笑。這事我知道得很清楚，因爲她愛我，是這樣地熱烈，這樣地純眞。

去年的暮春是最爲幸福，也是最爲忙碌的時光。我的心平靜下去了，但又有別一部分和身體一同忙碌起來。我們這時才在路上同行，也到過幾回公園，最多的是尋住所。我覺得在路上時時遇到探索，譏笑，猥褻和輕蔑的眼光，一不小心，便使我的全身有些瑟縮，只得即刻提起我的驕傲和反抗來支持。她卻是大無畏的，對於這些全不關心，只是鎭靜地緩緩前行，坦然如入無人之境。

尋住所實在不是容易事，大半是被托辭拒絕，小半是我們以爲不相宜。起先我們選擇得很苛酷，——也非苛酷，因爲看去大抵不像是我們的安身之所；後來，便只要他們能相容了。看了二十多處，這才得到可以暫且敷衍的處所，是吉兆胡同一所小屋裡的兩間南屋；主人是一個小官，然而倒是明白人，自住著正屋和廂房。他只有夫人和一個不到周歲的女孩子，雇一個鄉下的女工，只要孩子不啼哭，是極其安閒幽靜的。

我們的家具很簡單，但已經用去了我的籌來的款子的大半；子君還賣掉了她唯一的金戒指和耳環。我攔阻她，還是定要賣，我也就不再堅持下去了；我知道不給她加入一點股份去，她是住不舒服的。

和她的叔子，她早經鬧開，至於使他氣憤到不再認她做侄女；我也陸續和幾個自以爲忠告，其實是替我膽怯，或者竟是嫉妒的朋友絕了交。然而這倒很清靜。每日辦公散後，雖然已近黃昏，車夫又一定走得這樣慢，但究竟還有二人相對的時候。我們先是沈默的相視，接著是放懷而親密的交談，後來又是沈默。大家低頭沈思著，卻並未想著什麼事。我也漸漸清醒地讀遍了她的身體，她的靈魂，不過三星期，我似乎於她已經更加瞭解，揭去許多先前以爲瞭解而現在看來卻是隔膜，即所謂眞的隔膜了。

子君也逐日活潑起來。但她並不愛花，我在廟會[5]時買來的兩盆小草花，四天不澆，枯死在壁角了，我又沒有照顧一切的閒暇。然而她愛動物，也許是從官太太那裡傳染的罷，不一月，我們的眷屬便驟然加得很多，四隻小油雞，在小院子裡和房主人的十多隻在一同走。但她們卻認識雞的相貌，各知道那一隻是自家的。還有一隻花白的叭兒狗，從廟會買來，記得似乎原有名字，子君卻給它另起了一個，叫作阿隨。我就叫它阿隨，但我不喜歡這名字。

這是眞的，愛情必須時時更新，生長，創造。我和子君說起這，她也領會地點點頭。

唉唉，那是怎樣的寧靜而幸福的夜呵！

安寧和幸福是要凝固的，永久是這樣的安寧和幸福。我們在會館裡時，還偶有議論的衝突和意思的誤會，自從到吉兆胡同以來，連這一點也沒有了；我們只在燈下對坐的懷舊譚中，回味那時衝突以後的和解的重生一般的樂趣。

子君竟胖了起來，臉色也紅活了；可惜的是忙。管了家務便連談天的工夫也沒有，何況讀書和散步。我們常說，我們總還得雇一個女工。

這就使我也一樣地不快活，傍晚回來，常見她包藏著不快活的顏色，尤其使我不樂的是她要裝作勉強的笑容。幸而探聽出來了，也還是和那小官太太的暗鬥，導火線便是兩家的小油鷄。但又何必硬不告訴我呢？人總該有一個獨立的家庭。這樣的處所，是不能居住的。

我的路也鑄定了，每星期中的六天，是由家到局，又由局到家。在局裡便坐在辦公桌前鈔，鈔，鈔些公文和信件；在家裡是和她相對或幫她生白爐子，煮飯，蒸饅頭。我的學會了煮飯，就在這時候。

但我的食品卻比在會館裡時好得多了。做菜雖不是子君的特長，然而她於此卻傾注著全力；對於她的日夜的操心，使我也不能不一同操心，來算作分甘共苦。況且她又這樣地終日汗流滿面，短髮都粘在腦額上；兩隻手又只是這樣地粗糙起來。

況且還要飼阿隨，飼油鷄，……都是非她不可的工作。

我曾經忠告她：我不吃，倒也罷了；卻萬不可這樣地操勞。她只看了我一眼，不開口，神色卻似乎有點淒然；我也只好不開口。然而她還是這樣地操勞。

我所豫期的打擊果然到來。雙十節的前一晚，我呆坐著，她在洗碗。聽到打門聲，我去開門時，是局裡的信差，交給我一張油印的紙條。我就有些料到了，到燈下去一看，果然，印著的就是：

> 奉
> 局長諭史涓生著毋庸到局辦事
> 秘書處啟　十月九號

這在會館裡時，我就早已料到了；那雪花膏便是局長的兒子的賭友，一定要去添些謠言，設法報告的。到現在才發生效驗，已經要算是很晚的了。其實這在我不能算是一個打擊，因為我早就決定，可以給別人去鈔寫，或者教讀，或者雖然費力，也還可以譯點書，況且《自由之友》的總編輯便是見過幾次的熟人，兩月前還通過信。但我的心卻跳躍著。那麼一個無畏的子君也變了色，尤其使我痛心；她近來似乎也較為怯弱了。

「那算什麼。哼，我們幹新的。我們……。」她說。

她的話沒有說完；不知怎地，那聲音在我聽去卻只是浮浮的：燈光也覺得格外黯淡。人們真是可笑的動物，一點極微末的小事情，便會受著很深的影響。我們先是默默地相視，逐漸商量起來，終於決定將現有的錢竭力節省，一面登「小廣告」去尋求鈔寫和教讀，一面寫信給《自由之友》的總編輯，說明我目下的遭遇，請他收用我的譯本，給我幫一點艱辛時候的忙。

「說做，就做罷！來開一條新的路！」

我立刻轉身向了書案，推開盛香油的瓶子和醋碟，子君便送過那黯淡的燈來。我先擬廣告；其次是選定可譯的書，遷移以來未曾翻閱過，每本的頭上都滿漫著灰塵了；最後才寫信。

我很費躊躕，不知道怎樣措辭好，當停筆凝思的時候，轉眼去一瞥她的臉，在昏暗的燈光下，又很見得淒然。我眞不料這樣微細的小事情，竟會給堅決的，無畏的子君以這麼顯著的變化。她近來實在變得很怯弱了，但也並不是今夜才開始的。我的心因此更繚亂，忽然有安寧的生活的影像——會館裡的破屋的寂靜，在眼前一閃，剛剛想定睛凝視，卻又看見了昏暗的燈光。

許久之後，信也寫成了，是一封頗長的信；很覺得疲勞，彷彿近來自己也較爲怯弱了。於是我們決定，廣告和發信，就在明日一同實行。大家不約而同地伸直了腰肢，在無言中，似乎又都感到彼此的堅忍崛強的精神，還看見從新萌芽起來的將來的希望。

外來的打擊其實倒是振作了我們的新精神。局裡的生活，原如鳥販子手裡的禽鳥一般，僅有一點小米維繫殘生，決不會肥胖；日子一久，只落得麻痺了翅子，即使放出籠外，早已不能奮飛。現在總算脫出這牢籠了，我從此要在新的開闊的天空中翺翔，趁我還未忘卻了我的翅子的扇動。

小廣告是一時自然不會發生效力的；但譯書也不是容易

事，先前看過，以爲已經懂得的，一動手，卻疑難百出了，進行得很慢。然而我決計努力地做，一本半新的字典，不到半月，邊上便有了一大片烏黑的指痕，這就證明著我的工作的切實。《自由之友》的總編輯曾經說過，他的刊物是決不會埋沒好稿子的。

可惜的是我沒有一間靜室，子君又沒有先前那麼幽靜，善於體貼了，屋子裡總是散亂著碗碟，瀰漫著煤煙，使人不能安心做事，但是這自然還只能怨我自己無力置一間書齋。然而又加以阿隨，加以油鷄們。加以油鷄們又大起來了，更容易成爲兩家爭吵的引線。

加以每日的「川流不息」的吃飯；子君的功業，彷彿就完全建立在這吃飯中。吃了籌錢，籌來吃飯，還要餵阿隨，飼油鷄；她似乎將先前所知道的全都忘掉了，也不想到我的構思就常常爲了這催促吃飯而打斷。即使在坐中給看一點怒色，她總是不改變，仍然毫無感觸似的大嚼起來。

使她明白了我的作工不能受規定的吃飯的束縛，就費去五星期。她明白之後，大約很不高興罷，可是沒有說。我的工作果然從此較爲迅速地進行，不久就共譯了五萬言，只要潤色一回，便可以和做好的兩篇小品，一同寄給《自由之友》去。只是吃飯卻依然給我苦惱。菜冷，是無妨的，然而竟不夠；有時連飯也不夠，雖然我因爲終日坐在家裡用腦，飯量已經比先前要減少得多。這是先去餵了阿隨了，有時還並那近來連自己也輕易不吃的羊肉。她說，阿隨實在瘦得太可憐，房東太太還因此嗤笑我們了，她受不住這樣的奚落。

於是吃我殘飯的便只有油鷄們。這是我積久才看出來的，但同時也如赫胥黎[6]的論定「人類在宇宙間的位置」一般，自覺了我在這裡的位置：不過是叭兒狗和油鷄之間。

後來，經多次的抗爭和催逼，油鷄們也逐漸成爲肴饌，我們和阿隨都享用了十多日的鮮肥；可是其實都很瘦，因爲它們早已每日只能得到幾粒高粱了。從此便淸靜得多。只有子君很頹唐，似乎常覺得淒苦和無聊，至於不大願意開口。我想，人是多麼容易改變呵！

但是阿隨也將留不住了。我們已經不能再希望從什麼地方會有來信，子君也早沒有一點食物可以引它打拱或直立起來。冬季又逼近得這麼快，火爐就要成爲很大的問題；它的食量，在我們其實早是一個極易覺得的很重的負擔。於是連它也留不住了。

倘使插了草標[7]到廟市去出賣，也許能得幾文錢罷，然而我們都不能，也不願這樣做。終於是用包袱蒙著頭，由我帶到西郊去放掉了，還要追上來，便推在一個並不很深的土坑裡。

我一回寓，覺得又淸靜得多多了；但子君的淒慘的神色，卻使我很吃驚。那是沒有見過的神色，自然是爲阿隨。但又何至於此呢？我還沒有說起推在土坑裡的事。

到夜間，在她的淒慘的神色中，加上冰冷的分子了。

「奇怪。——子君，你怎麼今天這樣兒了？」我忍不住問。

「什麼？」她連看也不看我。

「你的臉色……。」

「沒有什麼，——什麼也沒有。」

我終於從她言動上看出，她大概已經認定我是一個忍心的人。其實，我一個人，是容易生活的，雖然因爲驕傲，向來不與世交來往，遷居以後，也疏遠了所有舊識的人，然而只要能遠走高飛，生路還寬廣得很。現在忍受著這生活壓迫的苦痛，大半倒是爲她，便是放掉阿隨，也何嘗不如此。但子君的識見卻似乎只是淺薄起來，竟至於連這一點也想不到了。

我揀了一個機會，將這些道理暗示她；她領會似的點頭。然而看她後來的情形，她是沒有懂，或者是並不相信的。

天氣的冷和神情的冷，逼迫我不能在家庭中安身。但是，往那裡去呢？大道上，公園裡。雖然沒有冰冷的神情，冷風究竟也刺得人皮膚欲裂。我終於在通俗圖書館裡覓得了我的天堂。

那裡無須買票；閱書室裡又裝著兩個鐵火爐。縱使不過是燒著不死不活的煤的火爐，但單是看見裝著它，精神上也就總覺得有些溫暖。書卻無可看：舊的陳腐，新的是幾乎沒有的。

好在我到那裡去也並非爲看書。另外時常還有幾個人，多則十餘人，都是單薄衣裳，正如我，各人看各人的書，作爲取暖的口實。這於我尤爲合式。道路上容易遇見熟人，得到輕蔑的一瞥，但此地卻決無那樣的橫禍，因爲他們是永遠圍在別的鐵爐旁，或者靠在自家的白爐邊的。

那裡雖然沒有書給我看，卻還有安閒容得我想。待到孤身枯坐，回憶從前，這才覺得大半年來，只爲了愛，——盲目的愛，——而將別的人生的要義全盤疏忽了。第一，便是生活。人必生活著，愛才有所附麗。世界上並非沒有爲了奮鬥者而開的活路；我也還未忘卻翅子的扇動，雖然比先前已經頹唐得多……。

屋子和讀者漸漸消失了，我看見怒濤中的漁夫，戰壕中的兵士，摩托車[8]中的貴人，洋場上的投機家，深山密林中的豪傑，講臺上的教授，昏夜的運動者和深夜的偷兒……。子君，——不在近旁。她的勇氣都失掉了，只爲著阿隨悲憤，爲著做飯出神；然而奇怪的是倒也並不怎樣瘦損……。

冷了起來，火爐裡的不死不活的幾片硬煤，也終於燒盡了，已是閉館的時候。又須回到吉兆胡同，領略冰冷的顏色去了。近來也間或遇到溫暖的神情，但這卻反而增加我的苦痛。記得有一夜，子君的眼裡忽而又發出久已不見的稚氣的光來，笑著和我談到還在會館時候的情形，時時又很帶些恐怖的神色。我知道我近來的超過她的冷漠，已經引起她的憂疑來，只得也勉力談笑，想給她一點慰藉。然而我的笑貌一上臉，我的話一出口，卻即刻變爲空虛，這空虛又即刻發生反響，回向我的耳目裡，給我一個難堪的惡毒的冷嘲。

子君似乎也覺得的，從此便失掉了她往常的麻木似的鎮靜，雖然竭力掩飾，總還是時時露出憂疑的神色來，但對我卻溫和得多了。

我要明告她，但我還沒有敢，當決心要說的時候，看見她孩子一般的眼色，就使我只得暫且改作勉強的歡容。但是這又即刻來冷嘲我，並使我失卻那冷漠的鎮靜。

她從此又開始了往事的溫習和新的考驗，逼我做出許多虛僞的溫存的答案來，將溫存示給她，虛僞的草稿便寫在自己的心上。我的心漸被這些草稿塡滿了，常覺得難於呼吸。我在苦惱中常常想，說眞實自然須有極大的勇氣的；假如沒有這勇氣，而苟安於虛僞，那也便是不能開闢新的生路的人。不獨不是這個，連這人也未嘗有！

子君有怨色，在早晨，極冷的早晨，這是從未見過的，但也許是從我看來的怨色。我那時冷冷地氣憤和暗笑了；她所磨練的思想和豁達無畏的言論，到底也還是一個空虛，而對於這空虛卻並未自覺。她早已什麼書也不看，已不知道人的生活的第一著是求生，向著這求生的道路，是必須攜手同行，或奮身孤往的了，倘使只知道捶著一個人的衣角，那便是雖戰士也難於戰鬥，只得一同滅亡。

我覺得新的希望就只在我們的分離；她應該決然捨去，——我也突然想到她的死，然而立刻自責，懺悔了。幸而是早晨，時間正多，我可以說我的眞實。我們的新的道路的開闢，便在這一遭。

我和她閒談。故意地引起我們的往事，提到文藝，於是涉及外國的文人，文人的作品：《諾拉》，《海的女人》[9]。稱揚諾拉的果決……。也還是去年在會館的破屋裡講過的那些話，但現在已經變成空虛，從我的嘴傳入自己的耳中，時時疑心有一個隱形的壞孩子，在背後惡意地刻毒地學舌。

她還是點頭答應著傾聽，後來沈默了。我也就斷續地說完了我的話，連餘音都消失在虛空中了。

「是的。」她又沈默了一會，說，「但是，……涓生，我覺得你近來很兩樣了。可是的？你，——你老實告訴我。」

我覺得這似乎給了我當頭一擊，但也立即定了神，說出我的意見和主張來：新的路的開闢，新的生活的再造，爲的是免得一同滅亡。

臨末，我用了十分的決心，加上這幾句話：

「……況且你已經可以無須顧慮，勇往直前了。你要我老實說；是的，人是不該虛僞的。我老實說罷：因爲，因爲我已經不愛你了！但這於你倒好得多，因爲你更可以毫無挂念地做事……。」

我同時豫期著大的變故的到來，然而只有沈默。她臉色陡然變成灰黃。死了似的；瞬間便又蘇生，眼裡也發了稚氣的閃閃的光澤。這眼光射向四處，正如孩子在饑渴中尋求著慈愛的母親，但只在空中尋求，恐怖地回避著我的眼。

我不能看下去了，幸而是早晨，我冒著寒風徑奔通俗圖書館。

在那裡看見《自由之友》，我的小品文都登出了。這使我一驚，彷彿得了一點生氣。我想，生活的路還很多，——但是，現在這樣也還是不行的。

我開始去訪問久已不相聞問的熟人，但這也不過一兩次；他們的屋子自然是暖和的，我在骨髓中卻覺得寒冽。夜間，便蜷伏在比冰還冷的冷屋中。

冰的針刺著我的靈魂，使我永遠苦於麻木的疼痛。生活的路還很多，我也還沒有忘卻翅子的扇動，我想。——我突然想到她的死，然而立刻自責，懺悔了。

在通俗圖書館裡往往瞥見一閃的光明，新的生路橫在前面。她勇猛地覺悟了，毅然走出這冰冷的家，而且，——毫無怨恨的神色。我便輕如行雲，漂浮空際，上有蔚藍的天，下是深山大海，廣廈高樓，戰場，摩托車，洋場，公館，晴明的鬧市，黑暗的夜……。

而且，真的，我豫感得這新生面便要來到了。

我們總算度過了極難忍受的冬天，這北京的冬天；就如蜻蜓落在惡作劇的壞孩子的手裡一般，被繫著細線，盡情玩弄，虐待，雖然幸而沒有送掉性命，結果也還是躺在地上，只爭著一個遲早之間。

寫給《自由之友》的總編輯已經有三封信，這才得到回信，信封裡只有兩張書券[10]：兩角的和三角的。我卻單是催，就用了九分的郵票，一天的饑餓，又都白挨給於己一無所得的空虛了。

然而覺得要來的事，卻終於來到了。

這是冬春之交的事，風已沒有這麼冷，我也更久地在外面徘徊；待到回家，大概已經昏黑。就在這樣一個昏黑的晚上，我照常沒精打采地回來，一看見寓所的門，也照常更加喪氣，使腳步放得更緩。但終於走進自己的屋子裡了，沒有燈火；摸火柴點起來時，是異樣的寂寞和空虛！

正在錯愕中，官太太便到窗外來叫我出去。

「今天子君的父親來到這裡，將她接回去了。」她很簡單地說。

這似乎又不是意料中的事，我便如腦後受了一擊，無言地站著。

「她去了麼？」過了些時，我只問出這樣一句話。

「她去了。」

「她，——她可說什麼？」

「沒說什麼。單是托我見你回來時告訴你，說她去了。」

我不信；但是屋子裡是異樣的寂寞和空虛。我遍看各處，尋覓子君；只見幾件破舊而黯淡的家具，都顯得極其清疏，在證明著它們毫無隱匿一人一物的能力。我轉念尋信或她留下的字跡，也沒有；只是鹽和乾辣椒，麵粉，半株白菜，卻聚集在一處了，旁邊還有幾十枚銅元。這是我們兩人生活材料的全副，現在她就鄭重地將這留給我一個人，在不言中，教我借此去維持較久的生活。

我似乎被周圍所排擠，奔到院子中間，有昏黑在我的周圍；正屋的紙窗上映出明亮的燈光，他們正在逗著孩子玩笑。我的心也沈靜下來，覺得在沈重的迫壓中，漸漸隱約地現出脫走的路徑：深山大澤，洋場。電燈下的盛筵，壕溝，最黑最黑的深夜，利刃的一擊，毫無聲響的腳步……。

心地有些輕鬆，舒展了，想到旅費，並且噓一口氣。

躺著，在合著的眼前經過的豫想的前途，不到半夜已經現盡；暗中忽然彷彿看見一堆食物，這之後，便浮出一個子君的灰黃的臉來，睜了孩子氣的眼睛，懇托似的看著我。我一定神，什麼也沒有了。

但我的心卻又覺得沈重。我爲什麼偏不忍耐幾天，要這樣急急地告訴她眞話的呢？現在她知道，她以後所有的只是她父親——兒女的債主——的烈日一般的嚴威和旁人的賽過冰霜的冷眼。此外便是虛空。負著虛空的重擔，在嚴威和冷眼中走著所謂人生的路，這是怎麼可怕的事呵！而況這路的盡頭，又不過是——連墓碑也沒有的墳墓。

我不應該將眞實說給子君，我們相愛過，我應該永久奉獻她我的說謊。如果眞實可以寶貴，這在子君就不該是一個沈重的空虛。謊語當然也是一個空虛，然而臨末，至多也不過這樣地沉重。

我以爲將眞實說給子君，她便可以毫無顧慮，堅決地毅然前行，一如我們將要同居時那樣。但這恐怕是我錯誤了。她當時的勇敢和無畏是因爲愛。

我沒有負著虛僞的重擔的勇氣，卻將眞實的重擔卸給她了。她愛我之後，就要負了這重擔，在嚴威和冷眼中走著所謂人生的路。

我想到她的死……。我看見我是一個卑怯者，應該被擯於強有力的人們，無論是眞實者，虛僞者。然而她卻自始至終。還希望我維持較久的生活……。

我要離開吉兆胡同，在這裡是異樣的空虛和寂寞。我想，只要離開這裡，子君便如還在我的身邊；至少，也如還在城中，有一天，將要出乎意表地訪我，像住在會館時候似的。

然而一切請托和書信，都是一無反響；我不得已，只好訪問一個久不問候的世交去了。他是我伯父的幼年的同窗，以正經出名的拔貢[11]，寓京很久，交遊也廣闊的。

大概因爲衣服的破舊罷，一登門便很遭門房的白眼。好容易才相見，也還相識，但是很冷落。我們的往事，他全都知道了。

「自然，你也不能在這裡了，」他聽了我托他在別處覓事之後，冷冷地說，「但那裡去呢？很難。——你那，什麼呢，你的朋友罷，子君，你可知道，她死了。」

我驚得沒有話。

「眞的？」我終於不自覺地問。

「哈哈。自然眞的。我家的王升的家，就和她家同村。」

「但是，——不知道是怎麼死的？」

「誰知道呢。總之是死了就是了。」

我已經忘卻了怎樣辭別他，回到自己的寓所。我知道他是不說謊話的；子君總不會再來的了，像去年那樣。她雖是想在嚴威和冷眼中負著虛空的重擔來走所謂人生的路，也已經不能。她的命運，已經決定她在我所給與的眞實——無愛的人間死滅了！

自然，我不能在這裡了；但是，「那裡去呢？」

四圍是廣大的空虛，還有死的寂靜。死於無愛的人們的眼前的黑暗，我彷彿一一看見，還聽得一切苦悶和絕望的掙扎的聲音。

我還期待著新的東西到來，無名的，意外的。但一天一天，無非是死的寂靜。

我比先前已經不大出門，只坐臥在廣大的空虛裡，一任這死的寂靜侵蝕著我的靈魂。死的寂靜有時也自己戰慄，自己退藏，於是在這絕續之交，便閃出無名的，意外的，新的期待。

一天是陰沈的上午，太陽還不能從雲裡面掙扎出來，連空氣都疲乏著。耳中聽到細碎的步聲和咻咻的鼻息，使我睜開眼。大致一看，屋子裡還是空虛；但偶然看到地面，卻盤旋著一匹小小的動物，瘦弱的，半死的，滿身灰土的……。

我一細看，我的心就一停，接著便直跳起來。

那是阿隨。它回來了。

我的離開吉兆胡同，也不單是爲了房主人們和他家女工的冷眼，大半就爲著這阿隨。但是，「那裡去呢？」新的生路自然還很多，我約略知道，也間或依稀看見，覺得就在我面前，然而我還沒有知道跨進那裡去的第一步的方法。

經過許多回的思量和比較，也還只有會館是還能相容的地方。依然是這樣的破屋，這樣的板床，這樣的半枯的槐樹和紫藤，但那時使我希望，歡欣，愛，生活的，卻全都逝去了，只有一個虛空，我用眞實去換來的虛空存在。

新的生路還很多，我必須跨進去，因爲我還活著。但我還不知道怎樣跨出那第一步。有時，彷彿看見那生路就像一條灰白的長蛇，自己蜿蜒地向我奔來，我等著，等著，看看臨近，但忽然便消失在黑暗裡了。

初春的夜，還是那麼長。長久的枯坐中記起上午在街頭所見的葬式，前面是紙人紙馬，後面是唱歌一般的哭聲。我現在已經知道他們的聰明了，這是多麼輕鬆簡截的事。

然而子君的葬式卻又在我的眼前，是獨自負著虛空的重擔，在灰白的長路上前行，而又即刻消失在周圍的嚴威和冷眼裡了。

我願意眞有所謂鬼魂，眞有所謂地獄，那麼，即使在孽風怒吼之中，我也將尋覓子君，當面說出我的悔恨和悲哀，祈求她的饒恕；否則，地獄的毒焰將圍繞我，猛烈地燒盡我的悔恨和悲哀。

我將在孽風和毒焰中擁抱子君，乞她寬容，或者使她快意……。

但是，這卻更虛空於新的生路；現在所有的只是初春的夜，竟還是那麼長。我活著，我總得向著新的生路跨出去，那第一步，——卻不過是寫下我的悔恨和悲哀，爲子君，爲自己。

我仍然只有唱歌一般的哭聲，給子君送葬，葬在遺忘中。

我要遺忘；我爲自己，並且要不再想到這用了遺忘給子君送葬。

我要向著新的生路跨進第一步去，我要將眞實深深地藏在心的創傷中，默默地前行，用遺忘和說謊做我的前導……。

一九二五年十月二十一日畢

1 本篇在收入本書前未在報刊上發表過。

2 會館　舊時都市中同鄉會或同業公會設立的館舍，供同鄉或同業旅居、聚會之用。

3 長班　舊時官員的隨身僕人，也用來稱呼一般的「聽差」。

4 伊孛生（H. Ibsen, 1828-1906）　通譯易卜生，挪威劇作家。泰戈爾（R. Tagore, 1861-1941），印度詩人。一九二四年曾來過我國。當時他的詩作譯成中文的有《新月集》、《飛鳥集》等。雪萊（P. B. Shelley, 1792-1822），英國詩人。曾參加愛爾蘭民族獨立運動，因傳播革命思想和爭取婚姻自由屢遭迫害。後在海裡覆舟淹死。他的《西風頌》、《麻雀頌》等著名短詩，「五四」後被介紹到我國。

5 廟會　又稱「廟市」，舊時在節日或規定的日子，設在寺廟或其附近的集市。

6 赫胥黎（T. Huxley, 1825-1895）英國生物學家。他的《人類在宇宙間的位置》（今譯《人類在自然界的位置》），是宣傳達爾文進化論的重要著作。

7 草標　舊時在被賣的人身或物品上插置的草杆，作為出賣的標誌。

8 摩托車　當時對小汽車的稱呼。

9 《諾拉》　通譯《娜拉》（又譯作《玩偶之家》）；《海的女人》，通譯《海的夫人》。都是易卜生的著名劇作。

10 書券　購書用的代價券，可按券面金額到指定書店選購。舊時有的報刊用它代替現金支付稿酬。

11 拔貢　清代科舉考試制度：在規定的年限（原定六年，後改為十二年）選拔「文行兼優」的秀才，保送到京師，貢入國子監，稱為「拔貢」。是貢生的一種。

〔野草〕

本書收作者一九二四年至一九二六年所作散文詩二十三篇。一九二七年七月由北京北新書局初版，列為作者所編的《烏合叢書》之一。

題辭[1]

當我沉默著的時候，我覺得充實；我將開口，同時感到空虛。[2]

過去的生命已經死亡。我對於這死亡有大歡喜[3]，因爲我借此知道它曾經存活。死亡的生命已經朽腐。我對於這朽腐有大歡喜，因爲我借此知道它還非空虛。

生命的泥委棄在地面上，不生喬木，只生野草，這是我的罪過。

野草，根本不深，花葉不美，然而吸取露，吸取水，吸取陳死人[4]的血和肉，各各奪取它的生存。當生存時，還是將遭踐踏，將遭刪刈，直至於死亡而朽腐。

但我坦然，欣然。我將大笑，我將歌唱。

我自愛我的野草，但我憎惡這以野草作裝飾的地面[5]。

地火在地下運行，奔突；熔岩一旦噴出，將燒盡一切野草，以及喬木，於是並且無可朽腐。

但我坦然，欣然。我將大笑，我將歌唱。

天地有如此靜穆，我不能大笑而且歌唱。天地即不如此靜穆，我或者也將不能。我以這一叢野草，在明與暗，生與死，過去與未來之際，獻於友與仇，人與獸，愛者與不愛者之前作證。

爲我自己，爲友與仇，人與獸，愛者與不愛者，我希望這野草的死亡與朽腐，火速到來。要不然，我先就未曾生存，這實在比死亡與朽腐更其不幸。

去罷，野草，連著我的題辭！

一九二七年四月二十六日，魯迅記於廣州之白雲樓[6]上。

1 本篇最初發表於一九二七年七月二日北京《語絲》周刊第一三八期，在本書最初幾次印刷時都曾印入；一九三一年五月上海北新書局印第七版時被國民黨書報檢查機關抽去，一九四一年上海魯迅全集出版社出版《魯迅三十年集》時才重新收入。
本篇作於廣州，當時正值蔣介石發動清黨，於上海及廣州等地逮捕、屠殺共產黨員及學生之後不久，它反映了作者在險惡環境下的悲憤心情和革命信念。
《野草》所收的二十三篇散文詩，都作於北洋軍閥統治下的北京。作者在一九三二年回憶說：「後來《新青年》的團體散掉了，有的高升，有的退隱，有的前進，我又經驗了一回同一戰陣中的伙伴還是會這麼變化，並且落得一個『作家』的頭銜，依然在沙漠中走來走去，不過已經逃不出在散漫的刊物上做文字，叫作隨便談談。有了小感觸，就寫些短文，誇大點說，就是散文詩，以後印成一本，謂之《野草》。」（《南腔北調集．《自選集》自序》）又在一九三四年十月九日致蕭軍信中說：「我的那一本《野草》，技術並不算壞，但心情太頹唐了，因為那是我碰了許多釘子之後寫出來的。」其中某些篇的文字較隱晦，據作者後來解釋：「因為那時難於直說，所以有時措辭就很含糊了。」（《二心集．《野草》英文譯本序》）

2 一九二七年九月二十三日，作者在廣州作的《怎麼寫》（後收入《三閑集》）一文中，曾描繪過他的這種心情：「我靠了石欄遠眺，聽得自己的心音，四遠還仿佛有無量悲哀，苦惱，零落，死滅，都雜入這寂靜中，使它變成藥酒，加色，加味，加香。這時，我曾經想要寫，但是不能寫，無從寫。這也就是我所謂『當我沉默著的時候，我覺得充實，我將開口，同時感到空虛』。」

3 大歡喜　佛家語，指達到目的而感到極度滿足的一種境界。

4 陳死人　指死去很久的人。見《古詩十九首・驅車上東門》：「驅車上東門，遙望郭北墓。……下有陳死人，杳杳即長暮。……」

5 地面　比喻黑暗的舊社會。作者曾說，《野草》中的作品「大半是廢弛的地獄邊沿的慘白色小花」。（〈《野草》英文譯本序》〉）

6 白雲樓　在廣州東堤白雲路。據《魯迅日記》，一九二七年三月二十九日，作者由中山大學「移居白雲路白雲樓二十六號二樓」。

秋夜[1]

在我的後園，可以看見牆外有兩株樹，一株是棗樹，還有一株也是棗樹。

這上面的夜的天空，奇怪而高，我生平沒有見過這樣的奇怪而高的天空。他彷彿要離開人間而去，使人們仰面不再看見。然而現在卻非常之藍，閃閃地䀹著幾十個星星的眼，冷眼。他的口角上現出微笑，似乎自以爲大有深意，而將繁霜灑在我的園裡的野花草上。

我不知道那些花草眞叫什麼名字，人們叫他們什麼名字。我記得有一種開過極細小的粉紅花，現在還開著，但是更極細小了，她在冷的夜氣中，瑟縮地做夢，夢見春的到來，夢見秋的到來，夢見瘦的詩人將眼淚擦在她最末的花瓣上，告訴她秋雖然來，冬雖然來，而此後接著還是春，蝴蝶亂飛，蜜蜂都唱起春詞來了。她於是一笑，雖然顏色凍得紅慘慘地，仍然瑟縮著。

棗樹，他們簡直落盡了葉子。先前，還有一兩個孩子來打他們別人打剩的棗子，現在是一個也不剩了，連葉子也落盡了。他知道小粉紅花的夢，秋後要有春；他也知道落葉的夢，春後還是秋。他簡直落盡葉子，單剩幹子，然而脫了當初滿樹是果實和葉子時候的弧形，欠伸得很舒服。但是，有幾枝還低亞著，護定他從打棗的竿梢所得的皮傷，而最直最長的幾枝，卻已默默地鐵似的直刺著奇怪而高的天空，使天空閃閃地鬼睞眼；直刺著天空中圓滿的月亮，使月亮窘得發白。

鬼睞眼的天空越加非常之藍，不安了，彷彿想離去人間，避開棗樹，只將月亮剩下。然而月亮也暗暗地躲到東邊去了。而一無所有的幹子，卻仍然默默地鐵似的直刺著奇怪而高的天空，一意要制他的死命，不管他各式各樣地睞著許多蠱惑的眼睛。

哇的一聲，夜遊的惡鳥飛過了。

我忽而聽到夜半的笑聲，吃吃地，似乎不願意驚動睡著的人，然而四圍的空氣都應和著笑。夜半，沒有別的人，我即刻聽出這聲音就在我嘴裡，我也即刻被這笑聲所驅逐，回進自己的房。燈火的帶子也即刻被我旋高了。

後窗的玻璃上丁丁地響，還有許多小飛蟲亂撞。不多久，幾個進來了，許是從窗紙的破孔進來的。他們一進來，又在玻璃的燈罩上撞得丁丁地響。一個從上面撞進去了，他於是遇到火，而且我以為這火是真的。兩三個卻休息在燈的紙罩上喘氣。那罩是昨晚新換的罩，雪白的紙，折出波浪紋的疊痕，一角還畫出一枝猩紅色的梔子[2]。

猩紅的梔子開花時，棗樹又要做小粉紅花的夢，青蔥地彎成弧形了……。我又聽到夜半的笑聲；我趕緊砍斷我的心緒，看那老在白紙罩上的小青蟲，頭大尾小，向日葵子似的，只有半粒小麥那麼大，遍身的顏色蒼翠得可愛，可憐。

我打一個呵欠，點起一支紙煙，噴出煙來，對著燈默默地敬奠這些蒼翠精緻的英雄們。

一九二四年九月十五日

1 本篇最初發表於一九二四年十二月一日《語絲》周刊第三期。

2 猩紅色的梔子　梔子，一種常綠灌木，夏日開花，一般為白色或淡黃色；紅梔子花是罕見的品種。據《廣群芳譜》卷三十八引《萬花谷》載：「蜀孟昶十月宴芳林園，賞紅梔子花；其花六月出而紅，清香如梅。」

希望[1]

我的心分外地寂寞。

然而我的心很平安：沒有愛憎，沒有哀樂，也沒有顏色和聲音。

我大概老了。我的頭髮已經蒼白，不是很明白的事麼？我的手顫抖著，不是很明白的事麼？那麼，我的魂靈的手一定也顫抖著，頭髮也一定蒼白了。

然而這是許多年前的事了。

這以前，我的心也曾充滿過血腥的歌聲：血和鐵，火焰和毒，恢復和報仇。而忽而這些都空虛了，但有時故意地塡以沒奈何的自欺的希望。希望，希望，用這希望的盾，抗拒那空虛中的暗夜的襲來，雖然盾後面也依然是空虛中的暗夜。然而就是如此，陸續地耗盡了我的青春[2]。

我早先豈不知我的青春已經逝去了？但以爲身外的青春固在：星，月光，僵墜的蝴蝶，暗中的花，貓頭鷹的不祥之言，杜鵑[3]的啼血，笑的渺茫，愛的翔舞……。雖然是悲涼漂渺的青春罷，然而究竟是青春。

然而現在何以如此寂寞？難道連身外的青春也都逝去，世上的青年也多衰老了麼？

我只得由我來肉薄這空虛中的暗夜了。我放下了希望之盾，我聽到 Petöfi Sándor（1823-49）[4]的「希望」之歌：

希望是甚麼？是娼妓：
她對誰都蠱惑，將一切都獻給；
待你犧牲了極多的寶貝——
你的青春——她就棄掉你。

這偉大的抒情詩人，匈牙利的愛國者，爲了祖國而死在可薩克[5]兵的矛尖上，已經七十五年了。悲哉死也，然而更可悲的是他的詩至今沒有死。

但是，可慘的人生！桀驁英勇如 Petöfi，也終於對了暗夜止步，回顧著茫茫的東方了。他說：

絕望之為虛妄，正與希望相同。[6]

倘使我還得偷生在不明不暗的這「虛妄」中，我就還要尋求那逝去的悲涼漂渺的青春，但不妨在我的身外。因爲身外的青春倘一消滅，我身中的遲暮也即凋零了。

然而現在沒有星和月光，沒有僵墜的蝴蝶以至笑的渺茫，愛的翔舞。然而青年們很平安。

我只得由我來肉薄這空虛中的暗夜了，縱使尋不到身外的青春，也總得自己來一擲我身中的遲暮。但暗夜又在那裡呢？現在沒有星，沒有月光以至笑的渺茫和愛的翔舞；青年們很平安，而我的面前又竟至於並且沒有眞的暗夜。

絕望之爲虛妄，正與希望相同！

一九二五年一月一日

1 本篇最初發表於一九二五年一月十九日《語絲》周刊第十期。作者在〈《野草》英文譯本序〉中說：「因為驚異於青年之消沉，作〈希望〉。」

2 作者在〈南腔北調集，《自選集》自序〉中說：「見過辛亥革命，見過二次革命，見過袁世凱稱帝，張勳復辟，看來看去，就看得懷疑起來，於是失望，頹唐得很了。……不過我卻又懷疑於自己的失望，因為我所見過的人們，事件，是有限得很的，這想頭，就給了我提筆的力量。『絕望之為虛妄，正與希望相同。』」

3 杜鵑　鳥名，亦名子規、杜宇，初夏時常晝夜啼叫。唐代陳藏器撰的《本草拾遺》說：「杜鵑鳥，小似鷂，鳴呼不已，出血聲始止。」

4 Petőfi Sándor 裴多菲・山陀爾（1823-1849），匈牙利詩人、革命家。曾參加一八四八年至一八四九年間反抗奧地利的民族革命戰爭，在作戰中英勇犧牲。他的主要作品有《勇敢的約翰》、《民族之歌》等。這裡引的《希望」一詩，作於一八四五年。

5 可薩克　通譯哥薩克，原為突厥語，意思是「自由的人」或「勇敢的人」。他們原是俄羅斯的一部分農奴和城市貧民，十五世紀後半葉和十六世紀前半葉，因不堪封建壓迫，從俄國中部逃出，定居在俄國南部的庫班河和頓河一帶，自稱為「哥薩克人」。他們善騎戰，沙皇時代多入伍當兵。一八四九年沙皇俄國援助奧地利反動派，入侵匈牙利鎮壓革命，俄軍中即有哥薩克部隊。

6 絕望之為虛妄，正與希望相同　這句話出自裴多菲一八四七年七月十七日致友人凱雷尼・弗里杰什的信：「……這個月的十三號，我從拜雷格薩斯起程，乘著那樣惡劣的駑馬，那是我整個旅程中從未碰見過的。當我一看到那些倒霉的駑馬，我吃驚得頭髮都豎了起來……我內心充滿了絕望，坐上了大車，……但是，我的朋友，絕望是那樣地騙人，正如同希望一樣。這些瘦弱的馬駒用這樣快的速度帶我飛馳到薩特馬爾來，甚至連那些靠燕麥和乾草飼養的貴族老爺派頭的馬也要為之讚賞。我對你們說過，不要只憑外表作判斷，要是那樣，你就不會獲得真理。」（譯自匈牙利文《裴多菲全集》）

雪[1]

暖國[2]的雨，向來沒有變過冰冷的堅硬的燦爛的雪花。博識的人們覺得他單調，他自己也以爲不幸否耶？江南的雪，可是滋潤美艷之至了；那是還在隱約著的青春的消息，是極壯健的處子的皮膚。雪野中有血紅的寶珠山茶[3]，白中隱青的單瓣梅花，深黃的磬口的蠟梅花[4]；雪下面還有冷綠的雜草。蝴蝶確乎沒有；蜜蜂是否來採山茶花和梅花的蜜，我可記不眞切了。但我的眼前彷彿看見冬花開在雪野中，有許多蜜蜂們忙碌地飛著，也聽得他們嗡嗡地鬧著。

孩子們呵著凍得通紅，像紫芽薑一般的小手，七八個一齊來塑雪羅漢。因爲不成功，誰的父親也來幫忙了。羅漢就塑得比孩子們高得多，雖然不過是上小下大的一堆，終於分不清是壺盧還是羅漢；然而很潔白，很明艷，以自身的滋潤相粘結，整個地閃閃地生光。孩子們用龍眼核給他做眼珠，又從誰的母親的脂粉奩中偷得胭脂來塗在嘴唇上。這回確是一個大阿羅漢了。他也就目光灼灼地嘴唇通紅地坐在雪地裡。

第二天還有幾個孩子來訪問他；對了他拍手，點頭，嘻笑。但他終於獨自坐著了。晴天又來消釋他的皮膚，寒夜又使他結一層冰，化作不透明的水晶模樣；連續的晴天又使他成爲不知道算什麼，而嘴上的胭脂也褪盡了。

但是，朔方的雪花在紛飛之後，卻永遠如粉，如沙，他們決不粘連，撒在屋上，地上，枯草上，就是這樣。屋上的雪是早已就有消化了的，因爲屋裡居人的火的溫熱。別的，在晴天之下，旋風忽來，便蓬勃地奮飛，在日光中燦燦地生光，如包藏火焰的大霧，旋轉而且升騰，瀰漫太空，使太空旋轉而且升騰地閃爍。

在無邊的曠野上，在凜冽的天宇下，閃閃地旋轉升騰著的是雨的精魂……

是的，那是孤獨的雪，是死掉的雨，是雨的精魂。

一九二五年一月十八日

1　本篇最初發表於一九二五年一月二十六日《語絲》周刊第十一期。

2　暖國　指我國南方氣候温暖的地區。

3　寶珠山茶　據《廣群芳譜」卷四十一載：「寶珠山茶，千葉含苞，歷幾月而放，殷紅若丹，最可愛。」

4　磬口的蠟梅花　據清代陳淏子撰《花鏡》卷三載：「圓瓣深黃，形似白梅，雖盛開如半含者，名磬口，最為世珍。」

風箏[1]

北京的冬季，地上還有積雪，灰黑色的禿樹枝丫叉於晴朗的天空中，而遠處有一二風箏浮動，在我是一種驚異和悲哀。

故鄉的風箏時節，是春二月，倘聽到沙沙的風輪[2]聲，仰頭便能看見一個淡墨色的蟹風箏或嫩藍色的蜈蚣風箏。還有寂寞的瓦片風箏，沒有風輪，又放得很低，伶仃地顯出憔悴可憐模樣。但此時地上的楊柳已經發芽，早的山桃也多吐蕾，和孩子們的天上的點綴相照應，打成一片春日的溫和。我現在在那裡呢？四面都還是嚴冬的肅殺，而久經訣別的故鄉的久經逝去的春天，卻就在這天空中蕩漾了。

但我是向來不愛放風箏的，不但不愛，並且嫌惡他，因爲我以爲這是沒出息孩子所做的玩藝。和我相反的是我的小兄弟，他那時大概十歲內外罷，多病，瘦得不堪，然而最喜歡風箏，自己買不起，我又不許放，他只得張著小嘴，呆看著空中出神，有時至於小半日。遠處的蟹風箏突然落下來了，他驚呼；兩個瓦片風箏的纏繞解開了，他高興得跳躍。他的這些，在我看來都是笑柄，可鄙的。

有一天，我忽然想起，似乎多日不很看見他了，但記得曾見他在後園拾枯竹。我恍然大悟似的，便跑向少有人去的一間堆積雜物的小屋去，推開門，果然就在塵封的什物堆中發現了他。他向著大方凳，坐在小凳上；便很驚惶地站了起來，失了色瑟縮著。大方凳旁靠著一個蝴蝶風箏的竹骨，還沒有糊上紙，凳上是一對做眼睛用的小風輪，正用紅紙條裝飾著，將要完工了。我在破獲秘密的滿足中，又很憤怒他的瞞了我的眼睛，這樣苦心孤詣地來偷做沒出息孩子的玩藝。我即刻伸手折斷了蝴蝶的一隻翅骨，又將風輪擲在地下，踏扁了。論長幼，論力氣，他是都敵不過我的，我當然得到完全的勝利，於是傲然走出，留他絕望地站在小屋裡。後來他怎樣，我不知道，也沒有留心。

然而我的懲罰終於輪到了，在我們離別得很久之後，我已經是中年。我不幸偶爾看了一本外國的講論兒童的書，才知道遊戲是兒童最正當的行爲，玩具是兒童的天使。於是二十年來毫不憶及的幼小時候對於精神的虐殺的這一幕，忽地在眼前展開，而我的心也仿佛同時變了鉛塊，很重很重的墮下去了。

但心又不竟墮下去而至於斷絕，他只是很重很重地墮著，墮著。

我也知道補過的方法的：送他風箏，贊成他放，勸他放，我和他一同放。我們嚷著，跑著，笑著。——然而他其時已經和我一樣，早已有了胡子了。

我也知道還有一個補過的方法的：去討他的寬恕，等他說，「我可是毫不怪你呵。」那麼，我的心一定就輕鬆了，這確是一個可行的方法。有一回，我們會面的時候，是臉上都已添刻了許多「生」的辛苦的條紋，而我的心很沉重。我們漸漸談起兒時的舊事來，我便叙述到這一節，自說少年時代的糊塗。「我可是毫不怪你呵。」我想，他要說了，我即刻便受了寬恕，我的心從此也寬鬆了罷。

「有過這樣的事麼？」他驚異地笑著說，就像旁聽著別人的故事一樣。他什麼也不記得了。

全然忘卻，毫無怨恨，又有什麼寬恕之可言呢？無怨的恕，說謊罷了。

我還能希求什麼呢？我的心只得沉重著。

現在，故鄉的春天又在這異地的空中了，既給我久經逝去的兒時的回憶，而一併也帶著無可把握的悲哀。我倒不如躲到肅殺的嚴冬中去罷，——但是，四面又明明是嚴冬，正給我非常的寒威和冷氣。

一九二五年一月二十四日

1　本篇最初發表於一九二五年二月二日《語絲》周刊第十二期。

2　風輪　風箏上能迎風轉動發聲的小輪。

好的故事[1]

燈火漸漸地縮小了，在預告石油的已經不多；石油又不是老牌，早熏得燈罩很昏暗。鞭爆的繁響在四近，煙草的煙霧在身邊：是昏沈的夜。

我閉了眼睛，向後一仰，靠在椅背上；捏著《初學記》[2]的手擱在膝髁上。

我在矇朧中。看見一個好的故事。

這故事很美麗，幽雅，有趣。許多美的人和美的事，錯綜起來像一天雲錦，而且萬顆奔星似的飛動著，同時又展開去，以至於無窮。

我彷彿記得曾坐小船經過山陰道[3]，兩岸邊的烏桕，新禾，野花，雞，狗，叢樹和枯樹，茅屋，塔，伽藍[4]，農夫和村婦，村女，曬著的衣裳，和尚，蓑笠，天，雲，竹，……都倒影在澄碧的小河中，隨著每一打槳，各各夾帶了閃爍的日光，並水裡的萍藻遊魚，一同蕩漾。諸影諸物，無不解散，而且搖動，擴大，互相融和；剛一融和，卻又退縮，復近於原形。邊緣都參差如夏雲頭，鑲著日光，發出水銀色焰。凡是我所經過的河，都是如此。

現在我所見的故事也如此。水中的青天的底子，一切事物統在上面交錯，織成一篇，永是生動，永是展開，我看不見這一篇的結束。

河邊枯柳樹下的幾株瘦削的一丈紅[5]，該是村女種的罷。大紅花和斑紅花，都在水裡面浮動，忽而碎散，拉長了，縷縷的胭脂水，然而沒有暈。茅屋，狗，塔，村女，雲，……也都浮動著。大紅花一朵朵全被拉長了，這時是潑刺奔進的紅錦帶。帶織入狗中，狗織人白雲中，白雲織人村女中……。在一瞬間，他們又將退縮了。但斑紅花影也已碎散，伸長，就要織進塔，村女，狗，茅屋，雲裡去。

現在我所見的故事清楚起來了，美麗，幽雅，有趣，而且分明。青天上面，有無數美的人和美的事，我一一看見，一一知道。

我就要凝視他們……。

我正要凝視他們時，驟然一驚，睜開眼，雲錦也已皺蹙，凌亂，彷彿有誰擲一塊大石下河水中，水波陡然起立，將整篇的影子撕成片片了。我無意識地趕忙捏住幾乎墜地的《初學記》，眼前還剩著幾點虹霓色的碎影。

我眞愛這一篇好的故事，趁碎影還在，我要追回他，完成他，留下他。我抛了書，欠身伸手去取筆，——何嘗有一絲碎影，只見昏暗的燈光，我不在小船裡了。

但我總記得見過這一篇好的故事，在昏沉的夜……。

一九二五年二月二十四日[6]

1　本篇最初發表於一九二五年二月九日《語絲》周刊第十三期。

2　《初學記》　類書名，唐代徐堅等輯，共三十卷。取材於群經、諸子、歷代詩賦及唐初諸家作品。

3　山陰道　指紹興縣城西南一帶風景優美的地方。《世說新語・言語》裡說：「王子敬云：從山陰道上行，山川自相映發，使人應接不暇。」

4　伽藍　梵語「僧伽藍摩」的略稱，意思是僧眾所住的園林，後泛指寺廟。

5　一丈紅　即蜀葵，莖高六七尺，六月開花，形大，有紅、紫、白、黃等顏色。

6　文末所注寫作日期遲於發表日期，有誤；《魯迅日記》一九二五年一月二十八日記有「作《野草》一篇」，當指本文。

這樣的戰士[1]

要有這樣的一種戰士——

已不是蒙昧如非洲土人而背著雪亮的毛瑟槍的；也並不疲憊如中國綠營兵而卻佩著盒子炮[2]。他毫無乞靈於牛皮和廢鐵的甲冑；他只有自己，但拿著蠻人所用的，脫手一擲的投槍。

他走進無物之陣，所遇見的都對他一式點頭。他知道這點頭就是敵人的武器，是殺人不見血的武器，許多戰士都在此滅亡，正如炮彈一般，使猛士無所用其力。

那些頭上有各種旗幟，繡出各樣好名稱：慈善家，學者，文士，長者，青年，雅人，君子……。頭下有各樣外套，繡出各式好花樣：學問，道德，國粹，民意，邏輯，公義，東方文明[3]……。

但他舉起了投槍。

他們都同聲立了誓來講說，他們的心都在胸膛的中央，和別的偏心的人類兩樣。他們都在胸前放著護心鏡[4]，就爲自己也深信心在胸膛中央的事作證。

但他舉起了投槍。

他微笑，偏側一擲，卻正中了他們的心窩。

一切都頹然倒地；——然而只有一件外套，其中無物。無物之物已經脫走，得了勝利，因爲他這時成了戕害慈善家等類的罪人。

但他舉起了投槍。

他在無物之陣中大踏步走，再見一式的點頭，各種的旗幟，各樣的外套……。

但他舉起了投槍。

他終於在無物之陣中老衰，壽終。他終於不是戰士，但無物之物則是勝者。

在這樣的境地裡，誰也不聞戰叫：太平。

太平……。

但他舉起了投槍！

一九二五年十二月十四日

1 本篇最初發表於一九二五年十二月二十一日《語絲》周刊第五十八期。作者在〈《野草》英文譯本序〉裡說：「〈這樣的戰士〉，是有感於文人學士們幫助軍閥而作。」

2 毛瑟槍　指德國機械師毛瑟弟兄在十九世紀七十年代設計製造的一種單發步槍，是當時比較先進的武器。綠營兵，一作綠旗兵。清朝兵制：除正黃、正白、正紅、正藍、鑲黃、鑲白、鑲紅、鑲藍等「八旗兵」（以滿族人為主）外，又另募漢人編成軍隊，旗幟採用綠色，叫做綠旗兵。清代中葉以後，綠營兵漸趨衰敗，終被裁廢。盒子炮，即駁殼槍，手槍的一種，外有特製的木盒，故名。

3 東方文明　五四運動前後，帝國主義者和封建復古主義者鼓吹的反動口號之一，目的在於維護我國的封建道德和文化，反對近代科學文明和民主改革。

4 護心鏡　古代戰衣胸前部位鑲嵌的金屬圓片，用以保護胸膛。

聰明人和傻子和奴才[1]

奴才總不過是尋人訴苦。只要這樣，也只能這樣。有一日，他遇到一個聰明人。

「先生！」他悲哀地說，眼淚聯成一線，就從眼角上直流下來。「你知道的。我所過的簡直不是人的生活。吃的是一天未必有一餐，這一餐又不過是高粱皮，連豬狗都不要吃的，尚且只有一小碗……。」

「這實在令人同情。」聰明人也慘然說。

「可不是麼！」他高興了。「可是做工是晝夜無休息的：清早擔水晚燒飯，上午跑街夜磨麵，晴洗衣裳雨張傘，冬燒汽爐夏打扇。半夜要煨銀耳，侍候主人耍錢；頭錢[2]從來沒分，有時還挨皮鞭……。」

「唉唉……。」聰明人歎息著，眼圈有些發紅，似乎要下淚。

「先生！我這樣是敷衍不下去的。我總得另外想法子。可是什麼法子呢？……」

「我想，你總會好起來……。」

「是麼？但願如此。可是我對先生訴了冤苦，又得你的同情和慰安，已經舒坦得不少了。可見天理沒有滅絕……。」

但是，不幾日，他又不平起來了，仍然尋人去訴苦。

「先生！」他流著眼淚說，「你知道的。我住的簡直比豬窠還不如。主人並不將我當人；他對他的叭兒狗還要好到幾萬倍……。」

「混帳！」那人大叫起來，使他吃驚了。那人是一個傻子。

「先生，我住的只是一間破小屋，又濕，又陰，滿是臭蟲，睡下去就咬得眞可以。穢氣沖著鼻子，四面又沒有一個窗……。」

「你不會要你的主人開一個窗的麼？」

「這怎麼行？……」

「那麼，你帶我去看去！」

傻子跟奴才到他屋外，動手就砸那泥牆。

「先生！你幹什麼？」他大驚地說。

「我給你打開一個窗洞來。」

「這不行！主人要罵的！」

「管他呢！」他仍然砸。

「人來呀！強盜在毀咱們的屋子了！快來呀！遲一點可要打出窟窿來了！……」他哭嚷著，在地上團團地打滾。

一群奴才都出來了，將傻子趕走。

聽到了喊聲，慢慢地最後出來的是主人。

「有強盜要來毀咱們的屋子，我首先叫喊起來，大家一同把他趕走了。」他恭敬而得勝地說。

「你不錯。」主人這樣誇獎他。

這一天就來了許多慰問的人，聰明人也在內。

「先生。這回因爲我有功，主人誇獎了我了。你先前說我總會好起來，實在是有先見之明……。」他大有希望似的高興地說。

「可不是麼……。」聽明人也代爲高興似的回答他。

一九二五年十二月二十六日

1 本篇最初發表於一九二六年一月四日《語絲》周刊第六十期。

2 頭錢　舊社會裡提供賭博場所的人向參與賭博者抽取一定數額的錢，叫做頭錢，也稱「抽頭」。侍候賭博的人，有時也可從中分得若干。

臘葉[1]

燈下看《雁門集》[2]，忽然翻出一片壓乾的楓葉來。

這使我記起去年的深秋。繁霜夜降，木葉多半凋零，庭前的一株小小的楓樹也變成紅色了。我曾繞樹徘徊，細看葉片的顏色，當他青葱的時候是從沒有這麼注意的。他也並非全樹通紅，最多的是淺絳，有幾片則在緋紅地上，還帶著幾團濃綠。一片獨有一點蛀孔，鑲著烏黑的花邊，在紅、黃和綠的斑駁中，明眸似的向人凝視。我自念：這是病葉呵！便將他摘了下來，夾在剛才買到的《雁門集》裡。大概是願使這將墜的被蝕而斑斕的顏色，暫得保存，不即與群葉一同飄散罷。

但今夜他卻黃蠟似的躺在我的眼前，那眸子也不復似去年一般灼灼。假使再過幾年，舊時的顏色在我記憶中消去，怕連我也不知道他何以夾在書裡面的原因了。將墜的病葉的斑斕，似乎也只能在極短時中相對，更何況是葱鬱的呢。看看窗外，很能耐寒的樹木也早經禿盡了；楓樹更何消說得。當深秋時，想來也許有和這去年的模樣相似的病葉的罷，但可惜我今年竟沒有賞玩秋樹的餘閒。

一九二五年十二月二十六日

1 本篇最初發表於一九二六年一月四日《語絲》周刊第六十期。
作者在〈《野草》英文譯本序〉裡說：「〈臘葉〉，是為愛我者的想要保存我而作的。」又，許廣平在〈因校對《三十年集》而引起的話舊〉一文裡說，「在《野草》中的那篇〈臘葉〉，那假設被摘下來夾在《雁門集》裡的斑駁的楓葉，就是自況的」。

2 《雁門集》　詩詞集，元代薩都剌著。薩氏世居山西雁門，故名。

淡淡的血痕中[1]

——記念幾個死者和生者和未生者

目前的造物主，還是一個怯弱者。

他暗暗地使天變地異，卻不敢毀滅一個這地球；暗暗地使生物衰亡，卻不敢長存一切屍體；暗暗地使人類流血，卻不敢使血色永遠鮮穠；暗暗地使人類受苦，卻不敢使人類永遠記得。

他專為他的同類——人類中的怯弱者——設想，用廢墟荒墳來襯托華屋，用時光來沖淡苦痛和血痕；日日斟出一杯微甘的苦酒，不太少，不太多，以能微醉為度，遞給人間，使飲者可以哭，可以歌，也如醒，也如醉，若有知，若無知，也欲死，也欲生。他必須使一切也欲生；他還沒有滅盡人類的勇氣。

幾片廢墟和幾個荒墳散在地上，映以淡淡的血痕，人們都在其間咀嚼著人我的渺茫的悲苦。但是不肯吐棄，以為究竟勝於空虛，各各自稱為「天之僇民」[2]，以作咀嚼著人我的渺茫的悲苦的辯解，而且悚息著靜待新的悲苦的到來。新的，這就使他們恐懼，而又渴欲相遇。

這都是造物主的良民。他就需要這樣。

叛逆的猛士出於人間；他屹立著，洞見一切已改和現有的廢墟和荒墳，記得一切深廣和久遠的苦痛，正視一切重疊淤積的凝血，深知一切已死，方生，將生和未生。他看透了造化的把戲；他將要起來使人類蘇生，或者使人類滅盡，這些造物主的良民們。

造物主，怯弱者，羞慚了，於是伏藏。天地在猛士的眼中於是變色。

一九二六年四月八日

1 本篇最初發表於一九二六年四月十九日《語絲》周刊第七十五期。作者在〈《野草》英文譯本序〉中說：「段祺瑞政府槍擊徒手民眾後，作〈淡淡的血痕中〉」。

2 「天之僇民」 語出《莊子・大宗師》。僇，原作戮。僇民，受刑戮的人、罪人。

〔朝花夕拾〕

本書收作者一九二六年所作回憶散文十篇。一九二八年九月由北京未名社出版，列為作者所編的《未名新集》之一。一九三二年九月改由上海北新書局出版。

小引[1]

我常想在紛擾中尋出一點閒靜來，然而委實不容易。目前是這麼離奇，心裡是這麼蕪雜。一個人做到只剩了回憶的時候，生涯大概總要算是無聊了罷，但有時竟會連回憶也沒有。中國的做文章有軌範，世事也仍然是螺旋。前幾天我離開中山大學的時候，便想起四個月以前的離開廈門大學；聽到飛機在頭上鳴叫，竟記得了一年前在北京城上日日旋繞的飛機[2]。我那時還做了一篇短文，叫做《一覺》。現在是，連這「一覺」也沒有了。

廣州的天氣熱得眞早，夕陽從西窗射入，逼得人只能勉強穿一件單衣。書桌上的一盆「水橫枝」[3]，是我先前沒有見過的：就是一段樹，只要浸在水中，枝葉便靑葱得可愛。看看綠葉，編編舊稿，總算也在做一點事。做著這等事，眞是雖生之日，猶死之年，很可以驅除炎熱的。

前天，已將《野草》編定了；這回便輪到陸續載在《莽原》[4]上的《舊事重提》，我還替他改了一個名稱：《朝花夕拾》。帶露折花，色香自然要好得多，但是我不能夠。便是現在心目中的離奇和蕪雜，我也還不能使他即刻幻化，轉成離奇和蕪雜的文章。或者，他日仰看流雲時，會在我的眼前一閃爍罷。

我有一時，曾經屢次憶起兒時在故鄉所吃的蔬果：菱角，羅漢豆，茭白，香瓜。凡這些，都是極其鮮美可口的；都曾是使我思鄉的蠱惑。後來，我在久別之後嘗到了，也不過如此；惟獨在記憶上，還有舊來的意味留存。他們也許要哄騙我一生，使我時時反顧。

這十篇就是從記憶中抄出來的，與實際容或有些不同，然而我現在只記得是這樣。文體大概很雜亂，因爲是或作或輟，經了九個月之多。環境也不一：前兩篇寫於北京寓所[5]的東壁下；中三篇是流離中[6]所作，地方是醫院和木匠房；後五篇卻在廈門大學的圖書館的樓上，已經是被學者們[7]擠出集團之後了。

一九二七年五月一日，魯迅於廣州白雲樓記。

1　本篇最初發表於一九二七年五月二十五日北京《莽原》半月刊第二卷第十期。

2　一九二六年四月，馮玉祥的國民軍和奉系軍閥張作霖、李景林所部作戰期間，國民軍駐守北京，奉軍飛機曾多次飛臨轟炸。

3　「水橫枝」　一種盆景。在廣州等南方暖和地區，取梔子的一段浸植於水缽中，能長綠葉，可供觀賞。

4　《莽原》　文藝刊物，魯迅編輯。一九二五年四月二十四日創刊於北京。初為周刊，附《京報》發行，同年十一月二十七日出至第三十二期休刊。一九二六年一月十日起改為半月刊，由未名社出版。一九二六年八月魯迅離京後，改由韋素園接編。一九二七年十二月二十五日出至第四十八期停刊。

5　北京寓所　指作者在北京阜成門內西三條胡同二十一號的寓所。現為魯迅博物館的一部分。

6　流離中　一九二六年三一八慘案後，北洋政府曾擬通緝當時北京文教界人士魯迅等五十人（參看《而已集・大衍發微》），因此作者曾先後避居山本醫院、德國醫院、法國醫院等處。避居德國醫院時因病房已滿，只得住入一間堆積雜物兼作木匠作場的房子。

7　學者們　指當時在廈門大學任教的顧頡剛等人。

《二十四孝圖》[1]

我總要上下四方尋求，得到一種最黑，最黑，最黑的咒文，先來詛咒一切反對白話，妨害白話者。即使人死了眞有靈魂，因這最惡的心，應該墮入地獄，也將決不改悔，總要先來詛咒一切反對白話，妨害白話者。

自從所謂「文學革命」[2]以來，供給孩子的書籍，和歐，美，日本的一比較，雖然很可憐，但總算有圖有說，只要能讀下去，就可以懂得的了。可是一般別有心腸的人們，便竭力來阻遏它，要使孩子的世界中，沒有一絲樂趣。北京現在常用「馬虎子」這一句話來恐嚇孩子們。或者說，那就是《開河記》[3]上所載的，給隋煬帝開河，蒸死小兒的麻叔謀；正確地寫起來，須是「麻胡子」。那麼，這麻叔謀乃是胡人[4]了。但無論他是甚麼人，他的吃小孩究竟也還有限，不過盡他的一生。妨害白話者的流毒卻甚於洪水猛獸，非常廣大，也非常長久，能使全中國化成一個麻胡，凡有孩子都死在他肚子裡。

只要對於白話來加以謀害者，都應該滅亡！

這些話，紳士們自然難免要掩住耳朵的，因爲就是所謂「跳到半天空，罵得體無完膚，——還不肯罷休。」[5]而且文士們一定也要罵，以爲大悖於「文格」，亦即大損於「人格」。豈不是「言者心聲也」[6]麼？「文」和「人」當然是相關的，雖然人間世本來千奇百怪，教授們中也有「不尊敬」作者的人格而不能「不說他的小說好」[7]的特別種族。但這些我都不管，因爲我幸而還沒有爬上「象牙之塔」[8]去，正無須怎樣小心。倘若無意中竟已撞上了，那就即刻跌下來罷。然而在跌下來的中途，當還未到地之前，還要說一遍：

只要對於白話來加以謀害者，都應該滅亡！

每看見小學生歡天喜地地看著一本粗拙的《兒童世界》[9]之類，另想到別國的兒童用書的精美，自然要覺得中國兒童的可憐。但回憶起我和我的同窗小友的童年，卻不能不以爲他幸福，給我們的永逝的韶光一個悲哀的弔唁。我們那時有什麼可看呢，只要略有圖畫的本子，就要被塾師，就是當時的「引導青年的前輩」禁止，呵斥，甚而至於打手心。我的小同學因爲專讀「人之初性本善」[10]讀得要枯燥而死了，只好偷偷地翻開第一頁，看那題著「文星高照」四個字的惡鬼一般的魁星[11]像，來滿足他幼稚的愛美的天性。昨天看這個，今天也看這個，然而他們的眼睛裡還閃出甦醒和歡喜的光輝來。

在書塾以外，禁令可比較的寬了，但這是說自己的事，各人大概不一樣。我能在大衆面前，冠冕堂皇地閱看的，是《文昌帝君陰騭文圖說》[12]和《玉歷鈔傳》[13]，都畫著冥冥之中賞善罰惡的故事，雷公電母站在雲中，牛頭馬面布滿地下，不但「跳到半天空」是觸犯天條的，即使半語不合，一念偶差，也都得受相當的報應。這所報的也並非「睚眦之怨」[14]，因爲那地方是鬼神爲君，「公理」作宰，請酒下跪，全都無功，簡直是無法可想。在中國的天地間，不但做人，便是做鬼，也艱難極了。然而究竟很有比陽間更好的處所：無所謂「紳士」，也沒有「流言」。

陰間，倘要穩妥，是頌揚不得的。尤其是常常好弄筆墨的人，在現在的中國，流言的治下，而又大談「言行一致」[15]的時候。前車可鑒，聽說阿爾志跋綏夫[16]曾答一個少女的質問說，「惟有在人生的事實這本身中尋出歡喜者，可以活下去。倘若在那裡什麼也不見，他們其實倒不如死。」於是乎有一個叫作密哈羅夫的，寄信嘲罵他道，「……所以我完全誠實地勸你自殺來禍福你自己的生命，因爲這第一是合於邏輯，第二是你的言語和行爲不至於背馳。」

其實這論法就是謀殺，他就這樣地在他的人生中尋出歡喜來。阿爾志跋綏夫只發了一大通牢騷，沒有自殺。密哈羅夫先生後來不知道怎樣，這一個歡喜失掉了，或者另外又尋到了「什麼」了罷。誠然，「這些時候，勇敢，是安穩的；熱情，是毫無危險的。」

然而，對於陰間，我終於已經頌揚過了，無法追改；雖有「言行不符」之嫌，但確沒有受過閻王或小鬼的半文津貼，則差可以自解。總而言之，還是仍然寫下去罷：

我所看的那些陰間的圖畫，都是家藏的老書，並非我所專有。我所收得的最先的畫圖本子，是一位長輩的贈品：《二十四孝圖》[17]。這雖然不過薄薄的一本書，但是下圖上說，鬼少人多，又爲我一人所獨有，使我高興極了。那裡面的故事，似乎是誰都知道的；便是不識字的人，例如阿長，也只要一看圖畫便能夠滔滔地講出這一段的事跡。但是，我於高興之餘，接著就是掃興，因爲我請人講完了二十四個故事之後，才知道「孝」有如此之難，對於先前痴心妄想，想做孝子的計劃，完全絕望了。

「人之初，性本善」麼？這並非現在要加研究的問題。但我還依稀記得，我幼小時候實未嘗蓄意忤逆，對於父母，倒是極願意孝順的。不過年幼無知，只用了私見來解釋「孝順」的做法，以爲無非是「聽話」，「從命」，以及長大之後，給年老的父母好好地吃飯罷了。自從得了這一本孝子的教科書以後，才知道並不然，而且還要難到幾十幾百倍。其中自然也有可以勉力仿效的，如「子路負米」[18]，「黃香扇枕」[19] 之類。「陸績懷橘」[20] 也並不難，只要有闊人請我吃飯。「魯迅先生作賓客而懷橘乎？」我便跪答云，「吾母性之所愛，欲歸以遺母。」闊人大佩服，於是孝子就做穩了，也非常省事。「哭竹生筍」[21] 就可疑，怕我的精誠未必會這樣感動天地。但是哭不出筍來，還不過拋臉而已，一到「臥冰求鯉」[22]，可就有性命之虞了。我鄉的天氣是溫和的，嚴冬中，水面也只結一層薄冰，即使孩子的重量怎樣小，躺上去，也一定嘩喇一聲，冰破落水，鯉魚還不及游過來。自然，必須不顧性命，這才孝感神明，會有出乎意料之外的奇蹟，但那時我還小，實在不明白這些。

其中最使我不解，甚至於發生反感的，是「老萊娛親」[23] 和「郭巨埋兒」[24] 兩件事。

我至今還記得，一個躺在父母跟前的老頭子，一個抱在母親手上的小孩子，是怎樣地使我發生不同的感想呵。他們一手都拿著「搖咕咚」。這玩意兒確是可愛的，北京稱爲小鼓，蓋即鼗也，朱熹 [25] 曰，「鼗，小鼓，兩旁有耳；持其柄而搖之，則旁耳還自擊，」咕咚咕咚地響起來。然而這東西不該拿在老萊子手裡的，他應該扶一枝枴杖。現在這模樣，簡直是裝佯，侮辱了孩子。我沒有再看第二回，一到這一頁，便急速地翻過去了。

那時的《二十四孝圖》，早已不知去向了，目下所有的只是一本日本小田海僊[26]所畫的本子，敘老萊子事云，「行年七十，言不稱老，常著五色斑斕之衣，爲嬰兒戲於親側。又常取水上堂，詐跌仆地，作嬰兒啼，以娛親意。」大約舊本也差不多，而招我反感的便是「詐跌」。無論忤逆，無論孝順，小孩子多不願意「詐」作，聽故事也不喜歡是謠言，這是凡有稍稍留心兒童心理的都知道的。

然而在較古的書上一查，卻還不至於如此虛僞。師覺授[27]《孝子傳》云，「老萊子……常著斑斕之衣，爲親取飲，上堂腳跌，恐傷父母之心，僵仆爲嬰兒啼。」（《太平御覽》[28]四百十三引）較之今說，似稍近於人情。不知怎地，後之君子卻一定要改得他「詐」起來，心裡才能舒服。鄧伯道棄子救侄[29]，想來也不過「棄」而已矣，昏妄人也必須說他將兒子捆在樹上，使他追不上來才肯歇手。正如將「肉麻當作有趣」一般，以不情爲倫紀[30]，誣蔑了古人，教壞了後人。老萊子即是一例，道學先生[31]以爲他白璧無瑕時，他卻已在孩子的心中死掉了。

至於玩著「搖咕咚」的郭巨的兒子，卻實在值得同情。他被抱在他母親的臂膊上，高高興興地笑著；他的父親卻正在掘窟窿，要將他埋掉了。說明云，「漢郭巨家貧，有子三歲，母嘗減食與之。巨謂妻曰，貧乏不能供母，子又分母之食。盍埋此子？」但是劉向[32]《孝子傳》所說，卻又有些不同：巨家是富的，他都給了兩弟；孩子是才生的，並沒有到三歲。結末又大略相像了，「及掘坑二尺，得黃金一釜，上云：天賜郭巨，官不得取，民不得奪！」

我最初實在替這孩子捏一把汗，待到掘出黃金一釜，這才覺得輕鬆。然而我已經不但自己不敢再想做孝子，並且怕我父親去做孝子了。家景正在壞下去，常聽到父母愁柴米；祖母又老了，倘使我的父親竟學了郭巨，那麼，該埋的不正是我麼？如果一絲不走樣，也掘出一釜黃金來，那自然是如天之福，但是，那時我雖然年紀小，似乎也明白天下未必有這樣的巧事。

現在想起來，實在很覺得傻氣。這是因爲現在已經知道了這些老玩意，本來誰也不實行。整飭倫紀的文電是常有的，卻很少見紳士赤條條地躺在冰上面，將軍跳下汽車去負米。何況現在早長大了，看過幾部古書，買過幾本新書，什麼《太平御覽》咧，《古孝子傳》[33]咧，《人口問題》咧，《節制生育》咧，《二十世紀是兒童的世界》咧，可以抵抗被埋的理由多得很。不過彼一時，此一時，彼時我委實有點害怕：掘好深坑，不見黃金，連「搖咕咚」一同埋下去，蓋上土，踏得實實的，又有什麼法子可想呢。我想，事情雖然未必實現，但我從此總怕聽到我的父母愁窮，怕看見我的白髮的祖母，總覺得她是和我不兩立，至少，也是一個和我的生命有些妨礙的人。後來這印象日見其淡了，但總有一些留遺，一直到她去世——這大概是送給《二十四孝圖》的儒者所萬料不到的罷。

五月十日

1　本篇最初發表於一九二六年五月二十五日《莽原》半月刊第一卷第十期。

2　「文學革命」　「五四」時期反對舊文學、提倡新文學的運動。文學革命問題的討論，一九一七年在《新青年》雜誌上初步展開。五四運動爆發以後，它成為新文化革命的一部分，對封建勢力所維護的舊文學和文言文進行了猛烈的鬥爭。

3 《開河記》　傳奇小說，宋代人作。記隋煬帝令麻叔謀開掘卞渠的故事，其中有麻叔謀蒸食小孩的傳說。

4 魯迅後來在《朝花夕拾》的〈後記〉第一段中提出糾正，「麻胡子」並非胡人。叔謀名「祜」，童稚語不正，將「麻祜」訛誤為「麻胡」，故作者先前以為麻胡子乃胡人。

5 「跳到半天空」等語，是陳西瀅在一九二六年一月三十日《晨報副刊》發表的《致志摩》中攻擊魯迅的話：「他常常的無故罵人，……可是要是有人侵犯了他一言半語，他就跳到半天空，罵得你體無完膚——還不肯罷休。」

6 「言者心聲也」　語出漢代揚雄《法言・問神》：「故言，心聲也。」意思是說，語言和文章是人的思想的表現。

7 不能「不說他的小說好」　陳西瀅在《現代評論》第三卷第七十一期（一九二六年四月十七日）的《閒話》中說：「我不能因為我不尊敬魯迅先生的人格，就不說他的小說好，我也不能因為佩服他的小說，就稱讚他其餘的文章。」

8 「象牙之塔」　最初是法國文藝批評家聖佩韋（Sainte-Beuve, 1804-1864）評論同時代消極浪漫主義詩人維尼（A. Vigny, 1797-1863）的用語，後用以比喻脫離現實生活的藝術家的小天地。

9 《兒童世界》　一種供高小程度兒童閱讀的周刊（後改半月刊）。內容分詩歌、童話、故事、謎語、笑話和兒童創作等，上海商務印書館編印，一九二二年一月創刊，一九三七年八月停刊。

10 「人之初性本善」　舊時學塾通用的初級讀物《三字經》的首二句。

11 魁星　魁星是古代天文學中二十八宿之一奎星的俗稱。漢代人緯書中有「奎主文昌」的說法，後奎星被附會為主宰科名和文運興衰的神。魁星像略似「魁」字字形，一手執筆，一手持墨斗，上身前傾，一腳後翹，好像正在用筆點定誰將在科舉中考中的樣子。舊時學塾初級讀物的扉頁上常刊有魁星像。

12 《文昌帝君陰騭文圖說》　據迷信傳說，晉時四川人張亞子，死後成為掌管人間功名祿籍的神道，稱文昌帝君。《陰騭文圖說》，相傳為張亞子所作，是一部宣傳因果報應，散布封建迷信的書集。陰騭，即陰德。

13 《玉歷鈔傳》　全稱《玉歷至寶鈔傳》，是一部宣傳迷信的書，題稱宋代「淡痴道人夢中得授，弟子勿迷道人鈔錄傳世」，序文説它是「地藏王與十殿閻君，憫地獄之慘，奏請天帝，傳《玉歷》以警世」。共八章，第二章《〈玉歷〉之圖像》，即所謂十殿閻王地獄輪回等圖像。

14 「睚眦之怨」　語見《史記・范雎傳》：「一飯之德必償，睚**眦**之怨必報。」睚眦之怨，意即小小的仇恨。陳西瀅在《現代評論》第三卷第七十期（一九二六年四月十日）發表《楊德群女士事件》一文，以答覆女師大學生雷榆等五人為楊德群辯誣的信，其中暗指魯迅説：「因為那『楊女士不大願意去』一句話，有些人在許多文章裡就説我的罪狀比執政府衛隊還大！比軍閥還凶！……不錯，我曾經有一次在生氣的時候揭穿過有些人的真面目，可是，難道四五十個死者的冤可以不雪，睚眦之仇即不可不報嗎？」後文提到「『公理』作宰，請酒下跪」，也是對陳西瀅、楊蔭榆等互相勾結迫害進步學生的嘲諷。

15 大談「言行一致」　陳西瀅在《現代評論》第三卷第五十九期（一九二六年一月二十三日）《閒話》中曾説：「言行不相顧本沒有多大稀罕，世界上多的是這樣的人。講革命的做官僚，講言論自由的燒報館」。這裡説的「做官僚」，是指魯迅在教育部任職；「燒報館」，指一九二五年十一月二十九日，北京群眾在反對段祺瑞的示威中燒毀晨報（反動政治集團研究系的報紙）館的事件。

16 阿爾志跋綏夫（М. П. Арцыбащев, 1878-1927）　俄國小説家。十月革命後於一九二三年逃亡國外，死於華沙。著有長篇小説《沙寧》、中篇小説《工人綏惠略夫》等。

17 《二十四孝圖》　《二十四孝》，元代郭居敬編，內容是輯錄古代所傳二十四個孝子的故事。後來的印本都配上圖畫，通稱《二十四孝圖》，是舊時宣揚封建孝道的通俗讀物。

18 「子路負米」　子路，姓仲名由，春秋時魯國卞（今山東泗水）人，孔丘的學生。《孔子家語・致思》中，子路自述「事二親之時，常食藜藿之實，為親負米百里之外」。

19 「黃香扇枕」　黃香，東漢安陸（今屬湖北）人。九歲喪母，《東觀漢記》中説他對父親「盡心供養，……暑即扇床枕，寒即以身溫席」。

20 「陸績懷橘」　陸績，三國時吳國吳縣華亭（今上海市松江）人，科學家。《三國志・吳書・陸績傳》説他「年六歲，於九江見袁術。術出橘，績懷三枚，去，拜辭墮地，術謂曰：『陸郎作賓客而懷橘乎？』績跪答曰：『歸欲遺母。』術大奇之」。

21 「哭竹生筍」　三國時吳國孟宗的故事。唐代白居易編的《白氏六帖》中説：「孟宗後母好筍，令宗冬月求之，宗入竹林慟哭，筍為之出。」

22 「臥冰求鯉」　晉代王祥的故事。《晉書・王祥傳》説他的後母「常欲生魚，時天寒地凍，祥解衣將剖冰求之，冰忽自解，雙鯉躍出，持之而歸」。

23 「老萊娛親」　老萊，傳説是春秋時楚國人。《藝文類聚・人部》記有他七十歲時穿五色彩衣詐跌「娛親」的故事。

24 「郭巨埋兒」　郭巨，晉代隴慮（今河南林縣）人。《太平御覽》卷四一一引劉向《孝子圖》説：「郭巨，……甚富。父沒，分財二千萬為兩，分與兩弟，己獨取母供養。……妻產男，慮舉之則妨供養，乃令妻抱兒，欲掘地埋之。於土中得金一釜，上有鐵券云：『賜孝子郭巨。』……遂得兼養兒。」

25 朱熹（1130-1200）　字元晦，徽州婺源（今屬江西）人，宋代理學家。這裡的一段話，原是漢代鄭玄關於《周禮・春官・小師》的注釋，後被朱熹用作他的《論語集注・微子》中「播鼗武入於漢」一句的注釋。

26 小田海僊（1785-1862）　日本江戶幕府末期的文人畫家。他畫的《二十四孝圖》是一八四四年（日本天保十四年，即清道光二十四年）的作品，曾收入上海點石齋書局印行的《點石齋叢畫》。

27 師覺授　南朝宋涅陽（今河南鎮平南）人。他所著的《孝子傳》八卷，已散佚；有清代黃奭輯本，收入《漢學堂叢書》中。

28 《太平御覽》　類書名，宋太平興國二年（977）李昉等奉敕撰。初名《太平總類》，書成後經太宗閱覽，因名《太平御覽》。全書一千卷，分五十五門，所引書籍共一六九〇種，其中不少現已散佚。

29 鄧伯道棄子救侄　鄧伯道，名攸，晉代平陽襄陵（今屬山西）人。據《晉書・鄧攸傳》載，石勒攻晉的戰亂中，他全家出外逃難，途中曾棄子救侄。

30 倫紀　即倫常、綱紀，指封建道德規定的人與人之間應該遵守的相互關係準則。

31 道學先生　道學，又稱理學，即宋代程顥、程頤、朱熹等人闡釋儒家學説而形成的思想體系，當時稱為道學。道學先生，即指信奉和宣揚這種學説的人。

32 劉向（約前 77-前 6）　字子政，西漢沛（今江蘇沛縣）人，經學家、文學家。他作的《孝子傳》已亡佚，有清代黃奭的輯本，收入《漢學堂叢書》；又有茅泮林的輯本，收入《梅瑞軒十種古逸書》。

33　《古孝子傳》　清代茅泮林編，是從「類書」中輯錄劉向、蕭廣濟、王歆、王韶之、周景式、師覺授、宋躬、虞盤佑、鄭緝等已散佚的《孝子傳》成書，收入《梅瑞軒十種古逸書》中。

從百草園到三味書屋[1]

我家的後面有一個很大的園，相傳叫作百草園。現在是早已並屋子一起賣給朱文公[2]的子孫了，連那最末次的相見也已經隔了七八年，其中似乎確鑿只有一些野草；但那時卻是我的樂園。

不必說碧綠的菜畦，光滑的石井欄，高大的皂莢樹，紫紅的桑椹；也不必說鳴蟬在樹葉裡長吟，肥胖的黃蜂伏在菜花上，輕捷的叫天子（雲雀）忽然從草間直竄向雲霄裡去了。單是周圍的短短的泥牆根一帶，就有無限趣味。油蛉在這裡低唱，蟋蟀們在這裡彈琴。翻開斷磚來，有時會遇見蜈蚣；還有斑蝥，倘若用手指按住它的脊梁，便會拍的一聲，從後竅噴出一陣煙霧。何首烏藤和木蓮藤纏絡著，木蓮有蓮房一般的果實，何首烏有擁腫的根。有人說，何首烏根是有像人形的，吃了便可以成仙，我於是常常拔它起來，牽連不斷地拔起來，也曾因此弄壞了泥牆，卻從來沒有見過有一塊根像人樣。如果不怕刺，還可以摘到覆盆子，像小珊瑚珠攢成的小球，又酸又甜，色味都比桑椹要好得遠。

長的草裡是不去的，因爲相傳這園裡有一條很大的赤練蛇。

長媽媽曾經講給我一個故事聽：先前，有一個讀書人住在古廟裡用功，晚間，在院子裡納涼的時候，突然聽到有人在叫他。答應著，四面看時，卻見一個美女的臉露在牆頭上，向他一笑，隱去了。他很高興；但竟給那走來夜談的老和尚識破了機關。說他臉上有些妖氣，一定遇見「美女蛇」了；這是人首蛇身的怪物，能喚人名，倘一答應，夜間便要來吃這人的肉的。他自然嚇得要死，而那老和尚卻道無妨，給他一個小盒子，說只要放在枕邊，便可高枕而臥。他雖然照樣辦，卻總是睡不著，——當然睡不著的。到半夜，果然來了，沙沙沙！門外像是風雨聲。他正抖作一團時，卻聽得豁的一聲，一道金光從枕邊飛出，外面便什麼聲音也沒有了，那金光也就飛回來，斂在盒子裡。後來呢？後來，老和尚說，這是飛蜈蚣，它能吸蛇的腦髓，美女蛇就被它治死了。

結末的教訓是：所以倘有陌生的聲音叫你的名字，你萬不可答應他。

這故事很使我覺得做人之險，夏夜乘涼，往往有些擔心，不敢去看牆上，而且極想得到一盒老和尚那樣的飛蜈蚣。走到百草園的草叢旁邊時，也常常這樣想。但直到現在，總還是沒有得到，但也沒有遇見過赤練蛇和美女蛇。叫我名字的陌生聲音自然是常有的，然而都不是美女蛇。

冬天的百草園比較的無味；雪一下，可就兩樣了。拍雪人（將自己的全形印在雪上）和塑雪羅漢需要人們鑒賞，這是荒園，人跡罕至，所以不相宜，只好來捕鳥。薄薄的雪，是不行的；總須積雪蓋了地面一兩天，鳥雀們久已無處覓食的時候才好。掃開一塊雪，露出地面，用一枝短棒支起一面大的竹篩來，下面撒些秕穀，棒上繫一條長繩，人遠遠地牽著，看鳥雀下來啄食，走到竹篩底下的時候，將繩子一拉，便罩住了。但所得的是麻雀居多，也有白頰的「張飛鳥」[3]，性子很躁，養不過夜的。

這是閏土[4]的父親所傳授的方法，我卻不大能用。明明見它們進去了，拉了繩，跑去一看，卻什麼都沒有，費了半天力，捉住的不過三四隻。閏土的父親是小半天便能捕獲幾十隻，裝在叉袋[5]裡叫著撞著的。我曾經問他得失的緣由，他只靜靜地笑道：你太性急，來不及等它走到中間去。

我不知道為什麼家裡的人要將我送進書塾裡去了，而且還是全城中稱為最嚴厲的書塾。也許是因為拔何首烏毀了泥牆罷，也許是因為將磚頭拋到間壁的梁家去了罷，也許是因為站在石井欄上跳了下來罷，……都無從知道。總而言之：我將不能常到百草園了。Ade[6]，我的蟋蟀們！Ade，我的覆盆子們和木蓮們！……

出門向東，不上半里，走過一道石橋，便是我的先生[7]的家了。從一扇黑油的竹門進去，第三間是書房。中間掛著一塊扁道：三味書屋[8]；匾下面是一幅畫，畫著一隻很肥大的梅花鹿伏在古樹下。沒有孔子牌位，我們便對著那匾和鹿行禮。第一次算是拜孔子，第二次算是拜先生。

第二次行禮時，先生便和藹地在一旁答禮。他是一個高而瘦的老人，鬚髮都花白了，還戴著大眼鏡。我對他很恭敬，因為我早聽到，他是本城中極方正，質樸，博學的人。

不知從那裡聽來的，東方朔[9]也很淵博，他認識一種蟲，名曰「怪哉」[10]，冤氣所化，用酒一澆，就消釋了。我很想詳細地知道這故事，但阿長是不知道的，因為她畢竟不淵博。現在得到機會了，可以問先生。

「先生，『怪哉』這蟲，是怎麼一回事？……」我上了生書，將要退下來的時候，趕忙問。

「不知道！」他似乎很不高興，臉上還有怒色了。

我才知道做學生是不應該問這些事的，只要讀書，因爲他是淵博的宿儒，決不至於不知道，所謂不知道者，乃是不願意說。年紀比我大的人，往往如此，我遇見過好幾回了。

我就只讀書，正午習字，晚上對課[11]。先生最初這幾天對我很嚴厲，後來卻好起來了，不過給我讀的書漸漸加多。對課也漸漸地加上字去，從三言到五言，終於到七言。

三味書屋後面也有一個園，雖然小，但在那裡也可以爬上花壇去折蠟梅花，在地上或桂花樹上尋蟬蛻。最好的工作是捉了蒼蠅餵螞蟻，靜悄悄地沒有聲音。然而同窗們到園裡的太多，太久，可就不行了，先生在書房裡便大叫起來：

「人都到那裡去了?!」

人們便一個一個陸續走回去；一同回去，也不行的。他有一條戒尺，但是不常用，也有罰跪的規則，但也不常用，普通總不過瞪幾眼，大聲道：

「讀書！」

於是大家放開喉嚨讀一陣書，眞是人聲鼎沸。有念「仁遠乎哉我欲仁斯仁至矣」的，有念「笑人齒缺曰狗竇大開」的。有念「上九潛龍勿用」的，有念「厥土下上上錯厥貢苞茅橘柚」的……。[12]先生自己也念書。後來，我們的聲音便低下去。靜下去了，只有他還大聲朗讀著：

「鐵如意，指揮倜儻，一座皆驚呢～～；金叵羅，顛倒淋漓噫，千杯未醉嗬～～……。」[13]

我疑心這是極好的文章，因爲讀到這裡，他總是微笑起來，而且將頭仰起，搖著，向後面拗過去，拗過去。

先生讀書入神的時候，於我們是很相宜的。有幾個便用紙糊的盔甲套在指甲上做戲。我是畫畫兒，用一種叫作「荊川紙」的，蒙在小說的繡像[14]上一個個描下來，像習字時候的影寫一樣。讀的書多起來，畫的畫也多起來；書沒有讀成，畫的成績卻不少了，最成片段的是《蕩寇志》和《西遊記》的繡像，都有一大本。後來，因爲要錢用，賣給一個有錢的同窗了。他的父親是開錫箔店的；聽說現在自己已經做了店主，而且快要升到紳士的地位了。這東西早已沒有了罷。

九月十八日

1　本篇最初發表於一九二六年十月十日《莽原》半月刊第一卷第十九期。

2　朱文公　即朱熹。「文」是宋王朝給他的謚號。作者紹興的老屋於一九一九年賣給一個姓朱的人，所以這裡戲稱為「賣給朱文公的子孫」。

3　「張飛鳥」　即鶺鴒。頭部圓而黑，前額純白，形似舞台上張飛的臉譜，所以浙東有的地方叫它「張飛鳥」。

4　閏土　作者小說〈故鄉〉中的人物。原型為章運水，紹興道墟鄉杜浦村（今屬上虞縣）人。他的父親名福慶，是個農民，兼作竹匠，常在作者家做短工。

5　叉袋　袋口成叉角的麻袋或布袋。

6　Ade　德語，「再見」的意思。

7　我的先生　指壽懷鑒（1849-1929），字鏡吾，是個秀才。

8　三味書屋　在紹興作者故居附近，它和百草園現在都是紹興魯迅紀念館的一部分。

9　東方朔（前 154-前 93）　字曼倩，平原厭次（今山東惠民）人，西漢文學家。他是漢武帝的侍臣，善諷諫，喜詼諧，舊時關於他的傳說很多。《史記・滑稽列傳》附傳中說他「好古傳書，愛經術，多所博觀外家之語」。

10　怪哉　傳說中的一種怪蟲。據《古小說鉤沉・小說》：武帝幸甘泉宮，馳道中，有蟲赤色，頭目牙齒耳鼻盡具，觀者莫識。帝乃使朔視之，還對曰：「此『怪哉』也。昔秦時拘繫無辜，眾庶愁怨，咸仰首嘆曰：『怪哉怪哉！』蓋感動上天憤所生也，故名『怪哉』。此地必秦之獄處。」即按地圖，果秦故獄。又問：「何以去蟲？」朔曰：「凡憂者得酒而解，以酒灌之當消。」於是使人取多置酒中，須臾果糜散矣。

11　對課　舊時學塾教學生練習對仗的一種功課，用虛實平仄的字相對，如「桃紅」對「柳綠」之類。

12　這些都是舊時學塾讀物中的句子。「仁遠乎哉我欲仁斯仁至矣」，見《論語・述而》。「笑人齒缺曰狗竇大開」，見《幼學瓊林・身體》。「上九潛龍勿用」，見《周易・乾》，原作「初九，潛龍勿用」。「厥土下上上錯厥貢苞茅橘柚」，這是學生讀《尚書・禹貢》時念錯的句子；原作「厥田惟下下，厥賦下上上錯……厥包橘柚錫貢」。

13　「鐵如意」等語，是清末劉翰作《李克用置酒三垂崗賦》中的句子。原文作：「玉如意指揮倜儻，一座皆驚；金叵羅傾倒淋漓，千杯未醉。」劉翰，江蘇武進人，江陰南菁書院學生。這篇賦是頌揚五代後唐李克用父子的。見王先謙編的《清嘉集初稿》卷五。

14　繡像　明清以來附在通俗小說卷首的書中人物白描畫像。

父親的病[1]

大約十多年前罷，S城[2]中曾經盛傳過一個名醫的故事：

他出診原來是一元四角，特拔十元，深夜加倍，出城又加倍。有一夜，一家城外人家的閨女生急病，來請他了，因爲他其時已經闊得不耐煩，便非一百元不去。他們只得都依他。待去時，卻只是草草地一看，說道「不要緊的」，開一張方，拿了一百元就走。那病家似乎很有錢，第二天又來請了。他一到門，只見主人笑面承迎，道，「昨晚服了先生的藥，好得多了，所以再請你來複診一回。」仍舊引到房裡，老媽子便將病人的手拉出帳外來。他一按，冷冰冰的，也沒有脈，於是點點頭道，「唔，這病我明白了。」從從容容走到桌前，取了藥方紙，提筆寫道：

「憑票付英洋[3]壹百元正。」下面是署名，畫押。

「先生，這病看來很不輕了，用藥怕還得重一點罷。」主人在背後說。

「可以，」他說。於是另開了一張方：

「憑票付英洋貳百元正。」下面仍是署名，畫押。

這樣，主人就收了藥方，很客氣地送他出來了。

我曾經和這名醫周旋過兩整年，因爲他隔日一回，來診我的父親的病。那時雖然已經很有名，但還不至於闊得這樣不耐煩；可是診金卻已經是一元四角。現在的都市上，診金一次十元並不算奇，可是那時是一元四角已是巨款，很不容易張羅的了；又何況是隔日一次。他大概的確有些特別，據輿論說，用藥就與衆不同。我不知道藥品，所覺得的，就是「藥引」的難得，新方一換，就得忙一大場。先買藥，再尋藥引。「生薑」兩片，竹葉十片去尖，他是不用的了。起碼是蘆根，須到河邊去掘；一到經霜三年的甘蔗，便至少也得搜尋兩三天。可是說也奇怪，大約後來總沒有購求不到的。

據輿論說，神妙就在這地方。先前有一個病人，百藥無效；待到遇見了什麼葉天士[4]先生，只在舊方上加了一味藥引：梧桐葉。只一服，便霍然而癒了。「醫者，意也。」[5]其時是秋天，而梧桐先知秋氣。其先百藥不投，今以秋氣動之，以氣感氣，所以……。我雖然並不了然，但也十分佩服，知道凡有靈藥，一定是很不容易得到的，求仙的人，甚至於還要拚了性命，跑進深山裡去採呢。

這樣有兩年，漸漸地熟識，幾乎是朋友了。父親的水腫是逐日利害，將要不能起床；我對於經霜三年的甘蔗之流也逐漸失了信仰，採辦藥引似乎再沒有先前一般踴躍了。正在這時候，他有一天來診，問過病狀，便極其誠懇地說：

「我所有的學問，都用盡了。這裡還有一位陳蓮河[6]先生，本領比我高。我薦他來看一看，我可以寫一封信。可是，病是不要緊的，不過經他的手，可以格外好得快……。」

這一天似乎大家都有些不歡，仍然由我恭敬地送他上轎。進來時，看見父親的臉色很異樣，和大家談論，大意是說自己的病大概沒有希望的了；他因爲看了兩年，毫無效驗，臉又太熟了，未免有些難以爲情，所以等到危急時候，便薦一個生手自代，和自己完全脫了干係。但另外有什麼法子呢？本城的名醫，除他之外，實在也只有一個陳蓮河了。明天就請陳蓮河。

陳蓮河的診金也是一元四角。但前回的名醫的臉是圓而胖的，他卻長而胖了：這一點頗不同。還有用藥也不同，前回的名醫是一個人還可以辦的，這一回卻是一個人有些辦不妥帖了，因爲他一張藥方上，總兼有一種特別的丸散和一種奇特的藥引。

蘆根和經霜三年的甘蔗，他就從來沒有用過。最平常的是「蟋蟀一對」，旁注小字道：「要原配，即本在一窠中者。」似乎昆蟲也要貞節，續弦或再醮，連做藥資格也喪失了。但這差使在我並不爲難，走進百草園，十對也容易得，將它們用線一縛，活活地擲入沸湯中完事。然而還有「平地木[7]十株」呢，這可誰也不知道是什麼東西了，問藥店，問鄉下人，問賣草藥的，問老年人，問讀書人，問木匠，都只是搖搖頭，臨末才記起了那遠房的叔祖，愛種一點花木的老人，跑去一問，他果然知道，是生在山中樹下的一種小樹，能結紅子如小珊瑚珠的，普通都稱爲「老弗大」。

「踏破鐵鞋無覓處，得來全不費工夫。」藥引尋到了，然而還有一種特別的丸藥：敗鼓皮丸。這「敗鼓皮丸」就是用打破的舊鼓皮做成；水腫一名鼓脹，一用打破的鼓皮自然就可以克伏他。清朝的剛毅因爲憎恨「洋鬼子」，預備打他們，練了些兵稱作「虎神營」[8]，取虎能食羊，神能伏鬼的意思，也就是這道理。可惜這一種神藥，全城中只有一家出售的，離我家就有五里，但這卻不像平地木那樣，必須暗中摸索了，陳蓮河先生開方之後，就懇切詳細地給我們說明。

「我有一種丹，」有一回陳蓮河先生說，「點在舌上，我想一定可以見效。因爲舌乃心之靈苗……。價錢也並不貴，只要兩塊錢一盒……。」

我父親沉思了一會，搖搖頭。

「我這樣用藥還會不大見效，」有一回陳蓮河先生又說，「我想，可以請人看一看，可有什麼冤愆……。醫能醫病，不能醫命，對不對？自然，這也許是前世的事……。」

我的父親沉思了一會，搖搖頭。

凡國手，都能夠起死回生的，我們走過醫生的門前，常可以看見這樣的匾額。現在是讓步一點了，連醫生自己也說道：「西醫長於外科，中醫長於內科。」但是S城那時不但沒有西醫，並且誰也還沒有想到天下有所謂西醫，因此無論什麼，都只能由軒轅岐伯[9]的嫡派門徒包辦。軒轅時候是巫醫不分的，所以直到現在，他的門徒就還見鬼，而且覺得「舌乃心之靈苗」。這就是中國人的「命」，連名醫也無從醫治的。

不肯用靈丹點在舌頭上，又想不出「冤愆」來，自然，單吃了一百多天的「敗鼓皮丸」有什麼用呢？依然打不破水腫，父親終於躺在床上喘氣了。還請了一回陳蓮河先生，這回是特拔，大洋十元。他仍舊泰然的開了一張方，但已停止敗鼓皮丸不用，藥引也不很神妙了，所以只消半天，藥就煎好，灌下去，卻從口角上回了出來。

從此我便不再和陳蓮河先生周旋，只在街上有時看見他坐在三名轎夫的快轎裡飛一般抬過；聽說他現在還康健，一面行醫，一面還做中醫什麼學報[10]，正在和只長於外科的西醫奮鬥哩。

中西的思想確乎有一點不同。聽說中國的孝子們，一到將要「罪孽深重禍延父母」[11] 的時候，就買幾斤人參，煎湯灌下去，希望父母多喘幾天氣，即使半天也好。我的一位教醫學的先生卻教給我醫生的職務道：可醫的應該給他醫治，不可醫的應該給他死得沒有痛苦。——但這先生自然是西醫。

父親的喘氣頗長久，連我也聽得很吃力，然而誰也不能幫助他。我有時竟至於電光一閃似的想道：「還是快一點喘完了罷……。」立刻覺得這思想就不該，就是犯了罪；但同時又覺得這思想實在是正當的，我很愛我的父親。便是現在，也還是這樣想。

早晨，住在一門里的衍太太 [12] 進來了。她是一個精通禮節的婦人，說我們不應該空等著。於是給他換衣服；又將紙錠和一種什麼《高王經》[13]燒成灰，用紙包了給他捏在拳頭裡……。

「哎呀，你父親要斷氣了。快叫呀！」衍太太說。

「父親！父親！」我就叫起來。

「大聲！他聽不見。還不快叫 ?! 」

「父親！！！父親！！！」

他已經平靜下去的臉，忽然緊張了，將眼微微一睜，彷彿有一些苦痛。

「叫呀！快叫呀！」她催促說。

「父親！！！」

「什麼呢？……不要嚷。……不……。」他低低地說，又較急地喘著氣，好一會，這才復了原狀，平靜下去了。

「父親！！」我還叫他，一直到他嚥了氣。

我現在還聽到那時的自己的這聲音，每聽到時，就覺得這卻是我對於父親的最大的錯處。

十月七日

1 本篇最初發表於一九二六年十一月十日《莽原》半月刊第一卷第二十一期。

2 S 城　這裡指紹興城。

3 英洋　即「鷹洋」。

4 葉天士（1667-1746）名桂，號香岩，江蘇吳縣人，清乾隆時名醫。他的門生曾搜集其藥方編成《臨證指南醫案》十卷。清代王友亮撰《雙佩齋文集・葉天士小傳》中，有以梧桐葉作藥引的記載：「鄰婦難產，他醫業立方矣，其夫持問葉，為加梧葉一片，產立下。後有效之者，葉笑曰：『吾前用梧葉，以值立秋故耳！今何益。』其因時制宜，不拘古法多此類，雖老於醫者莫能測也。」

5 「醫者，意也。」　語出《後漢書・郭玉傳》：「醫之為言，意也。腠理至微，隨氣用巧。」又宋代祝穆編《古今事文類聚》前集：「唐許胤宗善醫。或勸其著書，答曰：『醫言意也。思慮精則得之，吾意所解，口不能宣也。』」

6 陳蓮河　當指何廉臣（1860-1929），當時紹興的中醫。

7 平地木　即紫金牛，常綠小灌木，一種藥用植物。

8 「虎神營」　清末端郡王載漪（文中說是剛毅，似誤記）創設和率領的皇室衛隊。李希聖在《庚子國變記》中說：「虎神營者，虎食羊而神治鬼，所以詛之也。」

9 軒轅岐伯　指古代名醫。軒轅，即黃帝，傳說中的上古帝王；岐伯，傳說中的上古名醫。今所傳著名醫學古籍《黃帝內經》，是戰國秦漢時醫家托名黃帝與岐伯所作。其中《素問》部分，用黃帝和岐伯問答的形式討論病理，故後來常稱醫術高明者為「術精岐黃」。

10 中醫什麼學報　指《紹興醫藥月報》。一九二四年春創刊，何廉臣任副編輯，在第一期上發表《本報宗旨之宣言》，宣揚「國粹」。

11 「罪孽深重禍延父母」　舊時一些人在父母死後印發的訃聞中，常有「不孝男××罪孽深重不自殞滅禍延顯考（或顯妣）……」等一類套話。

12 衍太太　作者叔祖周子傳的妻子。

13 《高王經》　即《高王觀世音》。據《魏書・盧景裕傳》：「……有人負罪當死，夢沙門教講經。覺時如所夢，默誦千遍，臨刑刀折。主者以聞，赦之。此經遂行於世，號曰《高王觀世音》。」舊俗在人死時，把《高王經》燒成灰，捏在死者手裡，大概即源於這類故事，意思是死者到「陰間」如受刑時可減少痛苦。

藤野先生[1]

東京也無非是這樣。上野[2]的櫻花爛熳的時節，望去確也像緋紅的輕雲，但花下也缺不了成群結隊的「清國留學生」的速成班[3]，頭頂上盤著大辮子，頂得學生制帽的頂上高高聳起，形成一座富士山[4]。也有解散辮子，盤得平的，除下帽來，油光可鑒，宛如小姑娘的髮髻一般，還要將脖子扭幾扭。實在標緻極了。

中國留學生會館的門房裡有幾本書買，有時還值得去一轉；倘在上午，裡面的幾間洋房裡倒也還可以坐坐的。但到傍晚，有一間的地板便常不免要咚咚咚地響得震天，兼以滿房煙塵鬥亂；問問精通時事的人，答道，「那是在學跳舞。」

到別的地方去看看，如何呢？

我就往仙台[5]的醫學專門學校去。從東京出發，不久便到一處驛站，寫道：日暮里。不知怎地，我到現在還記得這名目。其次卻只記得水戶[6]了，這是明的遺民朱舜水[7]先生客死的地方。仙台是一個市鎮，並不大；冬天冷得利害；還沒有中國的學生。

大概是物以稀爲貴罷。北京的白菜運往浙江，便用紅頭繩繫住菜根，倒掛在水果店頭，尊爲「膠菜」；福建野生著的蘆蕾，一到北京就請進溫室，且美其名日「龍舌蘭」。我到仙台也頗受了這樣的優待，不但學校不收學費，幾個職員還爲我的食宿操心。我先是住在監獄旁邊一個客店裡的，初冬已經頗冷，蚊子卻還多，後來用被蓋了全身，用衣服包了頭臉，只留兩個鼻孔出氣。在這呼吸不息的地方，蚊子竟無從揷嘴，居然睡安穩了。飯食也不壞。但一位先生卻以爲這客店也包辦囚人的飯食，我住在那裡不相宜，幾次三番，幾次三番地說。我雖然覺得客店兼辦囚人的飯食和我不相干，然而好意難卻，也只得別尋相宜的住處了。於是搬到別一家，離監獄也很遠，可惜每天總要喝難以下咽的芋梗湯[8]。

從此就看見許多陌生的先生，聽到許多新鮮的講義。解剖學是兩個教授分任的。最初是骨學。其時進來的是一個黑瘦的先生，八字鬚，戴著眼鏡，挾著一疊大大小小的書。一將書放在講臺上，便用了緩慢而很有頓挫的聲調，向學生介紹自己道：

「我就是叫作藤野嚴九郎[9]的……。」

後面有幾個人笑起來了。他接著便講述解剖學在日本發達的歷史，那些大大小小的書，便是從最初到現今關於這一門學問的著作。起初有幾本是線裝的；還有翻刻中國譯本的，他們的翻譯和研究新的醫學，並不比中國早。

那坐在後面發笑的是上學年不及格的留級學生，在校已經一年，掌故頗爲熟悉的了。他們便給新生講演每個教授的歷史。這藤野先生，據說是穿衣服太模糊了，有時竟會忘記帶領結；冬天是一件舊外套，寒顫顫的，有一回上火車去，致使管車的疑心他是扒手，叫車裡的客人大家小心些。

他們的話大概是眞的，我就親見他有一次上講堂沒有帶領結。

過了一星期，大約是星期六，他使助手來叫我了。到得研究室，見他坐在人骨和許多單獨的頭骨中間，——他其時正在研究著頭骨。後來有一篇論文在本校的雜誌上發表出來。

「我的講義，你能抄下來麼？」他問。

「可以抄一點。」

「拿來我看！」

我交出所抄的講義去，他收下了，第二三天便還我，並且說，此後每一星期要送給他看一回。我拿下來打開看時，很吃了一驚，同時也感到一種不安和感激。原來我的講義已經從頭到末，都用紅筆添改過了，不但增加了許多脫漏的地方，連文法的錯誤，也都一一訂正。這樣一直繼續到教完了他所擔任的功課：骨學，血管學，神經學。

可惜我那時太不用功，有時也很任性。還記得有一回藤野先生將我叫到他的研究室裡去，翻出我那講義上的一個圖來，是下臂的血管，指著，向我和藹的說道：

「你看，你將這條血管移了一點位置了。——自然，這樣一移，的確比較的好看些，然而解剖圖不是美術，實物是那麼樣的，我們沒法改換它。現在我給你改好了，以後你要全照著黑板上那樣的畫。」

但是我還不服氣，口頭答應著，心裡卻想道：

「圖還是我畫的不錯；至於實在的情形，我心裡自然記得的。」

學年試驗完畢之後，我便到東京玩了一夏天，秋初再回學校，成績早已發表了，同學一百餘人之中，我在中間，不過是沒有落第。這回藤野先生所擔任的功課，是解剖實習和局部解剖學。

解剖實習了大概一星期，他又叫我去了，很高興地，仍用了極有抑揚的聲調對我說道：

「我因爲聽說中國人是很敬重鬼的，所以很擔心，怕你不肯解剖屍體。現在總算放心了，沒有這回事。」

但他也偶有使我很爲難的時候。他聽說中國的女人是裹腳的，但不知道詳細，所以要問我怎麼裹法，足骨變成怎樣的畸形，還歎息道，「總要看一看才知道。究竟是怎麼一回事呢？」

有一天，本級的學生會幹事到我寓裡來了，要借我的講義看。我檢出來交給他們，卻只翻檢了一通，並沒有帶走。但他們一走，郵差就送到一封很厚的信，拆開看時，第一句是：

「你改悔罷！」

這是《新約》[10] 上的句子罷，但經托爾斯泰新近引用過的。其時正值日俄戰爭[11]，托老先生便寫了一封給俄國和日本的皇帝的信[12]，開首便是這一句。日本報紙上很斥責他的不遜，愛國青年也憤然，然而暗地裡卻早受了他的影響了。其次的話，大略是說上年解剖學試驗的題目，是藤野先生在講義上做了記號，我預先知道的，所以能有這樣的成績。末尾是匿名。

我這才回憶到前幾天的一件事。因爲要開同級會，幹事便在黑板上寫廣告，末一句是「請全數到會勿漏爲要」，而且在「漏」字旁邊加了一個圈。我當時雖然覺到圈得可笑，但是毫不介意，這回才悟出那字也在譏刺我了，猶言我得了教員漏泄出來的題目。

我便將這事告知了藤野先生；有幾個和我熟識的同學也很不平，一同去詰責幹事托辭檢查的無禮，並且要求他們將檢查的結果，發表出來。終於這流言消滅了，幹事卻又竭力運動，要收回那一封匿名信去。結末是我便將這托爾斯泰式的信退還了他們。

中國是弱國，所以中國人當然是低能兒，分數在六十分以上，便不是自己的能力了：也無怪他們疑惑。但我接著便有參觀槍斃中國人的命運了。第二年添教黴菌學，細菌的形狀是全用電影[13]來顯示的，一段落已完而還沒有到下課的時候，便影幾片時事的片子，自然都是日本戰勝俄國的情形。但偏有中國人夾在裡邊：給俄國人做偵探，被日本軍捕獲，要槍斃了，圍著看的也是一群中國人；在講堂裡的還有一個我。

「萬歲！」他們都拍掌歡呼起來。

這種歡呼，是每看一片都有的，但在我，這一聲卻特別聽得刺耳。此後回到中國來，我看見那些閒看槍斃犯人的人們，他們也何嘗不酒醉似的喝采，——嗚呼，無法可想！但在那時那地，我的意見卻變化了。

到第二學年的終結，我便去尋藤野先生，告訴他我將不學醫學，並且離開這仙台。他的臉色彷彿有些悲哀，似乎想說話，但竟沒有說。

「我想去學生物學，先生教給我的學問，也還有用的。」其實我並沒有決意要學生物學，因為看得他有些淒然，便說了一個慰安他的謊話。

「為醫學而教的解剖學之類，怕於生物學也沒有什麼大幫助。」他歎息說。

將走的前幾天，他叫我到他家裡去，交給我一張照相，後面寫著兩個字道：「惜別」，還說希望將我的也送他。但我這時適值沒有照相了；他便叮囑我將來照了寄給他，並且時時通信告訴他此後的狀況。

我離開仙台之後，就多年沒有照過相，又因爲狀況也無聊，說起來無非使他失望，便連信也怕敢寫了。經過的年月一多，話更無從說起，所以雖然有時想寫信，卻又難以下筆，這樣的一直到現在，竟沒有寄過一封信和一張照片。從他那一面看起來，是一去之後，杳無消息了。

但不知怎地，我總還時時記起他，在我所認爲我師的之中，他是最使我感激，給我鼓勵的一個。有時我常常想：他的對於我的熱心的希望，不倦的教誨，小而言之，是爲中國，就是希望中國有新的醫學；大而言之，是爲學術，就是希望新的醫學傳到中國去。他的性格，在我的眼裡和心裡是偉大的，雖然他的姓名並不爲許多人所知道。

他所改正的講義，我曾經訂成三厚本，收藏著的，將作爲永久的紀念。不幸七年前遷居[14]的時候，中途毀壞了一口書箱，失去半箱書，恰巧這講義也遺失在內了。責成運送局去找尋，寂無回信。只有他的照相至今還掛在我北京寓居的東牆上，書桌對面。每當夜間疲倦，正想偷懶時，仰面在燈光中瞥見他黑瘦的面貌，似乎正要說出抑揚頓挫的話來，便使我忽又良心發現，而且增加勇氣了，於是點上一枝煙，再繼續寫些爲「正人君子」之流所深惡痛疾的文字。

十月十二日

1　本篇最初發表於一九二六年十二月十日《莽原》半月刊第一卷第二

十三期。

2 上野　日本東京的公園，以櫻花著名。

3 速成班　指東京弘文學院速成班；當時初到日本的我國留學生，一般先在這裡學習日語等課程。

4 富士山　日本最高的山峰，著名火山，位於本州島中南部。

5 仙台　日本本州島東北部的城市，宮城縣首府。一九〇四年至一九〇六年作者曾在這裡習醫。

6 水戶　日本本州島東部的城市，位於東京與仙台之間，舊為水戶藩的都城。

7 朱舜水（1600-1682）　名之瑜，號舜水，浙江餘姚人，明末思想家。明亡後曾進行反清復明活動，失敗後長住日本講學，客死水戶。

8 芋梗湯　日本人用芋梗等物和醬料做成的湯。

9 藤野嚴九郎（1874-1945）　日本福井縣人。一八九六年在愛知縣立醫學專門學校畢業後，即在該校任教；一九〇一年轉任仙台醫學專門學校講師，一九〇四年升任教授；一九一五年回鄉自設診所，受到當地群眾的尊敬。作者逝世後他曾作〈謹憶周樹人君〉一文（載日本《文學指南》一九三七年三月號）。

10 《新約》　《新約全書》的簡稱，基督教《聖經》的後一部分。內容主要是記載耶穌及其門徒的言行。

11 日俄戰爭　指一九〇四年二月至一九〇五年九月，日本帝國主義和沙皇俄國為爭奪在我國東北地區和朝鮮的侵略權益而進行的一次帝國主義戰爭。這次戰爭主要在我國境內進行，使我國人民遭受巨大的災難。

12 托爾斯泰寫給俄國和日本皇帝的信，登在一九〇四年六月二十七日倫敦《泰晤士報》；兩個月後，譯載於日本《平民新聞》。

13 電影　這裡指幻燈片。

14 七年前遷居　指一九一九年十二月作者從紹興搬家到北京。

范愛農[1]

在東京的客店裡，我們大抵一起來就看報。學生所看的多是《朝日新聞》和《讀賣新聞》[2]，專愛打聽社會上瑣事的就看《二六新聞》。一天早晨，劈頭就看見一條從中國來的電報，大概是：

「安徽巡撫[3]恩銘被 Jo Shiki Rin 刺殺，刺客就擒。」

大家一怔之後，便容光煥發地互相告語，並且研究這刺客是誰，漢字是怎樣三個字。但只要是紹興人，又不專看教科書的，卻早已明白了。這是徐錫麟[4]，他留學回國之後，在做安徽候補道[5]，辦著巡警事務，正合於刺殺巡撫的地位。

大家接著就預測他將被極刑，家族將被連累。不久，秋瑾[6]姑娘在紹興被殺的消息也傳來了，徐錫麟是被挖了心，給恩銘的親兵炒食淨盡。人心很憤怒。有幾個人便秘密地開一個會，籌集川資；這時用得著日本浪人[7]了，撕烏賊魚下酒，慷慨一通之後，他便登程去接徐伯蓀的家屬去。

照例還有一個同鄉會，吊烈士，罵滿洲；此後便有人主張打電報到北京，痛斥滿政府的無人道。會眾即刻分成兩派：一派要發電，一派不要發。我是主張發電的，但當我說出之後，即有一種鈍滯的聲音跟著起來：

「殺的殺掉了，死的死掉了，還發什麼屁電報呢。」

這是一個高大身材，長頭髮，眼球白多黑少的人，看人總像在渺視。他蹲在席子上，我發言大抵就反對；我早覺得奇怪，注意著他的了，到這時才打聽別人：說這話的是誰呢，有那麼冷？認識的人告訴我說：他叫范愛農[8]，是徐伯蓀的學生。

我非常憤怒了，覺得他簡直不是人，自已的先生被殺了，連打一個電報還害怕，於是便堅執地主張要發電，同他爭起來。結果是主張發電的居多數，他屈服了。其次要推出人來擬電稿。

「何必推舉呢？自然是主張發電的人囉……。」他說。

我覺得他的話又在針對我，無理倒也並非無理的。但我便主張這一篇悲壯的文章必須深知烈士生平的人做，因爲他比別人關係更密切，心裡更悲憤，做出來就一定更動人。於是又爭起來。結果是他不做，我也不做，不知誰承認做去了；其次是大家走散，只留下一個擬稿的和一兩個幹事，等候做好之後去拍發。

從此我總覺得這范愛農離奇。而且很可惡。天下可惡的人，當初以爲是滿人，這時才知道還在其次；第一倒是范愛農。中國不革命則已，要革命，首先就必須將范愛農除去。

然而這意見後來似乎逐漸淡薄，到底忘卻了，我們從此也沒有再見面。直到革命的前一年，我在故鄉做教員，大概是春末時候罷，忽然在熟人的客座上看見了一個人，互相熟視了不過兩三秒鐘，我們便同時說：

「哦哦，你是范愛農！」

「哦哦，你是魯迅！」

不知怎地我們便都笑了起來，是互相的嘲笑和悲哀。他眼睛還是那樣，然而奇怪，只這幾年，頭上卻有了白髮了，但也許本來就有，我先前沒有留心到。他穿著很舊的布馬褂，破布鞋，顯得很寒素。談起自己的經歷來，他說他後來沒有了學費，不能再留學，便回來了。回到故鄉之後，又受著輕蔑，排斥，迫害，幾乎無地可容。現在是躲在鄉下，教著幾個小學生糊口。但因爲有時覺得很氣悶，所以也趁了航船進城來。

他又告訴我現在愛喝酒，於是我們便喝酒。從此他每一進城，必定來訪我，非常相熟了。我們醉後常談些愚不可及的瘋話，連母親偶然聽到了也發笑。一天我忽而記起在東京開同鄉會時的舊事，便問他：

「那一天你專門反對我，而且故意似的，究竟是什麼緣故呢？」

「你還不知道？我一向就討厭你的，——不但我，我們」

「你那時之前，早知道我是誰麼？」

「怎麼不知道。我們到橫濱[9]，來接的不就是子英[10]和你麼？你看不起我們，搖搖頭，你自己還記得麼？」

我略略一想，記得的，雖然是七八年前的事。那時是子英來約我的，說到橫濱去接新來留學的同鄉。汽船一到，看見一大堆，大概一共有十多人，一上岸便將行李放到稅關上去候查檢，關吏在衣箱中翻來翻去，忽然翻出一雙繡花的弓鞋來，便放下公事，拿著仔細地看。我很不滿，心裡想，這些鳥男人，怎麼帶這東西來呢。自己不注意，那時也許就搖了搖頭。檢驗完畢，在客店小坐之後，即須上火車。不料這一群讀書人又在客車上讓起座位來了，甲要乙坐在這位上，乙要丙去坐，揖讓未終，火車已開，車身一搖，即刻跌倒了三四個。我那時也很不滿，暗地裡想：連火車上的座位，他們也要分出尊卑來……。自己不注意，也許又搖了搖頭。然而那群雍容揖讓的人物中就有范愛農，卻直到這一天才想到。豈但他呢，說起來也慚愧，這一群裡，還有後來在安徽戰死的陳伯平[11]烈士，被害的馬宗漢[12]烈士；被囚在黑獄裡，到革命後才見天日而身上永帶著匪刑的傷痕的也還有一兩人。而我都茫無所知，搖著頭將他們一併運上東京了。徐伯蓀雖然和他們同船來，卻不在這車上，因爲他在神戶[13]就和他的夫人坐車走了陸路了。

我想我那時搖頭大約有兩回，他們看見的不知道是那一回。讓坐時喧鬧，檢查時幽靜，一定是在稅關上的那一回了，試問愛農，果然是的。

「我眞不懂你們帶這東西做什麼？是誰的？」

「還不是我們師母的？」他瞪著他多白的眼。

「到東京就要假裝大腳，又何必帶這東西呢？」

「誰知道呢？你問他去。」

到冬初，我們的景況更拮据了，然而還喝酒，講笑話，忽然是武昌起義[14]，接著是紹興光復[15]。第二天愛農就上城來，戴著農夫常用的氈帽，那笑容是從來沒有見過的。

「老迅，我們今天不喝酒了。我要去看看光復的紹興。我們同去。」

我們便到街上去走了一遍，滿眼是白旗。然而貌雖如此，內骨子是依舊的，因爲還是幾個舊鄉紳所組織的軍政府，什麼鐵路股東是行政司長，錢店掌櫃是軍械司長……。這軍政府也到底不長久，幾個少年一嚷，王金發[16]帶兵從杭州進來了，但即使不嚷或者也會來。他進來以後，也就被許多閒漢和新進的革命黨所包圍，大做王都督[17]。在衙門裡的人物，穿布衣來的，不上十天也大概換上皮袍子了，天氣還並不冷。

我被擺在師範學校校長的飯碗旁邊，王都督給了我校款二百元。愛農做監學，還是那件布袍子，但不大喝酒了，也很少有工夫談閒天。他辦事，兼教書，實在勤快得可以。

「情形還是不行，王金發他們。」一個去年聽過我的講義的少年來訪問我，慷慨地說，「我們要辦一種報[18]來監督他們。不過發起人要借用先生的名字。還有一個是子英先生，一個是德清[19]先生。爲社會，我們知道你決不推卻的。」

我答應他了。兩天後便看見出報的傳單，發起人誠然是三個。五天後便見報，開首便罵軍政府和那裡面的人員；此後是罵都督，都督的親戚，同鄉，姨太太……。

這樣地罵了十多天，就有一種消息傳到我的家裡來，說都督因爲你們詐取了他的錢，還罵他，要派人用手槍來打死你們了。

別人倒還不打緊，第一個著急的是我的母親，叮囑我不要再出去。但我還是照常走，並且說明，王金發是不來打死我們的，他雖然綠林大學[20]出身，而殺人卻不很輕易。況且我拿的是校款，這一點他還能明白的，不過說說罷了。

果然沒有來殺。寫信去要經費，又取了二百元。但彷彿有些怒意，同時傳令道：再來要，沒有了！

不過愛農得到了一種新消息，卻使我很爲難。原來所謂「詐取」者，並非指學校經費而言，是指另有送給報館的一筆款。報紙上罵了幾天之後，王金發便叫人送去了五百元。於是乎我們的少年們便開起會議來，第一個問題是：收不收？決議曰：收。第二個問題是：收了之後罵不罵？決議曰：罵。理由是：收錢之後，他是股東；股東不好，自然要罵。

我即刻到報館去問這事的眞假。都是眞的。略說了幾句不該收他錢的話，一個名爲會計的便不高興了，質問我道：

「報館爲什麼不收股本？」

「這不是股本……。」

「不是股本是什麼？」

我就不再說下去了，這一點世故是早已知道的，倘我再說出連累我們的話來，他就會面斥我太愛惜不值錢的生命，不肯爲社會犧牲，或者明天在報上就可以看見我怎樣怕死發抖的記載。

然而事情很湊巧，季茀[21]寫信來催我往南京了。愛農也很贊成，但頗淒涼，說：

「這裡又是那樣，住不得。你快去罷……。」

我懂得他無聲的話，決計往南京。先到都督府去辭職，自然照准，派來了一個拖鼻涕的接收員，我交出賬目和餘款一角又兩銅元，不是校長了。後任是孔教會[22]會長傅力臣。

報館案[23]是我到南京後兩三個星期了結的，被一群兵們搗毀。子英在鄉下，沒有事；德清適値在城裡，大腿上被刺了一尖刀。他大怒了。自然，這是很有些痛的，怪他不得。他大怒之後，脫下衣服，照了一張照片，以顯示一寸來寬的刀傷，並且做一篇文章敘述情形，向各處分送，宣傳軍政府的橫暴。我想，這種照片現在是大約未必還有人收藏著了，尺寸太小，刀傷縮小到幾乎等於無，如果不加說明，看見的人一定以爲是帶些瘋氣的風流人物的裸體照片，倘遇見孫傳芳[24]大帥，還怕要被禁止的。

我從南京移到北京的時候，愛農的學監也被孔教會會長的校長設法去掉了。他又成了革命前的愛農。我想爲他在北京尋一點小事做，這是他非常希望的，然而沒有機會。他後來便到一個熟人的家裡去寄食，也時時給我信，景況愈困窮，言辭也愈淒苦。終於又非走出這熟人的家不可，便在各處飄浮。不久，忽然從同鄉那裡得到一個消息，說他已經掉在水裡，淹死了。

我疑心他是自殺。因爲他是浮水的好手，不容易淹死的。

夜間獨坐在會館裡，十分悲涼，又疑心這消息並不確，但無端又覺得這是極其可靠的，雖然並無證據。一點法子都沒有，只做了四首詩[25]，後來曾在一種日報上發表，現在是將要忘記完了。只記得一首裡的六句，起首四句是：「把酒論天下，先生小酒人。大圜猶酩酊，微醉合沉淪。」中間忘掉兩句，末了是「舊朋雲散盡，余亦等輕塵。」

後來我回故鄉去，才知道一些較爲詳細的事。愛農先是什麼事也沒得做，因爲大家討厭他。他很困難，但還喝酒，是朋友請他的。他已經很少和人們來往，常見的只剩下幾個後來認識的較爲年青的人了，然而他們似乎也不願意多聽他的牢騷，以爲不如講笑話有趣。

「也許明天就收到一個電報，拆開來一看，是魯迅來叫我的。」他時常這樣說。

一天，幾個新的朋友約他坐船去看戲，回來已過夜半，又是大風雨，他醉著，卻偏到船舷上去小解。大家勸阻他，也不聽，自己說是不會掉下去的。但他掉下去了，雖然能浮水，卻從此不起來。

第二天打撈屍體，是在菱蕩裡找到的，直立著。

我至今不明白他究竟是失足還是自殺[26]。

他死後一無所有，遺下一個幼女和他的夫人。有幾個人想集一點錢作他女孩將來的學費的基金，因爲一經提議，即有族人來爭這筆款的保管權，——其實還沒有這筆款，——大家覺得無聊，便無形消散了。

現在不知他唯一的女兒景況如何？倘在上學，中學已該畢業了罷。

十一月十八日

1　本篇最初發表於一九二六年十二月二十五日《莽原》半月刊第一卷第二十四期。

2　《朝日新聞》和《讀賣新聞》　都是日本資產階級報紙。下文的《二六新聞》應為《二六新報》，以刊載聳人聽聞的新聞報導著稱。一九〇七年七月八日和九日的東京《朝日新聞》，都載有報導徐錫麟刺殺恩銘一案的新聞。

3　巡撫　清代的省級最高官員。

4　徐錫麟（1873-1907）　字伯蓀，浙江紹興人，清末革命團體光復會的重要成員。一九〇五年，在紹興創辦大通師範學堂，培植反清革命骨幹。一九〇六年春，為便於從事革命活動，籌資捐了候補道，同年秋被分發到安徽；一九〇七年與秋瑾準備在浙皖兩省同時起義，七月六日（清光緒三十三年五月二十六日），他以安徽巡警處會辦兼巡警學堂監督身分為掩護，乘巡警學堂舉行畢業典禮之機，刺殺安徽巡撫恩銘，並率少數學生攻占軍械局，彈盡被捕，當天即遭殺害。

5　候補道　即候補道員。道員是清代官名，分總管省以下、府州以上一個行政區域職務的道員和專管一省特定職務的道員。據清代官制，通過科舉或捐納等途徑都可以取得道員官銜，但不一定有實際職務。一般沒有實際職務的道員，由吏部抽簽分發到某部或某省，聽候差委，稱為候補道。

6　秋瑾（1879?-1907）　字璇卿，號竟雄，別署鑒湖女俠，浙江紹興人。一九〇四年赴日本留學，積極參加留日學生的革命活動，先後加入光復會、同盟會。一九〇六年春回國。一九〇七年在紹興主持大通師範學堂，組織光復軍，和徐錫麟分頭準備在安徽、浙江兩省起義。徐錫麟起義失敗後，秋瑾亦被清政府逮捕，同年七月十五日（清光緒三十三年六月初六）在紹興軒亭口就義。

7　日本浪人　指日本幕府時代失去祿位、四處流浪的武士。江戶時代（1603-1867），隨著幕府體制的瓦解，一時浪人激增。他們無固定職業，常受雇於人，從事各種好勇鬥狠的活動，日本帝國主義向外侵略時，就常以浪人為先鋒。

8　范愛農（1883-1912）　名肇基，字斯年，號愛農，浙江紹興人。一九一二年七月十日與紹興《民興日報》友人遊湖時淹死。

9　橫濱　日本本州島中南部港口城市，神奈川縣首府。在東京灣西岸。

10　子英　姓陳名濬（1880-1950），浙江紹興人。

11　陳伯平（1885-1907）　名淵，自號「光復子」，浙江紹興人。他是大通師範學堂的學生，曾兩次赴日本學警務和製造炸彈。一九〇七年六月與馬宗漢同赴安徽參加徐錫麟的起義活動；起事時在軍械局的戰鬥中陣亡。

12　馬宗漢（1884-1907）　字子畦，浙江餘姚人。一九〇五年去日本留學，次年回國；一九〇七年六月赴安徽參加徐錫麟的起義活動；起事中據守軍械局，彈盡被補，備受酷刑後於八月二十四日就義。

13　神戶　日本本州島西南部港口城市，兵庫縣首府。在大阪灣西北岸。

14　武昌起義　即辛亥革命。一九一一年十月十日在武昌由同盟會等領導的推翻清王朝的武裝起義。

15　紹興光復　據《中國革命記》第三冊（一九一一年上海自由社編印）記載：辛亥九月十四日（一九一一年十一月四日）「紹興府聞杭州為民軍占領，即日宣布光復」。

16　王金發（1882-1915）　名逸，字季高，浙江嵊縣人。原為浙東洪門會黨平陽黨的首領，後由光復會創始人陶成章介紹加入該會。一九一一年十一月十日，他率領光復軍進入紹興，十一日成立紹興軍政分府，自任都督。「二次革命」失敗後，在一九一五年七月十三日被袁世凱的走狗、浙江督軍朱瑞殺害於杭州。

17　都督　官名。辛亥革命時為地方最高軍政長官。以後改稱督軍。

18　指《越鐸日報》，一九一二年一月三日在紹興創刊，一九一二年八月一日被搗毀。作者是該報發起人之一，並曾為撰寫〈《越鐸》出世辭〉（收入《集外集拾遺補編》）。

19 德清　孫德卿（1866-1934），浙江紹興人。當時的一個開明紳士，曾參加反清革命運動。

20 綠林大學　西漢末年王匡、王鳳等率領農民在綠林山（今湖北當陽縣東北）起義，號「綠林兵」；「綠林」的名稱即起源於此，後來用以泛指聚集山林反抗官府或搶劫財物的人們。王金發曾領導浙東洪門會黨平陽黨，號稱萬人，故作者在這裡戲稱他是「綠林大學出身」。

21 季茀　許壽裳（1882-1948），字季黻，浙江紹興人，教育家。作者留學日本弘文學院時的同學，後又在教育部、北京女子師範大學、廣東中山大學等處同事多年。與作者交誼甚篤。著有《我所認識的魯迅》、《亡友魯迅印象記》等。抗日戰爭勝利後，在台灣大學任教。由於他傾向民主和宣傳魯迅，致遭國民黨所忌，在一九四八年二月十八日深夜被刺殺於台北。此處所說「寫信來催我往南京」，是指他受當時教育總長蔡元培之託，邀作者去南京教育部任職。

22 孔教會　一個為袁世凱竊國復辟服務的尊孔派組織，一九一二年十月在上海成立，次年遷北京。當時各地封建勢力亦紛紛籌建此類組織。紹興的孔教會會長傅勵臣是前清舉人，他同時兼任紹興教育會會長和紹興師範學校校長。

23 報館案　指王金發所部士兵搗毀越鐸日報館一案。時在一九一二年八月一日，作者早已於五月離開南京，隨教育部遷到北京。這裡說「是我到南京後兩三個星期了結的」，記憶有誤。

24 孫傳芳（1885-1935）　山東歷城人，北洋直系軍閥。一九二六年夏他盤踞江浙等地時，曾以保衛禮教為由，下令禁止上海美術專門學校採用裸體模特兒。

25 作者悼范愛農的詩，實際上是三首。最初發表於一九一二年八月二十一日紹興《民興日報》，署名黃棘，後收入《集外集》。下面說的「一首」指第三首，其五六句是「此別成終古，從茲絕緒言」。

26 關於范愛農之死，一九一二年夏曆三月二十七日范愛農在給作者信中，曾有「如此世界，實何生為？蓋吾輩生成傲骨，未能隨波逐流，惟死而已，端無生理」等語。作者懷疑他可能是投湖自殺。

〔故事新編〕

本書收作者一九二二年至一九三五年所作小說八篇。一九三六年一月由上海文化生活出版社初版，列為巴金所編的《文學叢刊》之一。

序言

這一本很小的集子，從開手寫起到編成，經過的日子卻可以算得很長久了：足足有十三年。

第一篇《補天》——原先題作《不周山》——還是一九二二年的冬天寫成的。那時的意見，是想從古代和現代都採取題材，來做短篇小說，《不周山》便是取了「女媧煉石補天」的神話，動手試作的第一篇。首先，是很認眞的，雖然也不過取了茀羅特說[1]，來解釋創造——人和文學的——的緣起。不記得怎麼一來，中途停了筆，去看日報了，不幸正看見了誰——現在忘記了名字——的對於汪靜之君的《蕙的風》的批評，他說要含淚哀求，請青年不要再寫這樣的文字。[2]這可憐的陰險使我感到滑稽，當再寫小說時，就無論如何，止不住有一個古衣冠的小丈夫，在女媧的兩腿之間出現了。這就是從認眞陷入了油滑的開端。油滑是創作的大敵，我對於自己很不滿。

我決計不再寫這樣的小說，當編印《吶喊》時，便將它附在卷末，算是一個開始，也就是一個收場。

這時我們的批評家成仿吾[3]先生正在創造社門口的「靈魂的冒險」的旗子底下掄板斧。他以「庸俗」的罪名，幾斧砍殺了《吶喊》，只推《不周山》爲佳作，——自然也仍有不好的地方。坦白的說罷，這就是使我不但不能心服，而且還輕視了這位勇士的原因。我是不薄「庸俗」，也自甘「庸俗」的；對於歷史小說，則以爲博考文獻，言必有據者，縱使有人譏爲「教授小說」，其實是很難組織之作，至於只取一點因由，隨意點染，鋪成一篇，倒無需怎樣的手腕；況且「如魚飲水，冷暖自知」，用庸俗的話來說，就是「自家有病自家知」罷：《不周山》的後半是很草率的，決不能稱爲佳作。倘使讀者相信了這冒險家的話，一定自誤，而我也成了誤人，於是當《吶喊》印行第二版時[4]，即將這一篇刪除；向這位「魂靈」回敬了當頭一棒——我的集子裡，只剩著「庸俗」在跋扈了。

直到一九二六年的秋天，一個人住在廈門的石屋[5]裡，對著大海，翻著古書，四近無生人氣，心裡空空洞洞。而北京的未名社[6]，卻不絕的來信，催促雜誌的文章。這時我不願意想到目前；於是回憶在心裡出土了，寫了十篇《朝華夕拾》；並且仍舊拾取古代的傳說之類，預備足成八則《故事新編》。但剛寫了《奔月》和《鑄劍》——發表的那時題爲《眉間尺》，——我便奔向廣州，這事就又完全擱起了。後來雖然偶爾得到一點題材，作一段速寫，卻一向不加整理。

現在才總算編成了一本書。其中也還是速寫居多，不足稱爲「文學概論」之所謂小說。敘事有時也有一點舊書上的根據，有時卻不過信口開河。而且因爲自己的對於古人，不及對於今人的誠敬，所以仍不免時有油滑之處。過了十三年，依然並無長進，看起來眞也是「無非《不周山》之流」；不過並沒有將古人寫得更死，卻也許暫時還有存在的餘地的罷。

一九三五年十二月二十六日，魯迅。

1　茀羅特說　茀羅特通譯弗洛伊德，奧地利精神病學家，精神分析學說的創立者。這裡所說的「茀羅特說」，即指弗洛伊德的精神分析學說。作者對這種學說，雖曾一度注意過，受過它的若干影響，但後來是採取懷疑和批判的態度的；在一九三三年所作〈聽說夢〉（收入《南腔北調集》）中，他曾批評過這種學說。

2　指胡夢華對汪靜之的詩集《蕙的風》的批評。《蕙的風》於一九二二年八月由上海亞東圖書館出版後，南京東南大學學生胡夢華在同年十月二十四日上海《時事新報・學燈》發表一篇〈讀了《蕙的風》以後〉，攻擊其中某些愛情詩是「墮落輕薄」的作品，「有不道德的嫌疑」。魯迅曾對胡文進行過批評。參看《熱風・反對「含淚」的批評家》。

3　成仿吾　湖南新化人，「五四」時期著名文學團體創造社主要成員之一，文學評論家。約在一九二五年五卅運動後，他開始傾向革命。一九二七年至一九二八年間曾同郭沫若等發起革命文學運動；後進入革命根據地，參加二萬五千里長征，長期從事革命教育工作。魯迅的《吶喊》出版後不久，成仿吾曾在《創造季刊》第二卷第二期（一九二四年一月）發表〈《吶喊》的評論〉一文，從他當時的文學見解出發，認為〈吶喊〉中的〈狂人日記〉、〈孔乙己〉、〈藥〉、〈阿Q正傳〉等都是「淺薄」「庸俗」的「自然主義」作品，只有〈不周山〉一篇，「雖然也還有不能令人滿足的地方」，卻是表示作者「要進而入純文藝的宮庭」的「傑作」。成仿吾在這篇評論裡，曾引用法國作家法朗士在《文學生活》一書中所說文學批評是「靈魂在傑作中的冒險」這句話說：「假使批評是靈魂的冒險啊，這吶喊的雄聲，不是值得使靈魂去試一冒險？」

4　《吶喊》印行第二版　一九三〇年一月《吶喊》第十三次印刷時，作者將〈不周山〉篇抽出，因為篇目與過去印行者不同，成為一種新的版本，所以這裡稱為「第二版」。

5　廈門的石屋　指作者在廈門大學任教時居住的「集美樓」。

6　未名社　文學團體，一九二五年成立於北京，主要成員有魯迅、韋素園、曹靖華、李霽野、臺靜農、韋叢蕪等。一九三一年解散。該社注重介紹外國文學，特別是俄國和蘇聯文學，並編印《未名》半月刊和《未名叢刊》、《未名新集》等。

奔月[1]

一

聰明的牲口確乎知道人意，剛剛望見宅門，那馬便立刻放緩腳步了，並且和它背上的主人同時垂了頭，一步一頓，像搗米一樣。

暮靄籠罩了大宅，鄰屋上都騰起濃黑的炊煙，已經是晚飯時候。家將們聽得馬蹄聲，早已迎了出來，都在宅門外垂著手直挺挺地站著。羿[2]在垃圾堆邊懶懶地下了馬，家將們便接過韁繩和鞭子去。他剛要跨進大門，低頭看看掛在腰間的滿壺的簇新的箭和網裡的三匹烏老鴉和一匹射碎了的小麻雀，心裡就非常躊躕。但到底硬著頭皮，大踏步走進去了；箭在壺裡豁朗豁朗地響著。

剛到內院，他便見嫦娥[3]在圓窗裡探了一探頭。他知道她眼睛快，一定早瞧見那幾匹烏鴉的了，不覺一嚇，腳步登時也一停，——但只得往裡走。使女們都迎出來，給他卸了弓箭，解下網兜。他彷彿覺得她們都在苦笑。

「太太……。」他擦過手臉，走進內房去，一面叫。

嫦娥正在看著圓窗外的暮天，慢慢回過頭來，似理不理的向他看了一眼，沒有答應。

這種情形，羿倒久已習慣的了，至少已有一年多。他仍舊走近去，坐在對面的鋪著脫毛的舊豹皮的木榻上，搔著頭皮，支支唔唔地說——

「今天的運氣仍舊不見佳，還是只有烏鴉……。」

「哼！」嫦娥將柳眉一揚，忽然站起來，風似的往外走，嘴裡咕嚕著，「又是烏鴉的炸醬麵，又是烏鴉的炸醬麵！你去問問去，誰家是一年到頭只吃烏鴉肉的炸醬麵的？我眞不知道是走了什麼運，竟嫁到這裡來，整年的就吃烏鴉的炸醬麵！」

「太太，」羿趕緊也站起，跟在後面，低聲說，「不過今天倒還好，另外還射了一匹麻雀，可以給你做菜的。女辛[4]！」他大聲地叫使女，「你把那一匹麻雀拿過來請太太看！」

野味已經拿到廚房裡去了，女辛便跑去挑出來，兩手捧著，送在嫦娥的眼前。

「哼！」她瞥了一眼，慢慢地伸手一捏，不高興地說，「一團糟！不是全都粉碎了麼？肉在那裡？」

「是的，」羿很惶恐，「射碎的。我的弓太強，箭頭太大了。」

「你不能用小一點的箭頭的麼？」

「我沒有小的。自從我射封豕長蛇[5]……。」

「這是封豕長蛇麼？」她說著，一面回轉頭去對著女辛道，「放一碗湯罷！」便又退回房裡去了。

只有羿呆呆地留在堂屋裡，靠壁坐下，聽著廚房裡柴草爆炸的聲音。他回憶當年的封豕是多麼大，遠遠望去就像一坐小土岡，如果那時不去射殺它，留到現在，足可以吃半年，又何用天天愁飯菜。還有長蛇，也可以做羹喝……。

女乙來點燈了，對面牆上掛著的彤弓，彤矢，盧弓，盧矢，弩機，[6]長劍，短劍，便都在昏暗的燈光中出現。羿看了一眼，就低了頭，歎一口氣；只見女辛搬進夜飯來，放在中間的案上，左邊是五大碗白麵；右邊兩大碗，一碗湯；中央是一大碗烏鴉肉做的炸醬。

羿吃著炸醬麵，自己覺得確也不好吃；偷眼去看嫦娥，她炸醬是看也不看，只用湯泡了麵，吃了半碗，又放下了。他覺得她臉上彷彿比往常黃瘦些，生怕她生了病。

到二更時，她似乎和氣一些了，默坐在床沿上喝水。羿就坐在旁邊的木榻上，手摩著脫毛的舊豹皮。

「唉，」他和藹地說，「這西山的文豹，還是我們結婚以前射得的，那時多麼好看，全體黃金光。」他於是回想當年的食物，熊是只吃四個掌，駝留峰，其餘的就都賞給使女和家將們。後來大動物射完了，就吃野豬兔山雞；射法又高強，要多少有多少。「唉，」他不覺歎息，「我的箭法眞太巧妙了，竟射得遍地精光。那時誰料到只剩下烏鴉做菜……。」

「哼。」嫦娥微微一笑。

「今天總還要算運氣的，」羿也高興起來，「居然獵到一隻麻雀。這是遠繞了三十里路才找到的。」

「你不能走得更遠一點的麼?!」

「對。太太。我也這樣想。明天我想起得早些。倘若你醒得早，那就叫醒我。我準備再遠走五十里，看看可有些麞子兔子。……但是，怕也難。當我射封豕長蛇的時候，野獸是那麼多。你還該記得罷，丈母的門前就常有黑熊走過，叫我去射了好幾回……。」

「是麼？」嫦娥似乎不大記得。

「誰料到現在竟至於精光的呢。想起來，眞不知道將來怎麼過日子。我呢，倒不要緊，只要將那道士送給我的金丹吃下去，就會飛升。但是我第一先得替你打算，……所以我決計明天再走得遠一點……。」

「哼。」嫦娥已經喝完水，慢慢躺下，合上眼睛了。

殘膏的燈火照著殘妝，粉有些褪了，眼圈顯得微黃，眉毛的黛色也彷彿兩邊不一樣。但嘴唇依然紅得如火；雖然並不笑，頰上也還有淺淺的酒窩。

「唉唉，這樣的人，我就整年地只給她吃烏鴉的炸醬麵……。」羿想著，覺得慚愧，兩頰連耳根都熱起來。

二

過了一夜就是第二天。

羿忽然睜開眼睛，只見一道陽光斜射在西壁上，知道時候不早了；看看嫦娥，兀自攤開了四肢沉睡著。他悄悄地披上衣服，爬下豹皮榻，躄出堂前，一面洗臉，一面叫女庚去吩咐王升備馬。

他因爲事情忙，是早就廢止了朝食[7]的；女乙將五個炊餅，五株蔥和一包辣醬都放在網兜裡，並弓箭一齊替他繫在腰間。他將腰帶緊了一緊，輕輕地跨出堂外面，一面告訴那正從對面進來的女庚道——

「我今天打算到遠地方去尋食物去，回來也許晚一些。看太太醒後，用過早點心，有些高興的時候，你便去稟告，說晚飯請她等一等，對不起得很。記得麼？你說：對不起得很。」

他快步出門，跨上馬，將站班的家將們扔在腦後，不一會便跑出村莊了。前面是天天走熟的高粱田，他毫不注意，早知道什麼也沒有的。加上兩鞭，一徑飛奔前去，一氣就跑了六十里上下，望見前面有一簇很茂盛的樹林，馬也喘氣不疊，渾身流汗，自然慢下去了。大約又走了十多里，這才接近樹林，然而滿眼是胡蜂，粉蝶，螞蟻，蚱蜢，那裡有一點禽獸的蹤跡。他望見這一塊新地方時，本以為至少總可以有一兩匹狐兒兔兒的，現在才知道又是夢想。他只得繞出樹林，看那後面卻又是碧綠的高粱田，遠處散點著幾間小小的土屋。風和日暖，鴉雀無聲。

「倒楣！」他儘量地大叫了一聲，出出悶氣。

但再前行了十多步，他即刻心花怒放了，遠遠地望見一間土屋外面的平地上，的確停著一匹飛禽，一步一啄，像是很大的鴿子。他慌忙拈弓搭箭，引滿弦，將手一放，那箭便流星般出去了。

這是無須遲疑的，向來有發必中；他只要策馬跟著箭路飛跑前去，便可以拾得獵物。誰知道他將要臨近，卻已有一個老婆子捧著帶箭的大鴿子，大聲嚷著，正對著他的馬頭搶過來。

「你是誰哪？怎麼把我家的頂好的黑母雞射死了？你的手怎的有這麼閒哪？……」

羿的心不覺跳了一跳，趕緊勒住馬。

「阿呀！雞麼？我只道是一隻鵓鴣。」他惶恐地說。

「瞎了你的眼睛！看你也有四十多歲了罷。」

「是的。老太太。我去年就有四十五歲了[8]。」

「你眞是枉長白大！連母雞也不認識，會當作鵓鴣！你究竟是誰哪？」

「我就是夷羿。」他說著，看看自己所射的箭，是正貫了母雞的心，當然死了，末後的兩個字便說得不大響亮；一面從馬上跨下來。

「夷羿？……誰呢？我不知道。」她看著他的臉，說。

「有些人是一聽就知道的。堯爺的時候，我曾經射死過幾匹野豬，幾條蛇……。」

「哈哈，騙子！那是逢蒙[9]老爺和別人合夥射死的。也許有你在內罷；但你倒說是你自己了，好不識羞！」

「阿阿，老太太。逢蒙那人，不過近幾年時常到我那裡來走走，我並沒有和他合夥，全不相干的。」

「說誑。近來常有人說，我一月就聽到四五回。」

「那也好。我們且談正經事罷。這雞怎麼辦呢？」

「賠。這是我家最好的母雞，天天生蛋。你得賠我兩柄鋤頭，三個紡錘。」

「老太太，你瞧我這模樣，是不耕不織的，那裡來的鋤頭和紡錘。我身邊又沒有錢，只有五個炊餅，倒是白麵做的，就拿來賠了你的雞，還添上五株蔥和一包甜辣醬。你以爲怎樣？……」他一隻手去網兜裡掏炊餅，伸出那一隻手去取雞。

老婆子看見白麵的炊餅，倒有些願意了，但是定要十五個。磋商的結果，好容易才定爲十個，約好至遲明天正午送到，就用那射雞的箭作抵押。羿這時才放了心，將死雞塞進網兜裡，跨上鞍韉，回馬就走，雖然肚餓，心裡卻很喜歡，他們不喝雞湯實在已經有一年多了。

他繞出樹林時，還是下午，於是趕緊加鞭向家裡走；但是馬力乏了，剛到走慣的高粱田近旁，已是黃昏時候。只見對面遠處有人影子一閃，接著就有一枝箭忽地向他飛來。[10]

羿並不勒住馬，任它跑著，一面卻也拈弓搭箭，只一發，只聽得錚的一聲，箭尖正觸著箭尖，在空中發出幾點火花，兩枝箭便向上擠成一個「人」字，又翻身落在地上了。第一箭剛剛相觸，兩面立刻又來了第二箭，還是錚的一聲，相觸在半空中。那樣地射了九箭，羿的箭都用盡了；但他這時已經看清逄蒙得意地站在對面，卻還有一枝箭搭在弦上正在瞄準他的咽喉。

「哈哈，我以爲他早到海邊摸魚去了，原來還在這些地方幹這些勾當，怪不得那老婆子有那些話……。」羿想。

那時快，對面是弓如滿月，箭似流星。颼的一聲，徑向羿的咽喉飛過來。也許是瞄準差了一點了，卻正中了他的嘴；一個筋斗，他帶箭掉下馬去了，馬也就站住。

逄蒙見羿已死，便慢慢地躄過來，微笑著去看他的死臉，當作喝一杯勝利的白乾。

剛在定睛看時，只見羿張開眼，忽然直坐起來。

「你眞是白來了一百多回。」他吐出箭，笑著說，「難道連我的『齧鏃法』[11]都沒有知道麼？這怎麼行。你鬧這些小玩藝兒是不行的，偷去的拳頭打不死本人，要自己練練才好。」

「即以其人之道，反諸其人之身……。」勝者低聲說。

「哈哈哈！」他一面大笑，一面站了起來，「又是引經據典。但這些話你只可以哄哄老婆子，本人面前搗什麼鬼？俺向來就只是打獵，沒有弄過你似的剪徑的玩藝兒……。」他說著，又看看網兜裡的母雞，倒並沒有壓壞，便跨上馬，徑自走了。

「……你打了喪鐘！……」遠遠地還送來叫罵。

「眞不料有這樣沒出息。青青年紀，倒學會了詛咒，怪不得那老婆子會那麼相信他。」羿想著，不覺在馬上絕望地搖了搖頭。

三

還沒有走完高粱田，天色已經昏黑；藍的空中現出明星來，長庚在西方格外燦爛。馬只能認著白色的田塍走，而且早已筋疲力竭，自然走得更慢了。幸而月亮卻在天際漸漸吐出銀白的清輝。

「討厭！」羿聽到自己的肚子裡骨碌骨碌地響了一陣，便在馬上焦躁了起來。「偏是謀生忙，便偏是多碰到些無聊事，白費工夫！」他將兩腿在馬肚子上一磕，催它快走，但馬卻只將後半身一扭，照舊地慢騰騰。

「嫦娥一定生氣了，你看今天多麼晚。」他想。「說不定要裝怎樣的臉給我看哩。但幸而有這一隻小母鷄，可以引她高興。我只要說：太太，這是我來回跑了二百里路才找來的。不，不好，這話似乎太逞能。」

他望見人家的燈火已在前面，一高興便不再想下去了。馬也不待鞭策，自然飛奔。圓的雪白的月亮照著前途，涼風吹臉，眞是比大獵回來時還有趣。

馬自然而然地停在垃圾堆邊；羿一看，彷彿覺得異樣，不知怎地似乎家裡亂毿毿。迎出來的也只有一個趙富。

「怎的？王升呢？」他奇怪地問。

「王升到姚家找太太去了。」

「什麼？太太到姚家去了麼？」羿還呆坐在馬上，問。

「喳……。」他一面答應著，一面去接馬韁和馬鞭。

羿這才爬下馬來，跨進門，想了一想，又回過頭去問道——

「不是等不疊了，自己上飯館去了麼？」

「喳。三個飯館，小的都去問過了，沒有在。」

羿低了頭，想著，往裡面走，三個使女都惶惑地聚在堂前。他便很詫異，大聲的問道——

「你們都在家麼？姚家，太太一個人不是向來不去的麼？」

她們不回答，只看看他的臉，便來給他解下弓袋和箭壺和裝著小母鷄的網兜。羿忽然心驚肉跳起來，覺得嫦娥是因爲氣忿尋了短見了，便叫女庚去叫趙富來，要他到後園的池裡樹上去看一遍。但他一跨進房，便知道這推測是不確的了：房裡也很亂，衣箱是開著，向床裡一看，首先就看出失少了首飾箱。他這時正如頭上淋了一盆冷水，金珠自然不算什麼，然而那道士送給他的仙藥，也就放在這首飾箱裡的。

羿轉了兩個圓圈，才看見王升站在門外面。

「回老爺，」王升說，「太太沒有到姚家去；他們今天也不打牌。」

羿看了他一眼，不開口。王升就退出去了。

「老爺叫？……」趙富上來，問。

羿將頭一搖，又用手一揮，叫他也退出去。

羿又在房裡轉了幾個圈子，走到堂前，坐下，仰頭看著對面壁上的彤弓，彤矢，盧弓，盧矢，弩機，長劍，短劍，想了些時，才問那呆立在下面的使女們道——

「太太是什麼時候不見的？」

「掌燈時候就不看見了，」女乙說，「可是誰也沒見她走出去。」

「你們可見太太吃了那箱裡的藥沒有？」

「那倒沒有見。但她下午要我倒水喝是有的。」

羿急得站了起來，他似乎覺得，自己一個人被留在地上了。

「你們看見有什麼向天上飛升的麼？」他問。

「哦！」女辛想了一想，大悟似的說，「我點了燈出去的時候，的確看見一個黑影向這邊飛去的，但我那時萬想不到是太太……。」於是她的臉色蒼白了。

「一定是了！」羿在膝上一拍，即刻站起，走出屋外去，回頭問著女辛道，「那邊？」

女辛用手一指，他跟著看去時，只見那邊是一輪雪白的圓月，掛在空中，其中還隱約現出樓臺，樹木；當他還是孩子時候祖母講給他聽的月宮中的美景，他依稀記得起來了。他對著浮游在碧海裡似的月亮，覺得自己的身子非常沈重。

他忽然憤怒了。從憤怒裡又發了殺機，圓睜著眼睛，大聲向使女們叱吒道——

「拿我的射日弓來！和三枝箭！」

女乙和女庚從堂屋中央取下那強大的弓，拂去塵埃，並三枝長箭都交在他手裡。

他一手拈弓，一手捏著三枝箭，都搭上去，拉了一個滿弓，正對著月亮。身子是岩石一般挺立著，眼光直射，閃閃如岩下電[12]，鬚髮開張飄動，像黑色火，這一瞬息，使人彷彿想見他當年射日[13]的雄姿。

颼的一聲，——只一聲，已經連發了三枝箭，剛發便搭，一搭又發，眼睛不及看清那手法，耳朵也不及分別那聲音。本來對面是雖然受了三枝箭，應該都聚在一處的，因爲箭箭相銜，不差絲發。但他爲必中起見，這時卻將手微微一動，使箭到時分成三點，有三個傷。

使女們發一聲喊，大家都看見月亮只一抖，以爲要掉下來了，——但卻還是安然地懸著，發出和悅的更大的光輝，似乎毫無傷損。

「咗！」羿仰天大喝一聲，看了片刻；然而月亮不理他。他前進三步，月亮便退了三步；他退三步，月亮卻又照數前進了。

他們都默著，各人看各人的臉。

羿懶懶地將射日弓靠在堂門上，走進屋裡去。使女們也一齊跟著他。

「唉，」羿坐下，歎一口氣，「那麼，你們的太太就永遠一個人快樂了。她竟忍心撇了我獨自飛升？莫非看得我老起來了？但她上月還說：並不算老，若以老人自居，是思想的墮落。」

「這一定不是的。」女乙說，「有人說老爺還是一個戰士。」

「有時看去簡直好像藝術家。」女辛說。

「放屁！——不過烏老鴉的炸醬麵確也不好吃，難怪她忍不住……。」

「那豹皮褥子脫毛的地方，我去剪一點靠牆的腳上的皮來補一補罷，怪不好看的。」女辛就往房裡走。

「且慢，」羿說著，想了一想，「那倒不忙。我實在餓極了，還是趕快去做一盤辣子鷄，烙五斤餅來，給我吃了好睡覺。明天再去找那道士要一服仙藥，吃了追上去罷。女庚，你去吩咐王升，叫他量四升白豆餵馬！」

一九二六年十二月作

1 本篇最初發表於一九二七年一月二十五日北京《莽原》半月刊第二卷第二期。

2 羿　亦稱夷羿，我國古代傳說中善射的英雄。據古書記載，帝嚳時有羿，堯時和夏代太康時也有羿，他們都以善射著稱，而事跡又往往混為一人。《尚書・五子之歌》唐代孔穎達疏引後漢賈逵的話，以為「『羿』是善射之號，非復人之名字」；這樣，傳說中的羿大概是集古代許多善射者的事跡於一身的人物。

3 嫦娥　古代神話中人物。關於嫦娥奔月的神話，據《淮南子・覽冥訓》：「羿請不死之藥於西王母，姮娥竊以奔月。」高誘注：「姮娥，羿妻。羿請不死之藥於西王母，未及服之；姮娥盜食之，得仙，奔入月中，為月精也。」按嫦娥原作姮娥，漢代人因避文帝（劉恒）諱改為嫦娥。

4 女辛　商王以十干（天干）為廟號，王室以外，也有用十干為名的；這裡的女辛以及下面的女乙、女庚等，都是作者虛擬的人名。

5 羿射封豕長蛇的傳說，據《淮南子・本經訓》：「堯之時，……封豨、修蛇皆為民害。堯乃使羿，……斷修蛇於洞庭，禽封豨於桑林。」封豨，大野豬；修蛇，長蛇。

6 彤弓彤矢　紅色的弓和矢。盧弓盧矢，黑色的弓和矢。弩機，是弩上發矢的機括，一稱弩牙。

7 廢止朝食　過去有一些人為了「健康不老」，提倡節食。蔣維喬曾據日本美島近一郎的著作「輯述」而成《廢止朝食論》一書，一九一五年六月上海商務印書館出版。

8 這裡「去年就有四十五歲了」的話以及下文好幾處，都與當時高長虹誹謗魯迅的事件有關。高長虹，山西盂縣人，狂飆社主要成員之一；是當時一個思想上帶有虛無主義和無政府主義色彩的青年作者。他在一九二四年十二月認識魯迅後，曾得到魯迅很多指導和幫助；他的第一本創作散文和詩的合集《心的探險》，即由魯迅選輯並編入《烏合叢書》。魯迅在一九二五年編輯《莽原》周刊時，他是該刊經常的撰稿者之一；但至一九二六年下半年，他藉口《莽原》半月刊的編者韋素園（當時魯迅已離開北京到廈門大學任教，《莽原》自一九二六年起改為半月刊）壓下了向培良的一篇稿子，即對韋素園等進行人身攻擊，並對魯迅表示不滿；但另一方面他又利用魯迅的名字招搖撞騙，如登在當年八月《新女性》月刊上的狂飆社（他和向培良等所組成的文藝團體）廣告中，即冒稱他們曾與魯迅合辦《莽原》，合編《烏合叢書》等，並暗示魯迅也參與他們的所謂「狂飆運動」。魯迅當時曾發表〈所謂「思想界先驅者」魯迅啟事〉（後收入《華蓋集續編》），揭穿了這一騙局；高長虹即進而攻擊魯迅，在他所寫的《走到出版界》中不斷地對魯迅進行誹謗。這篇小說寫於高長虹誹謗魯迅的時候，其中逢蒙這個形象就含有高長虹的影子。魯迅在一九二七年一月十一日給許廣平的信中提到這篇作品時說：「那時就做了一篇小說，和他（按指高長虹）開了一些小玩笑」（見《兩地書・一一二》）。小說中有些對話也是摘取高長虹所寫《走到出版界》中的文句略加改動而成。如這裡的「去年就有四十五歲了」以及下文的「若以老人自居，是思想的墮落」等語，都引自其中的一篇〈1925 北京出版界形勢指掌圖〉：「須知年齡尊卑，是乃祖乃父們的因襲思想，在新的時代是最大的阻礙物。魯迅去年不過四十五歲……如自謂老人，是精神的墮落！」又如下文「你真是白來了一百多回」，也是針對高長虹在這篇〈指掌圖〉中自稱與魯迅「會面不只百次」的話而說的。「即以其人之道，反諸其人之身」，是引自其中的〈公理與正義的談話〉：「正義：我深望彼等覺悟，但恐不容易吧！公理：我即以其人之道反諸其人之身。」還有，「你打了喪鐘」，是引自其中的〈時代的命運〉：「魯迅先生已不著言語而敲了舊時代的喪鐘。」「有人說老爺還是一個戰士」，「有時看去簡直好像藝術家」，也是從〈指掌圖〉中引來：「他（按指魯迅）所給與我的印象，實以此一短促的時期（按指一九二四年末）為最清新，彼此時實為一真正的藝術家的面目，過此以往，則遞降而至一不很高明而卻奮勇的戰士的面目。」（《走到出版界》是高長虹在他所主編的《狂飆》周刊上連續發表的零星批評文字的總題，後來出版單行本。）

9 逢蒙　我國古代善射的人，相傳他是羿的弟子。《吳越春秋，勾踐陰謀外傳》：「黃帝之後，楚有弧父，……習用弓矢，所射無脫；以其道傳於羿，羿傳逢蒙。」

10 逢蒙射羿的故事，在《孟子・離婁》中有如下的記載：「逢蒙學射於羿，盡羿之道；思天下惟羿為愈己，於是殺羿。」又《列子・湯問》有關於飛衛的故事：「（飛衛）學射於甘蠅；……紀昌者，又學射於飛衛，……紀昌既盡衛之術，計天下之敵己者，一人而已；乃謀殺飛衛。相遇於野，二人交射，中路矢鋒相觸而墜於地，而塵不揚。飛衛之矢先窮，紀昌遺一矢，既發，飛衛以棘刺之端扞（捍）之而無差焉。」

11 「嚙鏃法」《太平御覽》卷三五〇引有《列子》的如下記載：「飛衛學射於甘蠅，諸法並善，唯嚙法不教。衛密將矢以射蠅，蠅嚙得鏃矢射衛，衛繞樹而走，矢亦繞樹而射。」（按今本《列子》無此文。）

12 閃閃如岩下電　語出《世說新語・容止》，王衍稱裴楷「雙眸閃閃若岩下電」。

13　射日　《淮南子・本經訓》：「堯之時，十日並出，焦禾稼，殺草木，而民無所食。……堯乃使羿，……上射十日。」高誘注：「十日並出，羿射去九。」

鑄劍[1]

一

眉間尺[2]剛和他的母親睡下，老鼠便出來咬鍋蓋，使他聽得發煩。他輕輕地叱了幾聲，最初還有些效驗，後來是簡直不理他了，格支格支地徑自咬。他又不敢大聲趕，怕驚醒了白天做得勞乏，晚上一躺就睡著了的母親。

許多時光之後，平靜了；他也想睡去。忽然，撲通一聲，驚得他又睜開眼。同時聽到沙沙地響，是爪子抓著瓦器的聲音。

「好！該死！」他想著，心裡非常高興，一面就輕輕地坐起來。

他跨下床，借著月光走向門背後，摸到鑽火傢伙，點上松明，向水甕裡一照。果然，一匹很大的老鼠落在那裡面了；但是，存水已經不多，爬不出來，只沿著水甕內壁，抓著，團團地轉圈子。

「活該！」他一想到夜夜咬家具，鬧得他不能安穩睡覺的便是它們，很覺得暢快。他將松明插在土牆的小孔裡，賞玩著；然而那圓睜的小眼睛，又使他發生了憎恨，伸手抽出一根蘆柴，將它直按到水底去。過了一會，才放手，那老鼠也隨著浮了上來，還是抓著甕壁轉圈子。只是抓勁已經沒有先前似的有力，眼睛也淹在水裡面，單露出一點尖尖的通紅的小鼻子，咻咻地急促地喘氣。

他近來很有點不大喜歡紅鼻子的人。但這回見了這尖尖的小紅鼻子。卻忽然覺得它可憐了，就又用那蘆柴，伸到它的肚下去，老鼠抓著，歇了一回力，便沿著蘆幹爬了上來。待到他看見全身，——濕淋淋的黑毛，大的肚子，蚯蚓似的尾巴，——便又覺得可恨可憎得很，慌忙將蘆柴一抖，撲通一聲，老鼠又落在水甕裡，他接著就用蘆柴在它頭上搗了幾下，叫它趕快沉下去。

換了六回松明之後，那老鼠已經不能動彈，不過沈浮在水中間，有時還向水面微微一跳。眉間尺又覺得很可憐，隨即折斷蘆柴，好容易將它夾了出來，放在地面上。老鼠先是絲毫不動，後來才有一點呼吸；又許多時，四隻腳運動了，一翻身，似乎要站起來逃走。這使眉間尺大吃一驚，不覺提起左腳，一腳踏下去。只聽得吱的一聲，他蹲下去仔細看時，只見口角上微有鮮血，大概是死掉了。

他又覺得很可憐，彷彿自己作了大惡似的，非常難受。他蹲著，呆看著，站不起來。

「尺兒，你在做什麼？」他的母親已經醒來了，在床上問。

「老鼠……。」他慌忙站起，回轉身去，卻只答了兩個字。

「是的，老鼠。這我知道。可是你在做什麼？殺它呢，還是在救它？」

他沒有回答。松明燒盡了；他默默地立在暗中，漸看見月光的皎潔。

「唉！」他的母親歎息說，「一交子時[3]，你就是十六歲了，性情還是那樣，不冷不熱地，一點也不變。看來，你的父親的仇是沒有人報的了。」

他看見他的母親坐在灰白色的月影中，彷彿身體都在顫動；低微的聲音裡，含著無限的悲哀，使他冷得毛骨悚然，而一轉眼間，又覺得熱血在全身中忽然騰沸。

「父親的仇？父親有什麼仇呢？」他前進幾步，驚急地問。

「有的。還要你去報。我早想告訴你的了；只因爲你太小，沒有說。現在你已經成人了，卻還是那樣的性情。這教我怎麼辦呢？你似的性情，能行大事的麼？」

「能。說罷，母親。我要改過……。」

「自然。我也只得說。你必須改過……。那麼，走過來罷。」

他走過去；他的母親端坐在床上，在暗白的月影裡，兩眼發出閃閃的光芒。

「聽哪！」她嚴肅地說，「你的父親原是一個鑄劍的名工，天下第一。他的工具，我早已都賣掉了來救了窮了，你已經看不見一點遺跡；但他是一個世上無二的鑄劍的名工。二十年前，王妃生下了一塊鐵[4]，聽說是抱了一回鐵柱之後受孕的，是一塊純青透明的鐵。大王知道是異寶，便決計用來鑄一把劍，想用它保國，用它殺敵，用它防身。不幸你的父親那時偏偏入了選，便將鐵捧回家裡來，日日夜夜地鍛煉，費了整三年的精神，煉成兩把劍。

「當最末次開爐的那一日，是怎樣地駭人的景象呵！嘩拉拉地騰上一道白氣的時候，地面也覺得動搖。那白氣到天半便變成白雲，罩住了這處所，漸漸現出緋紅顏色，映得一切都如桃花。我家的漆黑的爐子裡，是躺著通紅的兩把劍。你父親用井華水[5]慢慢地滴下去，那劍嘶嘶地吼著，慢慢轉成青色了。這樣地七日七夜，就看不見了劍，仔細看時，卻還在爐底裡，純青的，透明的，正像兩條冰。

「大歡喜的光采，便從你父親的眼睛裡四射出來；他取起劍，拂拭著，拂拭著。然而悲慘的皺紋，卻也從他的眉頭和嘴角出現了。他將那兩把劍分裝在兩個匣子裡。

「『你只要看這幾天的景象，就明白無論是誰，都知道劍已煉就的了。』他悄悄地對我說。『一到明天，我必須去獻給大王。但獻劍的一天，也就是我命盡的日子。怕我們從此要長別了。』

「『你……。』我很駭異，猜不透他的意思，不知怎麼說的好。我只是這樣地說：『你這回有了這麼大的功勞……。』

「『唉！你怎麼知道呢！』他說。『大王是向來善於猜疑，又極殘忍的。這回我給他煉成了世間無二的劍，他一定要殺掉我，免得我再去給別人煉劍，來和他匹敵，或者超過他。』

「我掉淚了。

「『你不要悲哀。這是無法逃避的。眼淚決不能洗掉命運。我可是早已有準備在這裡了！』他的眼裡忽然發出電火似的光芒，將一個劍匣放在我膝上。『這是雄劍。』他說。『你收著。明天，我只將這雌劍獻給大王去。倘若我一去竟不回來了呢，那是我一定不再在人間了。你不是懷孕已經五六個月了麼？不要悲哀；待生了孩子，好好地撫養。一到成人之後，你便交給他這雄劍，教他砍在大王的頸子上，給我報仇！』」

「那天父親回來了沒有呢？」眉間尺趕緊問。

「沒有回來！」她冷靜地說。「我四處打聽，也杳無消息。後來聽得人說，第一個用血來飼你父親自己煉成的劍的人，就是他自己——你的父親。還怕他鬼魂作怪，將他的身首分埋在前門和後苑了！」

眉間尺忽然全身都如燒著猛火，自己覺得每一枝毛髮上都彷彿閃出火星來。他的雙拳，在暗中捏得格格地作響。

他的母親站起了，揭去床頭的木板，下床點了松明，到門背後取過一把鋤，交給眉間尺道：「掘下去！」

眉間尺心跳著，但很沈靜的一鋤一鋤輕輕地掘下去。掘出來的都是黃土，約到五尺多深，土色有些不同了，似乎是爛掉的材木。

「看罷！要小心！」他的母親說。

眉間尺伏在掘開的洞穴旁邊，伸手下去，謹愼小心地撮開爛樹，待到指尖一冷，有如觸著冰雪的時候，那純青透明的劍也出現了。他看淸了劍靶，捏著，提了出來。

窗外的星月和屋裡的松明似乎都驟然失了光輝，惟有青光充塞宇內。那劍便溶在這青光中，看去好像一無所有。眉間尺凝神細視，這才彷彿看見長五尺餘，卻並不見得怎樣鋒利，劍口反而有些渾圓，正如一片韭葉。

「你從此要改變你的優柔的性情，用這劍報仇去！」他的母親說。

「我已經改變了我的優柔的性情，要用這劍報仇去！」

「但願如此。你穿了青衣，背上這劍，衣劍一色，誰也看不分明的。衣服我已經做在這裡，明天就上你的路去罷。不要記念我！」她向床後的破衣箱一指，說。

眉間尺取出新衣，試去一穿，長短正很合式。他便重行疊好，裹了劍，放在枕邊。沉靜地躺下。他覺得自己已經改變了優柔的性情；他決心要並無心事一般，倒頭便睡，清晨醒來，毫不改變常態，從容地去尋他不共載天的仇讎。

但他醒著。他翻來覆去，總想坐起來。他聽到他母親的失望的輕輕的長歎。他聽到最初的鷄鳴；他知道已交子時，自己是上了十六歲了。

二

當眉間尺腫著眼眶，頭也不回的跨出門外，穿著青衣，背著青劍，邁開大步，徑奔城中的時候，東方還沒有露出陽光。杉樹林的每一片葉尖，都掛著露珠，其中隱藏著夜氣。但是，待到走到樹林的那一頭，露珠裡卻閃出各樣的光輝，漸漸幻成曉色了。遠望前面，便依稀看見灰黑色的城牆和雉堞[6]。

和挑蔥賣菜的一同混入城裡，街市上已經很熱鬧。男人們一排一排的呆站著；女人們也時時從門裡探出頭來。她們大半也腫著眼眶；蓬著頭；黃黃的臉，連脂粉也不及塗抹。

眉間尺預覺到將有巨變降臨，他們便都是焦躁而忍耐地等候著這巨變的。

他徑自向前走；一個孩子突然跑過來，幾乎碰著他背上的劍尖，使他嚇出了一身汗。轉出北方，離王宮不遠，人們就擠得密密層層，都伸著脖子。人叢中還有女人和孩子哭嚷的聲音。他怕那看不見的雄劍傷了人，不敢擠進去；然而人們卻又在背後擁上來。他只得宛轉地退避；面前只看見人們的背脊和伸長的脖子。

忽然，前面的人們都陸續跪倒了；遠遠地有兩匹馬並著跑過來。此後是拿著木棍，戈，刀，弓弩，旌旗的武人，走得滿路黃塵滾滾。又來了一輛四匹馬拉的大車，上面坐著一隊人，有的打鐘擊鼓，有的嘴上吹著不知道叫什麼名目的勞什子[7]。此後又是車，裡面的人都穿畫衣，不是老頭子，便是矮胖子，個個滿臉油汗。接著又是一隊拿刀槍劍戟的騎士。跪著的人們便都伏下去了。這時眉間尺正看見一輛黃蓋的大車馳來，正中坐著一個畫衣的胖子，花白鬍子，小腦袋；腰間還依稀看見佩著和他背上一樣的青劍。

他不覺全身一冷，但立刻又灼熱起來，像是猛火焚燒著。他一面伸手向肩頭捏住劍柄，一面提起腳，便從伏著的人們的脖子的空處跨出去。

但他只走得五六步，就跌了一個倒栽蔥，因爲有人突然捏住了他的一隻腳。這一跌又正壓在一個乾癟臉的少年身上；他正怕劍尖傷了他，吃驚地起來看的時候，肋下就挨了很重的兩拳。他也不暇計較，再望路上，不但黃蓋車已經走過，連擁護的騎士也過去了一大陣了。

路旁的一切人們也都爬起來。乾癟臉的少年卻還扭住了眉間尺的衣領，不肯放手，說被他壓壞了貴重的丹田[8]，必須保險，倘若不到八十歲便死掉了，就得抵命。閒人們又即刻圍上來，呆看著，但誰也不開口；後來有人從旁笑罵了幾句。卻全是附和乾癟臉少年的。眉間尺遇到了這樣的敵人，眞是怒不得，笑不得，只覺得無聊，卻又脫身不得。這樣地經過了煮熟一鍋小米的時光，眉間尺早已焦躁得渾身發火，看的人卻仍不見減，還是津津有味似的。

前面的人圈子動搖了，擠進一個黑色的人來，黑鬚黑眼睛，瘦得如鐵。他並不言語，只向眉間尺冷冷地一笑，一面舉手輕輕地一撥乾癟臉少年的下巴，並且看定了他的臉。那少年也向他看了一會，不覺慢慢地鬆了手，溜走了；那人也就溜走了；看的人們也都無聊地走散。只有幾個人還來問眉間尺的年紀，住址。家裡可有姊姊。眉間尺都不理他們。

他向南走著；心裡想，城市中這麼熱鬧，容易誤傷，還不如在南門外等候他回來，給父親報仇罷，那地方是地曠人稀，實在很便於施展。這時滿城都議論著國王的遊山，儀仗，威嚴，自己得見國王的榮耀，以及俯伏得有怎麼低，應該採作國民的模範等等，很像蜜蜂的排衙[9]。直至將近南門，這才漸漸地冷靜。

他走出城外，坐在一株大桑樹下，取出兩個饅頭來充了饑；吃著的時候忽然記起母親來，不覺眼鼻一酸，然而此後倒也沒有什麼。周圍是一步一步地靜下去了，他至於很分明地聽到自己的呼吸。

天色愈暗，他也愈不安，盡目力望著前方，毫不見有國王回來的影子。上城賣菜的村人，一個個挑著空擔出城回家去了。

人跡絕了許久之後，忽然從城裡閃出那一個黑色的人來。

「走罷，眉間尺！國王在捉你了！」他說，聲音好像鴟鴞。

眉間尺渾身一顫，中了魔似的，立即跟著他走；後來是飛奔。他站定了喘息許多時，才明白已經到了杉樹林邊。後面遠處有銀白的條紋，是月亮已從那邊出現；前面卻僅有兩點燐火一般的那黑色人的眼光。

「你怎麼認識我？……」他極其惶駭地問。

「哈哈！我一向認識你。」那人的聲音說。「我知道你背著雄劍，要給你的父親報仇，我也知道你報不成。豈但報不成；今天已經有人告密，你的仇人早從東門還宮，下令捕拿你了。」

眉間尺不覺傷心起來。

「唉唉，母親的歎息是無怪的。」他低聲說。

「但她只知道一半。她不知道我要給你報仇。」

「你麼？你肯給我報仇麼，義士？」

「阿，你不要用這稱呼來冤枉我。」

「那麼，你同情於我們孤兒寡婦？……」

「唉，孩子，你再不要提這些受了污辱的名稱。」他嚴冷地說，「仗義，同情，那些東西，先前曾經乾淨過，現在卻都成了放鬼債的資本[10]。我的心裡全沒有你所謂的那些。我只不過要給你報仇！」

「好。但你怎麼給我報仇呢？」

「只要你給我兩件東西。」兩粒燐火下的聲音說。「那兩件麼？你聽著：一是你的劍，二是你的頭！」

眉間尺雖然覺得奇怪，有些狐疑，卻並不吃驚。他一時開不得口。

「你不要疑心我將騙取你的性命和寶貝。」暗中的聲音又嚴冷地說。「這事全由你。你信我，我便去；你不信，我便住。」

「但你爲什麼給我去報仇的呢？你認識我的父親麼？」

「我一向認識你的父親，也如一向認識你一樣。但我要報仇，卻並不爲此。聰明的孩子，告訴你罷。你還不知道麼，我怎麼地善於報仇。你的就是我的；他也就是我。我的魂靈上是有這麼多的，人我所加的傷，我已經憎惡了我自己！」

暗中的聲音剛剛停止，眉間尺便舉手向肩頭抽取青色的劍，順手從後項窩向前一削，頭顱墜在地面的青苔上，一面將劍交給黑色人。

「呵呵！」他一手接劍，一手捏著頭髮，提起眉間尺的頭來，對著那熱的死掉的嘴唇，接吻兩次，並且冷冷地尖利地笑。

笑聲即刻散佈在杉樹林中，深處隨著有一群燐火似的眼光閃動，倏忽臨近，聽到咻咻的餓狼的喘息。第一口撕盡了眉間尺的青衣，第二口便身體全都不見了，血痕也頃刻舔盡，只微微聽得咀嚼骨頭的聲音。

最先頭的一匹大狼就向黑色人撲過來。他用青劍一揮，狼頭便墜在地面的青苔上。別的狼們第一口撕盡了它的皮，第二口便身體全都不見了，血痕也頃刻舔盡，只微微聽得咀嚼骨頭的聲音。

他已經掣起地上的青衣，包了眉間尺的頭，和青劍都背在背脊上，回轉身，在暗中向王城揚長地走去。

狼們站定了，聳著肩，伸出舌頭，咻咻地喘著，放著綠的眼光看他揚長地走。

他在暗中向王城揚長地走去，發出尖利的聲音唱著歌：

哈哈愛兮愛乎愛乎！
愛青劍兮一個仇人自屠。
夥頤連翩兮多少一夫。
一夫愛青劍兮嗚呼不孤。
頭換頭兮兩個仇人自屠。

一夫則無兮愛乎嗚呼！
愛乎嗚呼兮嗚呼阿呼，
阿呼嗚呼兮嗚呼嗚呼！[11]

三

遊山並不能使國王覺得有趣；加上了路上將有刺客的密報，更使他掃興而還。那夜他很生氣，說是連第九個妃子的頭髮，也沒有昨天那樣的黑得好看了。幸而她撒嬌坐在他的御膝上，特別扭了七十多回，這才使龍眉之間的皺紋漸漸地舒展。

午後，國王一起身，就又有些不高興，待到用過午膳，簡直現出怒容來。

「唉唉！無聊！」他打一個大呵欠之後，高聲說。

上自王后，下至弄臣，看見這情形，都不覺手足無措。白鬚老臣的講道，矮胖侏儒[12]的打諢，王是早已聽厭的了；近來便是走索，緣竿，拋丸，倒立，吞刀，吐火等等奇妙的把戲，也都看得毫無意味。他常常要發怒；一發怒，便按著青劍，總想尋點小錯處，殺掉幾個人。

偷空在宮外閑遊的兩個小宦官，剛剛回來，一看見宮裡面大家的愁苦的情形，便知道又是照例的禍事臨頭了，一個嚇得面如土色；一個卻像是大有把握一般，不慌不忙，跑到國王的面前，俯伏著，說道：

「奴才剛才訪得一個異人，很有異術，可以給大王解悶，因此特來奏聞。」

「什麼?!」王說。他的話是一向很短的。

「那是一個黑瘦的，乞丐似的男子。穿一身青衣，背著一個圓圓的青包裹；嘴裡唱著胡謅的歌。人問他。他說善於玩把戲，空前絕後，舉世無雙，人們從來就沒有看見過；一見之後，便即解煩釋悶，天下太平。但大家要他玩，他卻又不肯。說是第一須有一條金龍，第二須有一個金鼎。……」

「金龍？我是的。金鼎？我有。」

「奴才也正是這樣想。……」

「傳進來！」

話聲未絕，四個武士便跟著那小宦官疾趨而出。上自王后，下至弄臣，個個喜形於色。他們都願意這把戲玩得解愁釋悶，天下太平；即使玩不成，這回也有了那乞丐似的黑瘦男子來受禍，他們只要能挨到傳了進來的時候就好了。

並不要許多工夫，就望見六個人向金階趨進。先頭是宦官，後面是四個武士，中間夾著一個黑色人。待到近來時，那人的衣服卻是青的，鬚眉頭髮都黑；瘦得顴骨，眼圈骨，眉棱骨都高高地突出來。他恭敬地跪著俯伏下去時，果然看見背上有一個圓圓的小包袱，青色布，上面還畫上一些暗紅色的花紋。

「奏來！」王暴躁地說。他見他傢伙簡單，以爲他未必會玩什麼好把戲。

「臣名叫宴之敖者[13]；生長汶汶鄉[14]。少無職業；晚遇明師，教臣把戲，是一個孩子的頭。這把戲一個人玩不起來，必須在金龍之前，擺一個金鼎，注滿清水，用獸炭[15]煎熬。於是放下孩子的頭去，一到水沸，這頭便隨波上下，跳舞百端，且發妙音，歡喜歌唱。這歌舞爲一人所見，便解愁釋悶，爲萬民所見，便天下太平。」

「玩來！」王大聲命令說。

並不要許多工夫，一個煮牛的大金鼎便擺在殿外，注滿水，下面堆了獸炭，點起火來。那黑色人站在旁邊，見炭火一紅，便解下包袱，打開，兩手捧出孩子的頭來，高高舉起。那頭是秀眉長眼，皓齒紅唇；臉帶笑容；頭髮蓬鬆，正如青煙一陣。黑色人捧著向四面轉了一圈，便伸手擎到鼎上，動著嘴唇說了幾句不知什麼話，隨即將手一鬆，只聽得撲通一聲，墜入水中去了。水花同時濺起，足有五尺多高，此後是一切平靜。

許多工夫，還無動靜。國王首先暴躁起來，接著是王后和妃子，大臣，宦官們也都有些焦急，矮胖的侏儒們則已經開始冷笑了。王一見他們的冷笑，便覺自己受愚，回顧武士，想命令他們就將那欺君的莠民擲入牛鼎裡去煮殺。

但同時就聽得水沸聲；炭火也正旺，映著那黑色人變成紅黑，如鐵的燒到微紅。王剛又回過臉來，他也已經伸起兩手向天，眼光向著無物，舞蹈著，忽地發出尖利的聲音唱起歌來：

哈哈愛兮愛乎愛乎！
愛兮血兮兮誰乎獨無。
民萌冥行兮一夫壺盧。
彼用百頭顱，千頭顱兮用萬頭顱！
我用一頭顱兮而無萬夫。
愛一頭顱兮血乎嗚呼！
血乎嗚呼兮嗚呼阿呼，
阿呼嗚呼兮嗚呼嗚呼！

隨著歌聲，水就從鼎口湧起，上尖下廣，像一座小山，但自水尖至鼎底，不住地迴旋運動。那頭即隨水上上下下，轉著圈子，一面又滴溜溜自己翻筋斗，人們還可以隱約看見他玩得高興的笑容。過了些時，突然變了逆水的游泳，打鏇子夾著穿梭，激得水花向四面飛濺，滿庭灑下一陣熱雨來。一個侏儒忽然叫了一聲，用手摸著自己的鼻子。他不幸被熱水燙了一下，又不耐痛，終於免不得出聲叫苦了。

黑色人的歌聲才停，那頭也就在水中央停住，面向王殿，顏色轉成端莊。這樣的有十餘瞬息之久，才慢慢地上下抖動；從抖動加速而爲起伏的游泳，但不很快，態度很雍容。繞著水邊一高一低地遊了三匝，忽然睜大眼睛，漆黑的眼珠顯得格外精采，同時也開口唱起歌來：

王澤流兮浩洋洋；
克服怨敵，怨敵克服兮，赫兮強！
宇宙有窮止兮萬壽無疆。
幸我來也兮青其光！
青其光兮永不相忘。
異處異處兮堂哉皇！
堂哉皇哉兮嗳嗳唷，
嗟來歸來，嗟來陪來兮青其光！

頭忽然升到水的尖端停住；翻了幾個筋斗之後，上下升降起來，眼珠向著左右瞥視，十分秀媚，嘴裡仍然唱著歌：

阿呼嗚呼兮嗚呼嗚呼，
愛乎嗚呼兮嗚呼阿呼！
血一頭顱兮愛乎嗚呼。
我用一頭顱兮而無萬夫！
彼用百頭顱，千頭顱……

唱到這裡，是沈下去的時候，但不再浮上來了；歌詞也不能辨別。湧起的水，也隨著歌聲的微弱，漸漸低落，像退潮一般，終至到鼎口以下，在遠處什麼也看不見。

「怎了？」等了一會，王不耐煩地問。

「大王，」那黑色人半跪著說。「他正在鼎底裡作最神奇的團圓舞，不臨近是看不見的。臣也沒有法術使他上來，因爲作團圓舞必須在鼎底裡。」

王站起身，跨下金階，冒著炎熱立在鼎邊，探頭去看。只見水平如鏡，那頭仰面躺在水中間，兩眼正看著他的臉。待到王的眼光射到他臉上時，他便嫣然一笑。這一笑使王覺得似曾相識，卻又一時記不起是誰來。剛在驚疑，黑色人已經掣出了背著的青色的劍，只一揮，閃電般從後項窩直劈下去，撲通一聲，王的頭就落在鼎裡了。

仇人相見，本來格外眼明，況且是相逢狹路。王頭剛到水面，眉間尺的頭便迎上來，狠命在他耳輪上咬了一口。鼎水即刻沸湧，澎湃有聲；兩頭即在水中死戰。約有二十回合，王頭受了五個傷，眉間尺的頭上卻有七處。王又狡猾，總是設法繞到他的敵人的後面去。眉間尺偶一疏忽，終於被他咬住了後項窩，無法轉身。這一回王的頭可是咬定不放了，他只是連連蠶食進去；連鼎外面也彷彿聽到孩子的失聲叫痛的聲音。

上自王后，下至弄臣，駭得凝結著的神色也應聲活動起來，似乎感到暗無天日的悲哀，皮膚上都一粒一粒地起粟；然而又夾著秘密的歡喜，瞪了眼，像是等候著什麼似的。

黑色人也彷彿有些驚慌，但是面不改色。他從從容容地伸開那捏著看不見的青劍的臂膊，如一段枯枝；伸長頸子，如在細看鼎底。臂膊忽然一彎，青劍便驀地從他後面劈下，劍到頭落，墜入鼎中，淜的一聲，雪白的水花向著空中同時四射。

他的頭一入水，即刻直奔王頭，一口咬住了王的鼻子，幾乎要咬下來。王忍不住叫一聲「阿唷」，將嘴一張，眉間尺的頭就乘機掙脫了，一轉臉倒將王的下巴下死勁咬住。他們不但都不放，還用全力上下一撕，撕得王頭再也合不上嘴。於是他們就如餓鷄啄米一般，一頓亂咬，咬得王頭眼歪鼻塌，滿臉鱗傷。先前還會在鼎裡面四處亂滾，後來只能躺著呻吟，到底是一聲不響。只有出氣，沒有進氣了。

黑色人和眉間尺的頭也慢慢地住了嘴，離開王頭，沿鼎壁遊了一匝，看他可是裝死還是眞死。待到知道了王頭確已斷氣，便四目相視，微微一笑，隨即合上眼睛，仰面向天，沉到水底裡去了。

四

煙消火滅；水波不興。特別的寂靜倒使殿上殿下的人們警醒。他們中的一個首先叫了一聲，大家也立刻疊連驚叫起來；一個邁開腿向金鼎走去・大家便爭先恐後地擁上去了。有擠在後面的，只能從人脖子的空隙間向裡面窺探。

熱氣還炙得人臉上發燒。鼎裡的水卻一平如鏡，上面浮著一層油，照出許多人臉孔：王后，王妃，武士，老臣，侏儒，太監。……

「阿呀，天哪！咱們大王的頭還在裡面哪，㖠㖠㖠！」第六個妃子忽然發狂似的哭嚷起來。

上自王后，下至弄臣，也都恍然大悟，倉皇散開，急得手足無措，各自轉了四五個圈子。一個最有謀略的老臣獨又上前，伸手向鼎邊一摸，然而渾身一抖，立刻縮了回來，伸出兩個指頭，放在口邊吹個不住。

大家定了定神，便在殿門外商議打撈辦法。約略費去了煮熟三鍋小米的功夫，總算得到一種結果，是：到大廚房去調集了鐵絲勺子，命武士協力撈起來。

器具不久就調集了，鐵絲勺，漏勺，金盤，擦桌布，都放在鼎旁邊。武士們便揎起衣袖，有用鐵絲勺的，有用漏勺的，一齊恭行打撈。有勺子相觸的聲音，有勺子刮著金鼎的聲音；水是隨著勺子的攪動而旋繞著。好一會，一個武士的臉色忽而很端莊了，極小心地兩手慢慢舉起了勺子，水滴從勺孔中珠子一般漏下，勺裡面便顯出雪白的頭骨來。大家驚叫了一聲；他便將頭骨倒在金盤裡。

「阿呀！我的大王呀！」王后，妃子，老臣，以至太監之類，都放聲哭起來。但不久就陸續停止了，因爲武士又撈起了一個同樣的頭骨。

他們淚眼模糊地四顧，只見武士們滿臉油汗，還在打撈。此後撈出來的是一團糟的白頭髮和黑頭髮：還有幾勺很短的東西，似乎是白鬍鬚和黑鬍鬚。此後又是一個頭骨。此後是三枝簪。

直到鼎裡面只剩下清湯，才始住手；將撈出的物件分盛了三金盤：一盤頭骨，一盤鬚髮，一盤簪。

「咱們大王只有一個頭。那一個是咱們大王的呢？」第九個妃子焦急地問。

「是呵……。」老臣們都面面相覷。

「如果皮肉沒有煮爛，那就容易辨別了。」一個侏儒跪著說。

大家只得平心靜氣，去細看那頭骨，但是黑白大小，都差不多，連那孩子的頭。也無從分辨。王后說王的右額上有一個疤，是做太子時候跌傷的，怕骨上也有痕跡。果然，侏儒在一個頭骨上發見了；大家正在歡喜的時候，另外的一個侏儒卻又在較黃的頭骨的右額上看出相仿的瘢痕來。

「我有法子。」第三個王妃得意地說，「咱們大王的龍准[16]是很高的。」

太監們即刻動手研究鼻准骨，有一個確也似乎比較地高，但究竟相差無幾；最可惜的是右額上卻並無跌傷的瘢痕。

「況且，」老臣們向太監說。「大王的後枕骨是這麼尖的麼？」

「奴才們向來就沒有留心看過大王的後枕骨……。」

王后和妃子們也各自回想起來，有的說是尖的，有的說是平的。叫梳頭太監來問的時候，卻一句話也不說。

當夜便開了一個王公大臣會議，想決定那一個是王的頭，但結果還同白天一樣。並且連鬍鬚也發生了問題。白的自然是王的，然而因爲花白，所以黑的也很難處置。討論了小半夜，只將幾根紅色的鬍子選出；接著因爲第九個王妃抗議，說她確曾看見王有幾根通黃的鬍子，現在怎麼能知道決沒有一根紅的呢。於是也只好重行歸併，作爲疑案了。

到後半夜，還是毫無結果。大家卻居然一面打呵欠，一面繼續討論，直到第二次鷄鳴，這才決定了一個最愼重妥善的辦法，是：只能將三個頭骨都和王的身體放在金棺裡落葬。

七天之後是落葬的日期，合城很熱鬧。城裡的人民，遠處的人民，都奔來瞻仰國王的「大出喪」。天一亮，道上已經擠滿了男男女女；中間還夾著許多祭桌。待到上午，淸道的騎士才緩轡而來。又過了不少工夫，才看見儀仗，什麼旌旗，木棍，戈戟，弓弩，黃鉞之類；此後是四輛鼓吹車。再後面是黃蓋隨著路的不平而起伏著，並且漸漸近來了，於是現出靈車，上載金棺，棺裡面藏著三個頭和一個身體。

百姓都跪下去，祭桌便一列一列地在人叢中出現。幾個義民很忠憤，咽著淚，怕那兩個大逆不道的逆賊的魂靈，此時也和王一同享受祭禮，然而也無法可施。

　　此後是王后和許多王妃的車。百姓看她們，她們也看百姓，但哭著。此後是大臣，太監，侏儒等輩，都裝著哀戚的顏色。只是百姓已經不看他們，連行列也擠得亂七八糟，不成樣子了。

一九二六年十月作[17]

1　本篇最初發表於一九二七年四月二十五日、五月十日《莽原》半月刊第二卷第八、九期，原題為《眉間尺》。一九三二年編入《自選集》時改為現名。

2　眉間尺復仇的傳說，在相傳為魏曹丕所著的《列異傳》中有如下的記載：「干將莫邪為楚王作劍，三年而成。劍有雄雌，天下名器也，乃以雌劍獻君，藏其雄者。謂其妻曰：『吾藏劍在南山之陰，北山之陽；松生石上，劍在其中矣。君若覺，殺我；爾生男，以告之。』及至君覺，殺干將。妻後生男，名赤鼻，告之。赤鼻斫南山之松，不得劍；忽於屋柱中得之。楚王夢一人，眉廣三寸，辭欲報仇。購求甚急，乃逃朱興山中。遇客，欲為之報；乃刎首，將以奉楚王。客令鑊煮之，頭三日三夜跳不爛。王往觀之，客以雄劍倚擬王，王頭墮鑊中；客又自刎。三頭悉爛，不可分別，分葬之，名曰三王冢。」（據魯迅輯《古小說鉤沉》本）又晉代干寶《搜神記》卷十一也有內容大致相同的記載，而敘述較為細致，如眉間尺山中遇客一段說：「（楚）王夢見一兒，眉間廣尺，言欲報仇，王即購之千金。兒聞之，亡去，入山行歌。客有逢者，謂子年少，何哭之甚悲耶？曰：『吾干將莫邪子也。楚王殺我父，吾欲報之。』客曰：『聞王購子頭千金，將子頭與劍來，為子報之。』兒曰：『幸甚！』即自刎，兩手捧頭及劍奉之，立僵。客曰：『不負子也。』於是屍乃仆。」（此外相傳為後漢趙曄所著的《楚王鑄劍記》，完全與《搜神記》所記相同。）

3　子時　我國古代用十二地支（子、丑、寅、卯、辰、巳、午、未、申、酉、戌、亥）記時，從夜裡十一點到次晨一點稱為子時。

4 王妃生下了一塊鐵　清代陳元龍撰《格致鏡原》卷三十四引《列士傳》佚文：「楚王夫人於夏納涼，抱鐵柱，心有所感，遂懷孕，產一鐵；王命莫邪鑄為雙劍。」

5 井華水　清晨第一次汲取的井水。明代李時珍《本草綱目》卷五井泉水《集解》：「汪穎曰：平旦第一汲，為井華水。」

6 雉堞　城上排列如齒狀的矮牆，俗稱城垛。

7 勞什子　北方方言。指物件，含有輕蔑，厭惡的意思。

8 丹田　道家把人身臍下三寸的地方稱為丹田，據說這個部位受傷，可以致命。

9 蜜蜂的排衙　蜜蜂早晚兩次群集蜂房外面，就像朝見蜂王一般。這裡用來形容人群擁擠喧鬧。排衙，舊時衙署中下屬依次參謁長官的儀式。

10 放鬼債的資本　作者在創作本篇數月後，曾在一篇雜感裡說，舊社會「有一種精神的資本家」，慣用「同情」一類美好言辭作為「放債」的「資本」，以求「報答」。參看《而已集·新時代的放債法》。

11 這裡和下文的歌，意思介於可解不可解之間。作者在一九三六年三月二十八日給日本增田涉的信中曾說：「在〈鑄劍〉裡，我以為沒有什麼難懂的地方。但要注意的，是那裡面的歌，意思都不明顯，因為是奇怪的人和頭顱唱出來的歌，我們這種普通人是難以理解的。」

12 侏儒　形體矮小，專以滑稽笑謔供君王娛樂消遣的人，略似戲劇中的丑角。

13 宴之敖者　作者虛擬的人名。一九二四年九月，魯迅輯成《俟堂磚文雜集》一書，題記後用宴之敖者作為筆名，但以後即未再用。

14 汶汶鄉　作者虛擬的地名。汶汶，昏暗不明。

15 獸炭　古時豪富之家將木炭屑做成各種獸形的一種燃料。東晉裴啟《語林》有如下記載：「洛下少林木，炭止如粟狀。羊琇驕豪，乃擣小炭為屑，以物和之，作獸形。後何召之徒共集，乃以溫酒；火爇既猛，獸皆開口，向人赫然。諸豪相矜，皆服而效之。」（據魯迅輯《古小說鉤沉》本）。

16 龍準　指帝王的鼻子。準，鼻子。

17 本篇最初發表時未署寫作日期。現在篇末的日期是收入本集時補記。據《魯迅日記》，本篇完成時間為一九二七年四月三日。

〔附錄〕

《自選集》自序[1]

我做小說，是開手於一九一八年，《新青年》[2]上提倡「文學革命」[3]的時候的。這一種運動，現在固然已經成爲文學史上的陳跡了，但在那時，卻無疑地是一個革命的運動。

我的作品在《新青年》上，步調是和大家大概一致的，所以我想，這些確可以算作那時的「革命文學」。

然而我那時對於「文學革命」，其實並沒有怎樣的熱情。見過辛亥革命[4]，見過二次革命[5]，見過袁世凱稱帝[6]，張勳復辟[7]，看來看去，就看得懷疑起來，於是失望，頹唐得很了。民族主義的文學家在今年的一種小報上說，「魯迅多疑」，是不錯的，我正在疑心這批人們也並非眞的民族主義文學者，變化正未可限量呢。不過我卻又懷疑於自己的失望，因爲我所見過的人們，事件，是有限得很的，這想頭，就給了我提筆的力量。

「絕望之爲虛妄，正與希望相同。」[8]

既不是直接對於「文學革命」的熱情，又爲什麼提筆的呢？想起來，大半倒是爲了對於熱情者們的同感。這些戰士，我想，雖在寂寞中，想頭是不錯的，也來喊幾聲助助威罷。首先，就是爲此。自然，在這中間，也不免夾雜些將舊社會的病根暴露出來，催人留心，設法加以療治的希望。但爲達到這希望計，是必須與前驅者取同一的步調的，我於是刪削些黑暗，裝點些歡容，使作品比較的顯出若干亮色，那就是後來結集起來的《吶喊》，一共有十四篇。

這些也可以說，是「遵命文學」。不過我所遵泰的，是那時革命的前驅者的命令，也是我自己所願意遵奉的命令，決不是皇上的聖旨，也不是金元和眞的指揮刀。

後來《新青年》的團體散掉了，有的高升，有的退隱，有的前進，我又經驗了一回同一戰陣中的伙伴還是會這麼變化，並且落得一個「作家」的頭銜，依然在沙漠中走來走去，不過已經逃不出在散漫的刊物上做文字，叫作隨便談談。有了小感觸，就寫些短文，誇大點說，就是散文詩，以後印成一本，謂之《野草》。得到較整齊的材料，則還是做短篇小說，只因爲成了遊勇，布不成陣了，所以技術雖然比先前好一些，思路也似乎較無拘束，而戰鬥的意氣卻冷得不少。新的戰友在那裡呢？我想，這是很不好的。於是集印了這時期的十一篇作品，謂之《彷徨》，願以後不再這模樣。

「路漫漫其修遠兮，吾將上下而求索。」[9]

不料這大口竟誇得無影無踪。逃出北京，躲進廈門，只在大樓上寫了幾則《故事新編》和十篇《朝花夕拾》。前者是神話，傳說及史實的演義，後者則只是回憶的記事罷了。

此後就一無所作，「空空如也」。

可以勉強稱爲創作的，在我至今只有這五種，本可以頃刻讀了的，但出版者要我自選一本集。推測起來，恐怕因爲這麼一辦，一者能夠節省讀者的費用，二則，以爲由作者自選，該能比別人格外明白罷。對於第一層，我沒有異議；至第二層，我卻覺得也很難。因爲我向來就沒有格外用力或格外偷懶的作品，所以也沒有自以爲特別高妙，配得上提拔出來的作品。沒有法，就將材料、寫法，都有些不同，可供讀者參考的東西，取出二十二篇來，湊成了一本，但將給讀者一種「重壓之感」的作品，卻特地竭力抽掉了。這是我現在自有我的想頭的：

「並不願將自以爲苦的寂寞，再來傳染給也如我那年青時候似的正做著好夢的青年。」[10]

然而這又不似做那《吶喊》時候的故意的隱瞞，因爲現在我相信，現在和將來的青年是不會有這樣的心境的了。

一九三二年十二月十四日，魯迅於上海寓居記。

1　本篇最初印入一九三三年三月上海天馬書店出版的《魯迅自選集》，後收入《南腔北調集》。

2　《新青年》　《新青年》最初的編輯是陳獨秀。在北京出版後，主要成員有李大釗、魯迅、胡適、錢玄同、劉復、吳虞等。隨著五四運動的深入發展，《新青年》團體逐漸發生分化。魯迅是這個團體中的重要撰稿人。

3　「文學革命」　指「五四」時期反對舊文學，提倡新文學，反對文言文，提倡白話文的運動。

4　辛亥革命　一九一一年（辛亥）孫中山領導的資產階級民主革命。它推翻了清王朝，結束了中國兩千多年的帝制，建立了中華民國。但由於中國資產階級的軟弱性和妥協性，革命果實很快就被袁世凱所竊奪。

5　二次革命　一九一三年七月孫中山領導的反對袁世凱獨裁統治的戰爭。因對一九一一年辛亥革命而言，所以稱為「二次革命」。它很快就被袁世凱撲滅。

6　袁世凱稱帝　袁世凱（1859-1916），河南項城人，北洋軍閥首領。

原為清朝大臣，他在竊取中華民國大總統職位後，於一九一六年一月實行帝制，自稱皇帝，定年號為「洪憲」；同年三月被迫撤銷。

7 張勳復辟　張勳（1854-1923），江西奉新人，北洋軍閥之一。一九一七年六月，他在任安徽督軍時，從徐州帶兵到北京，七月一日和康有為等扶植清廢帝溥儀復辟，七月十二日即告失敗。

8 「絕望之為虛妄，正與希望相同」　原是匈牙利詩人裴多菲在一八四七年七月十七日致友人弗里杰什，凱雷尼信中的話，魯迅在《野草・希望》中曾引用。

9 「路漫漫其修遠兮，吾將上下而求索」　語見屈原《離騷》。魯迅曾引用它作為《彷徨》的題辭。

10 這兩句話，引自《吶喊・自序》。

我怎麼做起小說來[1]

我怎麼做起小說來？——這來由，已經在《吶喊》的序文上，約略說過了。這裡還應該補敘一點的，是當我留心文學的時候，情形和現在很不同：在中國，小說不算文學，做小說的也決不能稱爲文學家，所以並沒有人想在這一條道路上出世。我也並沒有要將小說抬進「文苑」裡的意思，不過想利用他的力量，來改良社會。

但也不是自己想創作，注重的倒是在紹介，在翻譯，而尤其注重於短篇，特別是被壓迫的民族中的作者的作品。因爲那時正盛行著排滿論，有些青年，都引那叫喊和反抗的作者爲同調的。所以「小說作法」之類，我一部都沒有看過，看短篇小說卻不少，小半是自己也愛看，大半則因了搜尋紹介的材料。也看文學史和批評，這是因爲想知道作者的爲人和思想，以便決定應否紹介給中國。和學問之類，是決不相干的。

因爲所求的作品是叫喊和反抗，勢必至於傾向了東歐，因此所看的俄國，波蘭以及巴爾幹諸小國作家的東西就特別多。也曾熱心的搜求印度，埃及的作品，但是得不到。記得當時最愛看的作者，是俄國的果戈理（N. Gogol）和波蘭的顯克微支（H. Sienkiewitz）[2]。日本的，是夏目漱石和森鷗外[3]。

回國以後，就辦學校，再沒有看小說的工夫了，這樣的有五六年。爲什麼又開手了呢？——這也已經寫在《吶喊》的序文裡，不必說了。但我的來做小說，也並非自以爲有做小說的才能，只因爲那時是住在北京的會館[4]裡的，要做論文罷，沒有參考書，要翻譯罷，沒有底本，就只好做一點小說模樣的塞責，這就是《狂人日記》。大約所仰仗的全在先前看過的百來篇外國作品和一點醫學上的知識，此外的準備，一點也沒有。

但是《新青年》的編輯者，卻一回一回的來催，催幾回，我就做一篇，這裡我必得記念陳獨秀[5]先生，他是催促我做小說最著力的一個。

自然，做起小說來，總不免自己有些主見的。例如，說到「爲什麼」做小說罷，我仍抱著十多年前的「啓蒙主義」，以爲必須是「爲人生」，而且要改良這人生。我深惡先前的稱小說爲「閒書」，而且將「爲藝術的藝術」，看作不過是「消閒」的新式的別號。所以我的取材，多採自病態社會的不幸的人們中，意思是在揭出病苦，引起療救的注意。所以我力避行文的嘮叨，只要覺得夠將意思傳給別人了，就寧可什麼陪襯拖帶也沒有。中國舊戲上，沒有背景，新年賣給孩子看的花紙上，只有主要的幾個人（但現在的花紙卻多有背景了），我深信對於我的目的，這方法是適宜的，所以我不去描寫風月，對話也決不說到一大篇。

我做完之後，總要看兩遍，自己覺得拗口的，就增刪幾個字，一定要它讀得順口；沒有相宜的白話，寧可引古語，希望總有人會懂，只有自己懂得或連自己也不懂的生造出來的字句，是不大用的。這一節，許多批評家之中，只有一個人看出來了，但他稱我爲 Stylist[6]。

所寫的事跡，大抵有一點見過或聽到過的緣由，但決不全用這事實，只是採取一端，加以改造，或生發開去，到足以幾乎完全發表我的意思爲止。人物的模特兒也一樣，沒有專用過一個人，往往嘴在浙江，臉在北京，衣服在山西，是一個拼湊起來的腳色。有人說，我的那一篇是罵誰，某一篇又是罵誰，那是完全胡說的。

不過這樣的寫法，有一種困難，就是令人難以放下筆。一氣寫下去，這人物就逐漸活動起來，盡了他的任務。但倘有什麼分心的事情來一打岔，放下許久之後再來寫，性格也許就變了樣，情景也會和先前所預想的不同起來。例如我做的《不周山》，原意是在描寫性的發動和創造，以至衰亡的，而中途去看報章，見了一位道學的批評家攻擊情詩[7]的文章，心裡很不以爲然，於是小說裡就有一個小人物跑到女媧的兩腿之間來，不但不必有，且將結構的宏大毀壞了。但這些處所，除了自己，大概沒有人會覺到的，我們的批評大家成仿吾先生，還說這一篇做得最出色。

我想，如果專用一個人做骨幹，就可以沒有這弊病的，但自己沒有試驗過。

忘記是誰說的了，總之是，要極省儉的畫出一個人的特點，最好是畫他的眼睛。[8]我以爲這話是極對的，倘若畫了全副的頭髮，即使細得逼眞，也毫無意思。我常在學學這一種方法，可惜學不好。

可省的處所，我決不硬添，做不出的時候，我也決不硬做，但這是因爲我那時別有收入，不靠賣文爲活的緣故，不能作爲通例的。

還有一層，是我每當寫作，一律抹殺各種的批評。因爲那時中國的創作界固然幼稚，批評界更幼稚，不是舉之上天，就是按之入地，倘將這些放在眼裡，就要自命不凡，或覺得非自殺不足以謝天下的。批評必須壞處說壞，好處說好，才於作者有益。

但我常看外國的批評文章，因爲他於我沒有恩怨嫉恨，雖然所評的是別人的作品，卻很有可以借鏡之處。但自然，我也同時一定留心這批評家的派別。

以上，是十年前的事了，此後並無所作，也沒有長進，編輯先生要我做一點這類的文章，怎麼能呢。拉雜寫來，不過如此而已。

三月五日燈下

1 本篇最初印入一九三三年六月上海天馬書店出版的《創作的經驗》一書，後收入《南腔北調集》。

2 顯克微支（1846-1916） 波蘭作家。作品主要反映波蘭農民的痛苦生活和波蘭人民反對異族侵略的鬥爭。著有歷史小說三部曲《火與劍》、《洪流》、《伏洛竇耶夫斯基先生》和中篇小說《炭畫》等。

3 夏目漱石（1867-1916） 日本小說家，著有長篇小說《我是貓》、中篇小說《哥兒》等。森鷗外（1862-1922），日本小說家、文學評論家，著有小說《舞姬》等。

4 會館 指北京宣武門外南半截胡同的「紹興縣館」。一九一二年五月至一九一九年十一月作者曾在此寄住。

5 陳獨秀（1880-1942） 字仲甫，安徽懷寧人，原為北京大學教授，《新青年》雜誌的創辦人，「五四」時期提倡新文化運動的主要人物。中國共產黨成立後任黨的總書記。「五四」時期，他在致周作人的函件中，極力敦促魯迅從事小說寫作，如一九二〇年三月十一日信：「我們很盼望豫才先生為《新青年》創作小説，請先生告訴他。」又八月二十二日信：「魯迅兄做的小説，我實在五體投地的佩服。」

6　Stylist　英語：文體家。作者這裡所指似為黎錦明。黎在《論體裁描寫與中國新文藝》（見《文學周報》第五卷第二期，一九二八年二月合訂本）一文中説：「西歐的作家對於體裁，是其第一安到著作的路的門徑，還竟有所謂體裁家（Stylist）者。……我們的新文藝，除開魯迅葉紹鈞二三人的作品還可見到有體裁的修養外，其餘大都似乎隨意的把它掛在筆頭上。」

7　一位道學的批評家　指胡夢華。他在一九二二年十月二十四日《時事新報・學燈》上發表〈讀了《蕙的風》以後〉，攻擊汪靜之作的詩集《蕙的風》，認為其中某些情詩是「墮落輕薄」的作品，有「不道德的嫌疑」。參看《熱風・反對「含淚」的批評家》。

8　這是東晉畫家顧愷之的話，見南朝宋劉義慶《世説新語・巧藝》：「顧長康（按即顧愷之）畫人，或數年不點目睛。人問其故，顧曰：『四體妍蚩，本無關於妙處；傳神寫照，正在阿堵中。』」阿堵，當時俗語：這個。

回憶魯迅先生

／蕭紅

魯迅先生的笑聲是明朗的，是從心裡的歡喜。若有人說了什麼可笑的話，魯迅先生笑的連煙卷都拿不住了，常常是笑的咳嗽起來。

魯迅先生走路很輕捷，尤其使人記得清楚的，是他剛抓起帽子來往頭上一扣，同時左腿就伸出去了，彷彿不顧一切地走去。

魯迅先生不大注意人的衣裳，他說：「誰穿什麼衣裳我看不見的……」

魯迅先生生病，剛好了一點，他坐在躺椅上，抽著煙，那天我穿著新奇的大紅的上衣，很寬的袖子。

魯迅先生說：「這天氣悶熱起來，這就是梅雨天。」他把他裝在象牙煙嘴上的香煙，又用手裝得緊一點，往下又說了別的。

許先生忙著家務，跑來跑去，也沒有對我的衣裳加以鑒賞。

於是我說：「周先生，我的衣裳漂亮不漂亮？」

魯迅先生從上往下看了一眼：「不大漂亮。」

過了一會又接著說：「你的裙子配的顏色不對，並不是紅上衣不好看，各種顏色都是好看的，紅上衣要配紅裙子，不然就是黑裙子，咖啡色的就不行了；這兩種顏色放在一起很渾濁……你沒看到外國人在街上走的嗎？絕沒有下邊穿一件綠裙子，上邊穿一件紫上衣，也沒有穿一件紅裙子而後穿一件白上衣的……」

魯迅先生就在躺椅上看著我：「你這裙子是咖啡色的，還帶格子，顏色渾濁得很，所以把紅色衣裳也弄得不漂亮了。」

「……人瘦不要穿黑衣裳，人胖不要穿白衣裳；腳長的女人一定要穿黑鞋子，腳短就一定要穿白鞋子；方格子的衣裳胖人不能穿，但比橫格子的還好；橫格子的胖人穿上，就把胖子更往兩邊裂著，更橫寬了，胖子要穿豎條子的，豎的把人顯得長，橫的把人顯得寬……」

那天魯迅先生很有興致，把我一雙短筒靴子也略略批評一下，說我的短靴是軍人穿的，因爲靴子的前後都有一條線織的拉手，這拉手據魯迅先生說是放在褲子下邊的……

我說：「周先生，爲什麼那靴子我穿了多久了而不告訴我，怎麼現在才想起來呢？現在我不是不穿了嗎？我穿的這不是另外的鞋嗎？」

「你不穿我才說的，你穿的時候，我一說你該不穿了。」

那天下午要赴一個宴會去，我要許先生給我找一點布條或綢條束一束頭髮。許先生拿了來米色的綠色的還有桃紅色的。經我和許先生共同選定的是米色的。爲著取美，把那桃紅色的，許先生舉起來放在我的頭髮上，並且許先生很開心地說著：

「好看吧！多漂亮！」

我也非常得意，很規矩又頑皮地在等著魯迅先生往這邊看我們。

魯迅先生這一看，臉是嚴肅的，他的眼皮往下一放向著我們這邊看著：

「不要那樣裝飾她……」

許先生有點窘了。

我也安靜下來。

魯迅先生在北平教書時，從不發脾氣，但常常好用這種眼光看人，許先生常跟我講。她在女師大讀書時，周先生在課堂上，一生氣就用眼睛往下一掠，看著他們，這種眼光是魯迅先生在記范愛農先生的文字曾自己述說過，而誰曾接觸過這種眼光的人就會感到一個曠代的全智者的催逼。

我開始問：「周先生怎麼也曉得女人穿衣裳的這些事情呢？」

「看過書的，關於美學的。」

「什麼時候看的……」

「大概是在日本讀書的時候……」

「買的書嗎？」

「不一定是買的，也許是從什麼地方抓到就看的……」

「看了有趣味嗎?!」

「隨便看看……」

「周先生看這書做什麼？」

「……」沒有回答，好像很難回答。

許先生在旁說：「周先生什麼書都看的。」

在魯迅先生家裡做客人，剛開始是從法租界來到虹口，搭電車也要差不多一個鐘頭的工夫，所以那時候來的次數比較少。記得有一次談到半夜了，一過十二點電車就沒有的，但那天不知講了些什麼，講到一個段落就看看旁邊小長桌上的圓鐘，十一點半了，十一點四十五分了，電車沒有了。

「反正已十二點，電車也沒有，那麼再坐一會。」許先生如此勸著。

魯迅先生好像聽了所講的什麼引起了幻想，安頓地舉著象牙煙嘴在沉思著。

一點鐘以後，送我（還有別的朋友）出來的是許先生，外邊下著的濛濛的小雨，弄堂裡燈光全然滅掉了，魯迅先生囑咐許先生一定讓坐小汽車回去，並且一定囑咐許先生付錢。

以後也住到北四川路來，就每夜飯後必到大陸新村來了，刮風的天，下雨的天，幾乎沒有間斷的時候。

魯迅先生很喜歡北方飯，還喜歡吃油炸的東西，喜歡吃硬的東西，就是後來生病的時候，也不大吃牛奶。鷄湯端到旁邊用調羹舀了一二下就算了事。

有一天約好我去包餃子吃，那還是住在法租界，所以帶了外國酸菜和用絞肉機絞成的牛肉，就和許先生站在客廳後邊的方桌邊包起來。海嬰公子圍著鬧的起勁，一會按成圓餅的麵拿去了，他說做了一隻船來，送在我們的眼前，我們不看他，轉身他又做了一隻小鷄。許先生和我都不去看他，對他竭力避免加以讚美，若一讚美起來，怕他更做的起勁。

客廳後邊沒到黃昏就先黑了，背上感到些微微的寒涼，知道衣裳不夠了，但爲著忙，沒有加衣裳去。等把餃子包完了看看那數目並不多，這才知道許先生與我們談話談得太多，誤了工作。許先生怎樣離開家的，怎樣到天津讀書的，在女師大讀書時怎樣做了家庭教師。她去考家庭教師的那一段描寫，非常有趣，只取一名，可是考了好幾十名，她之能夠當選算是難的了。指望對於學費有點補助，冬天來了，北平又冷，那家離學校又遠，每月除了車子錢之外，若傷風感冒還得自己拿出買阿司匹林的錢來，每月薪金十元要從西城跑到東城⋯⋯

餃子煮好，一上樓梯，就聽到樓上明朗的魯迅先生的笑聲下樓梯來，原來有幾個朋友在樓上也正談得熱鬧。那一天吃得是很好的。

以後我們又做過韭菜合子，又做過荷葉餅，我一提議，魯迅先生必然贊成，而我做的又不好，可是魯迅先生還是在桌上舉著筷子問許先生：「我再吃幾個嗎？」

因為魯迅先生胃不大好，每飯後必吃「脾自美」藥存一二粒。

有一天下午魯迅先生正在校對著瞿秋白的《海上述林》，我一走進臥室去，從那圓轉椅上魯迅先生轉過來了，向著我，還微微站起了一點。

「好久不見，好久不見。」一邊說著一邊向我點頭。

剛剛我不是來過了嗎？怎麼會好久不見？就是上午我來的那次周先生忘記了，可是我也每天來呀⋯⋯怎麼都忘記了嗎？

周先生轉身坐在躺椅上才自己笑起來，他是在開著玩笑。

梅雨季節，很少有晴天，一天的上午剛一放晴，我高興極了，就到魯迅先生家去了，跑得上樓還喘著。魯迅先生說：「來啦！」我說：「來啦！」

我喘著連茶也喝不下。

魯迅先生就問我：

「有什麼事嗎？」

我說：「天晴啦，太陽出來啦。」

許先生和魯迅先生都笑著，一種對於衝破憂鬱心境的嶄然的會心的笑。

海嬰一看到我非拉我到院子裡和他一道玩不可，拉我的頭髮或拉我的衣裳。

爲什麼他不拉別人呢？據周先生說：「他看你梳著辮子，和他差不多，別人在他眼裡都是大人，就看你小。」

許先生問著海嬰：「你爲什麼喜歡她呢？不喜歡別人？」

「她有小辮子。」說著就來拉我的頭髮。

魯迅先生家生客人很少，幾乎沒有，尤其是住在他家裡的人更沒有。一個禮拜六的晚上，在二樓上魯迅先生的臥室裡擺好了晚飯，圍著桌子坐滿了人。每逢禮拜六晚上都是這樣的，周建人先生帶著全家來拜訪的。在桌子邊坐著一個很瘦的很高的穿著中國小背心的人，魯迅先生介紹說：「這是一位同鄉，是商人。」

初看似乎對的，穿著中國褲子，頭髮剃的很短。當吃飯時，他還讓別人酒，也給我倒一盅，態度很活潑，不大像個商人；等吃完了飯，又談到《僞自由書》及《二心集》。這個商人，開明得很，在中國不常見。沒有見過的就總不大放心。

下一次是在樓下客廳後的方桌上吃晚飯，那天很晴，一陣陣的刮著熱風，雖然黃昏了，客廳裡還不昏黑。魯迅先生是新剪的頭髮，還能記得桌上有一盤黃花魚，大概是順著魯迅先生的口味，是用油煎的。魯迅先生面前擺著一碗酒，酒碗是扁扁的，好像用做吃飯的飯碗。那位商人先生也能喝酒，酒瓶就站在他的旁邊。他說蒙古人什麼樣，苗人什麼樣；從西藏經過時，那西藏女人見了男人追她，她就如何如何。

這商人可眞怪，怎麼專門走地方，而不做買賣？並且魯迅先生的書他也全讀過，一開口這個，一開口那個。並且海嬰叫他×先生，我一聽那×字就明白他是誰了。×先生常常回來得很遲，從魯迅先生家裡出來，在弄堂裡遇到了幾次。

有一天晚上×先生從三樓下來，手裡提著小箱子，身上穿著長袍子，站在魯迅先生的面前，他說他要搬了。他告了辭，許先生送他下樓去了。這時候周先生在地板上繞了兩個圈子，問我說：

「你看他到底是商人嗎？」

「是的。」我說。

魯迅先生很有意思地在地板上走幾步，而後向我說：「他是販賣私貨的商人，是販賣精神上的……」

×先生走過二萬五千里回來的。

青年人寫信，寫得太草率，魯迅先生是深惡痛絕之的。

「字不一定要寫得好，但必須得使人一看了就認識，年青人現在都太忙了……他自己趕快胡亂寫完了事，別人看了三遍五遍看不明白，這費了多少工夫，他不管。反正這費了工夫不是他的。這存心是不太好的。」

但他還是展讀著每封由不同角落裡投來的青年的信，眼睛不濟時，便戴起眼鏡來看，常常看到夜裡很深的時光。

魯迅先生坐在××電影院樓上的第一排，那片名忘記了，新聞片是蘇聯紀念「五一」節的紅場。

「這個我怕看不到的……你們將來可以看得到。」魯迅先生向我們周圍的人說。

珂勒惠支的畫，魯迅先生最佩服，同時也很佩服她的做人。珂勒惠支受希特拉的壓迫，不准她做教授，不准她畫畫，魯迅先生常講到她。

史沫特烈，魯迅先生也講到，她是美國女子，幫助印度獨立運動，現在又在援助中國。

魯迅先生介紹人去看的電影：《夏伯陽》、《復仇艷遇》……其餘的如《人猿泰山》……或者《非洲的怪獸》這一類的影片，也常介紹給人的。魯迅先生說：「電影沒有什麼好的，看看鳥獸之類倒可以增加些對於動物的知識。」

魯迅先生不遊公園，住在上海十年，兆豐公園沒有進過，虹口公園這麼近也沒有進過。春天一到了，我常告訴周先生，我說公園裡的土鬆軟了，公園裡的風多麼柔和。周先生答應選個晴好的天氣，選個禮拜日，海嬰休假日，好一道去，坐一乘小汽車一直開到兆豐公園，也算是短途旅行。但這只是想著而未有做到，並且把公園給下了定義。魯迅先生說：「公園的樣子我知道的……一進門分做兩條路，一條通左邊，一條通右邊，沿著路種著點柳樹什麼樹的，樹下擺著幾張長椅子，再遠一點有個水池子。」

我是去過兆豐公園的，也去過虹口公園或是法國公園的，彷彿這個定義適用於任何國度的公園設計者。

魯迅先生不戴手套，不圍圍巾，冬天穿著黑士藍的棉布袍子，頭上戴著灰色氈帽，腳穿黑帆布膠皮底鞋。

膠皮底鞋夏天特別熱，冬天又涼又濕，魯迅先生的身體不算好，大家都提議把這鞋子換掉。魯迅先生不肯，他說膠皮底鞋子走路方便。

「周先生一天走多少路呢？也不就一轉彎到××書店走一趟嗎？」

魯迅先生笑而不答。

「周先生不是很好傷風嗎？不圍巾子，風一吹不就傷風了嗎？」

魯迅先生這些個都不習慣，他說：

「從小就沒戴過手套圍巾，戴不慣。」

魯迅先生一推開門從家裡出來時，兩隻手露在外邊，很寬的袖口衝著風就向前走，腋下夾著個黑綢子印花的包袱，裡邊包著書或者是信，到老靶子路書店去了。

那包袱每天出去必帶出去，回來必帶回來。出去時帶著給青年們的信，回來又從書店帶來新的信和青年請魯迅先生看的稿子。

魯迅先生抱著印花包袱從外邊回來，還得提著一把傘，一進門客廳早坐著客人，把傘掛在衣架上就陪客人談起話來。談了很久了，傘上的水滴順著傘桿在地板上已經聚了一堆水。

魯迅先生上樓去拿香煙，抱著印花包袱，而那把傘也沒有忘記，順手也帶到樓上去。

魯迅先生的記憶力非常之強，他的東西從不隨便散置在任何地方。

魯迅先生很喜歡北方口味。許先生想請一個北方廚子，魯迅先生以爲開銷太大，請不得的，男佣人，至少要十五元錢的工錢。

所以買米買炭都是許先生下手。我問許先生爲什麼用兩個女佣人都是年老的，都是六七十歲的？許先生說她們做慣了，海嬰的保姆，海嬰幾個月時就在這裡。

正說著那矮胖胖的保姆走下樓梯來了，和我們打了個迎面。

「先生，沒吃茶嗎？」她趕快拿了杯子去倒茶，那剛剛下樓時氣喘的聲音還在喉管裡咕嚕咕嚕的，她確實年老了。

來了客人，許先生沒有不下廚房的，菜食很豐富，魚，肉……都是用大碗裝著，起碼四五碗，多則七八碗。可是平常就只三碗菜：一碗素炒豌豆苗，一碗筍炒鹹菜，再一碗黃花魚。

這菜簡單到極點。

魯迅先生的原稿，在拉都路一家炸油條的那裡用著包油條，我得到了一張，是譯《死魂靈》的原稿，寫信告訴了魯迅先生。魯迅先生不以爲稀奇，許先生倒很生氣。

魯迅先生出書的校樣，都用來揩桌，或做什麼的。請客人在家裡吃飯，吃到半道，魯迅先生回身去拿來校樣給大家分著。客人接到手裡一看，這怎麼可以？魯迅先生說：

「擦一擦，拿著雞吃，手是膩的。」

到洗澡間去，那邊也擺著校樣紙。

許先生從早晨忙到晚上，在樓下陪客人，一邊還手裡打著毛線。不然就是一邊談著話一邊站起來用手摘掉花盆裡花上已乾枯了的葉子。許先生每送一個客人，都要送到樓下門口，替客人把門開開，客人走出去而後輕輕地關了門再上樓來。

來了客人還到街上去買魚或買雞，買回來還要到廚房裡去工作。

魯迅先生臨時要寄一封信，就得許先生換起皮鞋子來到郵局或者大陸新村旁邊信筒那裡去。落著雨天，許先生就打起傘來。

許先生是忙的，許先生的笑是愉快的，但是頭髮有一些是白了的。

夜裡去看電影，施高塔路的汽車房只有一輛車，魯迅先生一定不坐，一定讓我們坐。許先生，周建人夫人……海嬰，周建人先生的三位女公子。我們上車了。

魯迅先生和周建人先生，還有別的一二位朋友在後邊。

看完了電影出來，又只叫到一部汽車，魯迅先生又一定不肯坐，讓周建人先生的全家坐著先走了。

魯迅先生旁邊走著海嬰，過了蘇州河的大橋去等電車去了。等了二三十分鐘電車還沒有來，魯迅先生依著沿蘇州河的鐵欄桿坐在橋邊的石圍上了，並且拿出香煙來，裝上煙嘴，悠然地吸著煙。

海嬰不安地來回地亂跑，魯迅先生還招呼他和自己並排坐下。

魯迅先生坐在那和一個鄉下的安靜老人一樣。

魯迅先生吃的是清茶，其餘不吃別的飲料。咖啡、可可、牛奶、汽水之類，家裡都不預備。

魯迅先生陪客人到深夜，必同客人一道吃些點心。那餅乾就是從鋪子裡買來的，裝在餅乾盒子裡，到夜深許先生拿著碟子取出來，擺在魯迅先生的書桌上。吃完了，許先生打開立櫃再取一碟。還有向日葵子差不多每來客人必不可少。魯迅先生一邊抽著煙，一邊剝著瓜子吃，吃完了一碟魯迅先生必請許先生再拿一碟來。

魯迅先生備有兩種紙煙，一種價錢貴的，一種便宜的。便宜的是綠聽子的，我不認識那是什麼牌子，只記得煙頭上帶著黃紙的嘴，每五十支的價錢大概是四角到五角，是魯迅先生自己平日用的。另一種是白聽子的，是前門煙，用來招待客人的，白聽煙放在魯迅先生書桌的抽屜裡。來客人魯迅先生下樓，把它帶到樓下去，客人走了，又帶回樓上來照樣放在抽屜裡。而綠聽子的永遠放在書桌上，是魯迅先生隨時吸著的。

魯迅先生的休息，不聽留聲機，不出去散步，也不倒在床上睡覺，魯迅先生自己說：

「坐在椅子上翻一翻書就是休息了。」

魯迅先生從下午二三點鐘起就陪客人，陪到五點鐘，陪到六點鐘，客人若在家吃飯，吃完飯又必要在一起喝茶，或者剛剛吃完茶走了，或者還沒走又來了客人，於是又陪下去，陪到八點鐘，十點鐘，常常陪到十二點鐘。從下午三點鐘起，陪到夜裡十二點，這麼長的時間，魯迅先生都是坐在藤躺椅上，不斷地吸著煙。

客人一走，已經是下半夜了，本來已經是睡覺的時候了，可是魯迅先生正要開始工作。

在工作之前，他稍微闔一闔眼睛，燃起一支煙來，躺在床邊上，這一支煙還沒有吸完，許先生差不多就在床裡邊睡著了（許先生爲什麼睡得這樣快？因爲第二天早晨六七點鐘就要來管理家務。）海嬰這時在三樓和保姆一道睡著了。

全樓都寂靜下去，窗外也一點聲音沒有了，魯迅先生站起來，坐到書桌邊，在那綠色的台燈下開始寫文章了。許先生說鷄鳴的時候，魯迅先生還是坐著，街上的汽車嘟嘟地叫起來了，魯迅先生還是坐著。

有時許先生醒了，看著玻璃窗白薩薩的了，燈光也不顯得怎麼亮了，魯迅先生的背影不像夜裡那樣高大。

魯迅先生的背影是灰黑色的，仍舊坐在那裡。

人家都起來了，魯迅先生才睡下。

海嬰從三樓下來了，背著書包，保姆送他到學校去，經過魯迅先生的門前，保姆總是吩咐他說：

「輕一點走，輕一點走。」

魯迅先生剛一睡下，太陽就高起來了，太陽照著隔院子的人家，明亮亮的，照著魯迅先生花園的夾竹桃，明亮亮的。

魯迅先生的書桌整整齊齊的，寫好的文章壓在書下邊，毛筆在燒瓷的小龜背上站著。

一雙拖鞋停在床下，魯迅先生在枕頭上邊睡著了。

魯迅先生喜歡吃一點酒，但是不多吃，吃半小碗或一碗。魯迅先生吃的是中國酒，多半是花雕。

老靶子路有一家小吃茶店，只有門面一間，在門面裡邊設座，座少，安靜，光線不充足，有些冷落。魯迅先生常到這裡吃茶店來，有約會多半是在這裡邊，老板是猶太人也許是白俄，胖胖的，中國話大概他聽不懂。

魯迅先生這一位老人，穿著布袍子，有時到這裡來，泡一壺紅茶，和青年人坐在一道談了一兩個鐘頭。

有一天魯迅先生的背後那茶座裡邊坐著一位摩登女子，身穿紫裙子、黃衣裳、頭戴花帽子……那女子臨走時，魯迅先生一看她，用眼瞪著她，很生氣地看了她半天。而後說：

「是做什麼的呢？」

魯迅先生對於穿著紫裙子、黃衣裳、花帽子的人就是這樣看法的。

鬼到底是有的沒有的？傳說上有人見過，還跟鬼說過話，還有人被鬼在後邊追趕過，吊死鬼一見了人就貼在牆上。但沒有一個人捉住一個鬼給大家看看。

魯迅先生講了他看見過鬼的故事給大家聽：

「是在紹興……」魯迅先生說，「三十年前……」

那時魯迅先生從日本讀書回來，在一個師範學堂裡也不知是什麼學堂裡教書，晚上沒有事時，魯迅先生總是到朋友家去談天。這朋友住的離學堂幾里路，幾里路不算遠，但必得經過一片墳地。談天有的時候就談得晚了，十一二點鐘才回學堂的事也常有，有一天魯迅先生就回去得很晚，天空有很大的月亮。

魯迅先生向著歸路走得很起勁時，往遠處一看，遠遠有一個白影。

魯迅先生不相信鬼的，在日本留學時是學的醫，常常把死人抬來解剖的，魯迅先生解剖過二十幾個，不但不怕鬼，對死人也不怕，所以對墳地也就根本不怕。仍舊是向前走的。

走了不幾步，那遠處的白影沒有了，再看突然又有了。並且時小時大，時高時低，正和鬼一樣。鬼不就是變幻無常的嗎？

魯迅先生有點躊躇了，到底向前走呢？還是回過頭來走？本來回學堂不止這一條路，這不過是最近的一條就是了。

魯迅先生仍是向前走，到底要看一看鬼是什麼樣，雖然那時候也怕了。

魯迅先生那時從日本回來不久，所以還穿著硬底皮鞋。魯迅先生決心要給那鬼一個致命的打擊，等走到那白影旁邊時，那白影縮小，蹲下了，一聲不響地靠住了一個墳堆。

魯迅先生就用了他的硬皮鞋踢了出去。

那白影噢的一聲叫起來，隨著就站起來，魯迅先生定眼看去，他卻是個人。

魯迅先生說在他踢的時候，他是很害怕的，好像若一下不把那東西踢死，自己反而會遭殃的，所以用了全力踢出去。

原來是個盜墓子的人在墳場上半夜做著工作。

魯迅先生說到這裡就笑了起來。

「鬼也是怕踢的，踢他一腳就立刻變成人了。」

我想，倘若是鬼常常讓魯迅先生踢踢倒是好的，因爲給了他一個做人的機會。

從福建菜館叫的菜，有一碗魚做的丸子。

海嬰一吃就說不新鮮，許先生不信，別的人也都不信。因爲那丸子有的新鮮，有的不新鮮，別人吃到嘴裡的恰好都是沒有改味的。

許先生又給海嬰一個，海嬰一吃，又不是好的，他又嚷嚷著。別人都不注意，魯迅先生把海嬰碟裡的拿來嘗嘗，果然不是新鮮的，魯迅先生說：

「他說不新鮮，一定也有他的道理，不加以查看就抹煞是不對的。」

…………

以後我想起這件事來，私下和許先生談過，許先生說：「周先生的做人，眞是我們學不了的。哪怕一點點小事。」

魯迅先生包一個紙包也要包得整整齊齊，常常把要寄出的書，魯迅先生從許先生手裡拿過來自己包，許先生本來包得多麼好，而魯迅先生還要親自動手。

魯迅先生把書包好了，用細繩捆上，那包方方正正，連一個角也不准歪一點或扁一點，而後拿著剪刀，攬捆書的那繩頭都剪得整整齊齊。

就是包這書的紙都不是新的，都是從街上買東西回來留下來的。許先生上街回來把買來的東西一打開隨手就把包東西的牛皮紙折起來，隨手把小細繩捲了一個捲。若小細繩有一個疙瘩，也要隨手把它解開的。準備著隨時用隨時方便。

魯迅先生住的是大陸新村九號。

一進弄堂口，滿地鋪著大方塊的水門汀，院子裡不怎樣嘈雜，從這院子出入的有時候是外國人，也能夠看到外國小孩在院子裡零星的玩著。

魯迅先生隔壁掛著一塊大的牌子，上面寫著一個「茶」字。

在一九三五年十月一日。

魯迅先生的客廳裡擺著長桌，長桌是黑色的，油漆不十分新鮮，但也並不破舊，桌上沒有鋪什麼桌布，只在長桌的當處擺著一個綠豆青色的花瓶，花瓶裡長著幾株大葉子的萬年青。圍著長桌有七八張木椅子。尤其是在夜裡，全弄堂一點什麼聲音也聽不到。

那夜，就和魯迅先生和許先生一道坐在長桌旁邊喝茶的。當夜談了許多關於僞滿洲國的事情，從飯後談起，一直談到九點鐘十點鐘而後到十一點鐘。時時想退出來，讓魯迅先生好早點休息，因爲我看出來魯迅先生身體不大好，又加上聽許先生說過，魯迅先生傷風了一個多月，剛好了的。

但魯迅先生並沒有疲倦的樣子。雖然客廳裡也擺著一張可以臥倒的藤椅，我們勸他幾次想讓他坐在藤椅上休息一下，但是他沒有去，仍舊坐在椅子上。並且還上樓一次，去加穿了一件皮袍子。

那夜魯迅先生到底講了些什麼，現在記不起來了。也許想起來的不是那夜講的而是以後講的也說不定。過了十一點，天就落雨了，雨點淅瀝淅瀝地打在玻璃窗上，窗子沒有窗簾，所以偶一回頭，就看到玻璃窗上有小水流往下流。夜已深了，並且落了雨，心裡十分著急，幾次站起來想要走，但是魯迅先生和許先生一再說再坐一下：「十二點以前終歸有車子可搭的。」所以一直坐到將近十二點，才穿起雨衣來，打開客廳外邊的響著的鐵門，魯迅先生非要送到鐵門外不可。我想爲什麼他一定要送呢？對於這樣年輕的客人，這樣地送是應該的嗎？雨不會打濕了頭髮，受了寒傷風不又要繼續下去嗎？站在鐵門外邊，魯迅先生說，並且指著隔壁那家寫著「茶」字的大牌子：「下次來記住這個『茶』字，就是這個『茶』的隔壁。」

而且伸出手去，幾乎是觸到了釘在鐵門旁邊的那個九號的「九」字，「下次記住茶的旁邊九號。」

於是腳踏著方塊的水門汀，走出弄堂來，回過身去往院子裡邊看了一看，魯迅先生那一排房子統統是黑洞洞的，若不是告訴的那樣清楚，下次來恐怕要記不住的。

魯迅先生的臥室，一張鐵架大床，床頂上遮著許先生親手做的白布刺花的圍子，順著床的一邊折著兩床被子，都是很厚的，是花洋布的被面。挨著門口的床頭的方面站著抽屜櫃。一進門的左手擺著八仙桌，桌子的兩旁藤椅各一，立櫃站在和方桌一排的牆角，立櫃本是掛衣服的，衣裳卻很少，都讓糖盒子、餅乾桶子、瓜子罐給塞滿了。有一次××老板的太太來拿版權的圖章花，魯迅先生就從立櫃下邊大抽屜裡取出的。沿著牆角往窗子那邊走，有一張裝飾台，桌子上有一個方形的滿浮著綠草的玻璃養魚池，裡邊游著的不是金魚而是灰色的扁肚子的小魚。除了魚池之外另有一只圓的錶，其餘那上邊滿裝著書。鐵床架靠窗子的那頭的書櫃裡書櫃外都是書。最後是魯迅先生的寫字台，那上邊也都是書。

魯迅先生家裡，從樓上到樓下，沒有一個沙發。魯迅先生工作時坐的椅子是硬的，到樓下陪客人時坐的椅子又是硬的。

魯迅先生的寫字台面向著窗子，上海弄堂房子的窗子差不多滿一面牆那麼大，魯迅先生把它關起來，因爲魯迅先生工作起來有一個習慣，怕吹風，風一吹，紙就動，時時防備著紙跑，文章就寫不好。所以屋子裡熱得和蒸籠似的，請魯迅先生到樓下去，他又不肯，魯迅先生的習慣是不換地方。有時太陽照進來，許先生勸他把書桌移開一點都不肯。只有滿身流汗。

魯迅先生的寫字桌，鋪了張藍格子的油漆布，四角都用圖釘按著。桌子上有小硯台一方，墨一塊，毛筆站在筆架上。筆架是燒瓷的，在我看來不很細致，是一個龜，龜背上帶著好幾個洞，筆就揷在那洞裡。魯迅先生多半是用毛筆的，鋼筆也不是沒有，是放在抽屜裡。桌上有一個方大的白瓶的煙灰盒，還有一個茶杯，杯子上戴著蓋。

魯迅先生的習慣與別人不同，寫文章用的材料和來信都壓在桌子上，把桌子都壓得滿滿的，幾乎只有寫字的地方可以伸開手，其餘桌子的一半被書或紙張占有著。

左手邊的桌角上有一個帶綠燈罩的台燈，那燈泡是橫著裝的，在上海那是極普通的台燈。

冬天在樓上吃飯，魯迅先生自己拉著電線把台燈的機關從棚頂的燈頭上拔下，而後裝上燈泡子。等飯吃過，許先生再把電線裝起來，魯迅先生的台燈就是這樣做成的，拖著一根長長的電線在棚頂上。

魯迅先生的文章，多半是在這台燈下寫。因爲魯迅先生的工作時間，多半是下半夜一兩點起，天將明了休息。

臥室就是如此，牆上掛著海嬰公子一個月嬰孩的油畫像。

挨著臥室的後樓裡邊，完全是書了，不十分整齊，報紙和雜誌或洋裝的書，都混在這間屋子裡，一走進去多少還有些紙張氣味。地板被書遮蓋得太小了，幾乎沒有了，大網籃也堆在書中。牆上拉著一條繩子或者是鐵絲，就在那上邊繫了小提盒、鐵絲籠之類。風乾荸薺就盛在鐵絲籠，扯著的那鐵絲幾乎被壓斷了在彎彎著。一推開藏書室的窗子，窗子外邊還掛著一筐風乾荸薺。

「吃吧，多得很，風乾的，格外甜。」許先生說。

樓下廚房傳來了煎菜的鍋鏟的響聲，並且兩個年老的娘姨慢重重地在講一些什麼。

廚房是家庭最熱鬧的一部分。整個三層樓都是靜靜的，喊娘姨的聲音沒有，在樓梯上跑來跑去的聲音沒有。魯迅先生家裡五六間房子只住著五個人，三位是先生的全家，餘下的二位是年老的女佣人。

來了客人都是許先生親自倒茶，即或是麻煩到娘姨時，也是許先生下樓去吩咐，絕沒有站到樓梯口就大聲呼喚的時候。所以整個房子都在靜悄悄之中。

只有廚房比較熱鬧了一點，自來水嘩嘩地流著，洋瓷盆在水門汀的水池子上每拖一下磨著嚓嚓地響，洗米的聲音也是嚓嚓的。魯迅先生很喜歡吃竹筍的，在菜板上切著筍片筍絲時，刀刃每劃下去都是很響的。其他比起別人家的廚房來卻冷清極了，所以洗米聲和切筍聲都分開來聽得樣樣清清晰晰。

客廳的一邊擺著並排的兩個書架，書架是帶玻璃櫥的，裡邊有朵斯托益夫斯基的全集和別的外國作家的全集，大半都是日文譯本。地板上沒有地毯，但擦得非常乾淨。

海嬰公子的玩具櫥也站在客廳裡，裡邊是些毛猴子、橡皮人、火車汽車之類，裡邊裝得滿滿的，別人是數不清的，只有海嬰自己伸手到裡邊找些什麼就有什麼。過新年時在街上買的兔子燈，紙毛上已經落了灰塵了，仍擺在玩具櫥頂上。

客廳只有一個燈頭，大概五十燭光。客廳的後門對著上樓的樓梯，前門一打開有一個一方丈大小的花園，花園裡沒有什麼花看，只有一株很高的七八尺高的小樹，大概那樹是柳桃，一到了春天，容易生長蚜蟲，忙得許先生拿著噴蚊蟲的機器，一邊陪著談話，一邊噴著殺蟲藥水。沿著牆根，種了一排玉米，許先生說：「這玉米長不大的，這土是沒有養料的，海嬰一定要種。」

春天，海嬰在花園裡掘著泥沙，培植著各種玩藝。

三樓則特別靜了，向著太陽開著兩扇玻璃門，門外有一個水門汀的突出的小廊子，春天很溫暖的撫摸著門口長垂著的簾子，有時簾子被風打得很高，飄揚的飽滿的和大魚泡似的。那時候隔院的綠樹照進玻璃門扇裡邊來了。

海嬰坐在地板上裝著小工程師在修著一座樓房，他那樓房是用椅子橫倒了架起來修的，而後遮起一張被單來算作屋瓦，全個房子在他自己拍著手的讚譽聲中完成了。

這間屋感到些空曠和寂寞，既不像女工住的屋子，又不像兒童室。海嬰的眠床靠著屋子的一邊放著，那大圓頂帳子日裡也不打起來，長拖拖的好像從棚頂一直拖到地板上，那床是非常講究的，屬於刻花的木器一類的。許先生講過，租這房子時，從前一個房客轉留下來的。海嬰和他的保姆，就睡在五六尺寬的大床上。

冬天燒過的火爐，三月裡還冷冰冰地在地板上站著。

海嬰不大在三樓上玩的，除了到學校去，就是在院裡踏腳踏車，他非常歡喜跑跳，所以廚房、客廳、二樓，他是無處不跑的。

三樓整天在高處空著，三樓的後樓住著另一個老女工，一天很少上樓來，所以樓梯擦過後，一天到晚乾淨的溜明。

一九三六年三月裡魯迅先生病了，靠在二樓的躺椅上，心臟跳動得比平日厲害，臉色略微灰了一點。

許先生正相反的，臉色是紅的，眼睛顯得大了，講話的聲音是平靜的，態度並沒有比平日慌張。在樓下一走進客廳來許先生就告訴說：

「周先生病了，氣喘……喘得厲害，在樓上靠在躺椅上。」

魯迅先生呼喘的聲音，不用走到他的旁邊，一進了臥室就聽得到的。鼻子和鬍鬚在搧著，胸部一起一落。眼睛閉著，差不多永久不離開手的紙煙，也放棄了。藤椅後邊靠著枕頭，魯迅先生的頭有些向後，兩隻手空閒的垂著。眉頭仍和平日一樣沒有聚皺，臉上是平靜的、舒展的，似乎並沒有任何痛苦加在身上。

「來了吧？」魯迅先生睜一睜眼睛，「不小心，著了涼呼吸困難……到藏書的房子去翻一翻書……那房子因爲沒有人住，特別涼……回來就……」

許先生看周先生說話吃力，趕緊接著說周先生是怎樣氣喘的。

醫生看過了，吃了藥，但喘並未停。下午醫生又來過，剛剛走。

臥室在黃昏裡邊一點一點地暗下去，外邊起了一點小風，隔院的樹被風搖著發響。別人家的窗子有的被風打著發出自動關開的響聲，家家的流水道都是嘩啦嘩啦的響著水聲，一定是晚餐之後洗著杯盤的剩水。晚餐後該散步的散步去了，該會朋友的會朋友去了，弄堂裡來去的稀疏不斷地走著人，而娘姨們還沒有解掉圍裙呢，就依著後門彼此搭訕起來。小孩子們三五一伙前門後門地跑著，弄堂外汽車穿來穿去。

魯迅先生坐在躺椅上，沉靜地，不動地闔著眼睛，略微灰了的臉色被爐裡的火染紅了一點。紙煙聽子蹲在書桌上，蓋著蓋子，茶杯也蹲在桌子上。

許先生輕輕地在樓梯上走著，許先生一到樓下去，二樓就只剩了魯迅先生一個人坐在椅子上，呼喘把魯迅先生的胸部有規律性的抬得高高的。

「魯迅先生必得休息的，」須藤醫生這樣說的。可是魯迅先生從此不但沒有休息，並且腦子裡所想的更多了，要做的事情都像非立刻就做不可，校《海上述林》的校樣，印珂勒惠支的畫，翻譯《死魂靈》下部，剛好了，這些就都一起開始了，還計算著出三十年集（即魯迅全集）。

魯迅先生感到自己的身體不好，就更沒有時間注意身體，所以要多做，趕快做。當時大家不解其中的意思，都以爲魯迅先生對於休息不以爲然，後來讀了魯迅先生《死》的那篇文章才了然了。

魯迅先生知道自己的健康不成了，工作的時間沒有幾年了，死了是不要緊的，只要留給人類更多，魯迅先生就是這樣。

不久書桌上德文字典和日文字典都擺起來了，果戈里的《死魂靈》，又開始翻譯了。

魯迅先生的身體不大好，容易傷風，傷風之後，照常要陪客人，回信，校稿子。所以傷風之後總要拖下去一個月或半個月的。

瞿秋白的《海上述林》校樣，一九三五年冬，一九三六年的春天，魯迅先生不斷地校著，幾十萬字的校樣，要看三遍，而印刷所送校樣來總是十頁八頁的，並不是統統一道地送來，所以魯迅先生不斷地被這校樣催索著，魯迅先生竟說：

「看吧，一邊陪著你們談話，一邊看校樣，眼睛可以看，耳朵可以聽⋯⋯」

有時客人來了，一邊說著笑話，魯迅先生一邊放下了筆。有的時候也說：「剩幾個字了⋯⋯請坐一坐⋯⋯」

一九三五年冬天許先生說：

「周先生的身體是不如從前了。」

有一次魯迅先生到飯館裡去請客，來的時候興致很好，還記得那次吃了一隻烤鴨子，整個的鴨子用大鋼叉子叉上來時，大家看這鴨子烤的又油又亮的，魯迅先生也笑了。

菜剛上滿了，魯迅先生就到躺椅上吸一支煙，並且闔一闔眼睛。一吃完了飯，有的喝多了酒的，大家都亂鬧了起來，彼此搶著蘋果，彼此諷刺著玩，說著一些人可笑的話。而魯迅先生這時候，坐在躺椅上，闔著眼睛，很莊嚴地在沉默著，讓拿在手上紙煙的煙絲，裊裊地上升著。

別人以爲魯迅先生也是喝多了酒吧！

許先生說，並不的。

「周先生的身體是不如從前了，吃過了飯總要閉一閉眼睛稍微休息一下，從前一向沒有這習慣。」

周先生從椅子上站起來了，大概說他喝多了酒的話讓他聽到了。

「我不多喝酒的。小的時候，母親常提到父親喝了酒，脾氣怎樣壞，母親說，長大了不要喝酒，不要像父親那樣子⋯⋯所以我不多喝的⋯⋯從來沒喝醉過⋯⋯」

魯迅先生休息好了，換了一支煙，站起來也去拿蘋果吃，可是蘋果沒有了。魯迅先生說：

「我爭不過你們了，蘋果讓你們搶沒了。」

有人搶到手的還在保存著的蘋果，奉獻出來，魯迅先生沒有吃，只在吸煙。

一九三六年春，魯迅先生的身體不大好，但沒有什麼病，吃過了夜飯，坐在躺椅上，總要閉一閉眼睛沉靜一會。

許先生對我說，周先生在北平時，有時開著玩笑，手按著桌子一躍就能夠躍過去，而近年來沒有這麼做過。大概沒有以前那麼靈便了。

這話許先生和我是私下講的：魯迅先生沒有聽見，仍靠在躺椅上沉默著呢。

許先生開了火爐門，裝著煤炭嘩嘩地響，把魯迅先生震醒了。一講起話來魯迅先生的精神又照常一樣。

魯迅先生睡在二樓的床上已經一個多月了，氣喘雖然停止。但每天發熱，尤其是在下午熱度總在三十八度三十九度之間，有時也到三十九度多，那時魯迅先生的臉是微紅的，目力是疲弱的，不吃東西，不大多睡，沒有一些呻吟，似乎全身都沒有什麼痛楚的地方。躺在床上的時候張開眼睛看著，有的時候似睡非睡的安靜地躺著，茶吃得很少。差不多一刻也不停地吸煙，而今幾乎完全放棄了，紙煙聽子不放在床邊，而仍很遠的蹲在書桌上，若想吸一支，是請許先生付給的。

許先生從魯迅先生病起，更過度地忙了。按著時間給魯迅先生吃藥，按著時間給魯迅先生試溫度表，試過了之後還要把一張醫生發給的表格填好，那表格是一張硬紙，上面畫了無數根線，許先生就在這張紙上拿著米度尺畫著度數，那表面畫得和尖尖的小山丘似的，又像尖尖的水晶石，高的低的一排連一排地站著。許先生雖每天畫，但那像是一條接連不斷的線，不過從低處到高處，從高處到低處，這高峰越高越不好，也就是魯迅先生的熱度越高了。

來看魯迅先生的人，多半都不到樓上來了，爲的請魯迅先生好好地靜養，所以把陪客人這些事也推到許先生身上來了。還有書、報、信，都要許先生看過，必要的就告訴魯迅先生，不十分必要的，就先把它放在一處放一放，等魯迅先生好些了再取出來交給他。然而這家庭裡邊還有許多瑣事，比方年老的娘姨病了，要請兩天假；海嬰的牙齒脫掉一個要到牙醫那裡去看過，但是帶他去的人沒有，又得許先生。海嬰在幼稚園裡讀書，又是買鉛筆、買皮球，還有臨時出些個花頭，跑上樓來了，說要吃什麼花生糖，什麼牛奶糖，他上樓來是一邊跑著一邊喊著，許先生連忙拉住了他，拉他下了樓才跟他講：

「爸爸病啦，」而後拿出錢來，囑咐好了娘姨，只買幾塊糖而不准讓他格外的多買。

收電燈費的來了，在樓下一打門，許先生就得趕快往樓下跑，怕的是再多打幾下，就要驚醒了魯迅先生。

海嬰最喜歡聽講故事，這也是無限的麻煩，許先生除了陪海嬰講故事之外，還要在長桌上偷一點工夫來看魯迅先生爲有病耽擱下來尚未校完的校樣。

在這期間，許先生比魯迅先生更要擔當一切了。

魯迅先生吃飯，是在樓上單開一桌，那僅僅是一個方木桌，許先生每餐親手端到樓上去，每樣都用小吃碟盛著，那小吃碟直徑不過二寸，一碟豌豆苗或菠菜或莧菜，把黃花魚或者鷄之類也放在小碟裡端上樓去。若是鷄，那鷄也是全鷄身上最好的一塊地方揀下來的肉；若是魚，也是魚身上最好的一部分，許先生才把它揀下來放在小碟裡。

許先生用筷子來回地翻著樓下的飯桌上菜碗裡的東西，菜揀嫩的，不要莖，只要葉，魚肉之類，揀燒得軟的，沒有骨頭沒有刺的。

心裡存著無限的期望，無限的要求，用了比祈禱更虔誠的目光，許先生看著她自己手裡選得精精致致的菜盤子，而後腳板觸了樓梯上了樓。

希望魯迅先生多吃一口，多動一動筷，多喝一口鷄湯。鷄湯和牛奶是醫生所囑的，一定要多吃一些的。

把飯送上去，有時許先生陪在旁邊，有時走下樓來又做些別的事，半個鐘頭之後，到樓上去取這盤子。這盤子裝得滿滿的，有時竟照原樣一動也沒有動又端下來，這時候許先生的眉頭微微地皺了一點。旁邊若有什麼朋友，許先生就說：「周先生的熱度高，什麼也吃不落，連茶也不願意吃，人很苦，人很吃力。」

有一天許先生用波浪式的專門切麵包的刀切著麵包，是在客廳後邊方桌上切的，許先生一邊切著一邊對我說：

「勸周先生多吃東西，周先生說，人好了再保養，現在勉強吃也是沒有用的。」

許先生接著似乎問著我：

「這也是對的？」

而後把牛奶麵包送上樓去了。一碗燒好的鷄湯，從方盤裡許先生把它端出來了，就擺在客廳後的方桌上。許先生上樓去了，那碗熱的鷄湯在方桌上自己悠然地冒著熱氣。

許先生由樓上回來還說呢：

「周先生平常就不喜歡吃湯之類，在病裡，更勉強不下了。」

許先生似乎安慰著自己似的。

「周先生人強，喜歡吃硬的，油炸的，就是吃飯也喜歡吃硬飯……」

許先生樓上樓下地跑，呼吸有些不平靜，坐在她旁邊，似乎可以聽到她心臟的跳動。

魯迅先生開始獨桌吃飯以後，客人多半不上樓來了，經許先生婉言把魯迅先生健康的經過報告了之後就走了。

魯迅先生在樓上一天一天地睡下去，睡了許多日子，都寂寞了，有時大概熱度低了點就問許先生：

「什麼人來過嗎？」

看魯迅先生好些，就一一地報告過。

有時也問到有什麼刊物來嗎？

魯迅先生病了一個多月了。

證明了魯迅先生是肺病，並且是肋膜炎，須藤老醫生每天來了，爲魯迅先生把肋膜積水用打針的方法抽淨，共抽過兩三次。

這樣的病，爲什麼魯迅先生一點也不曉得呢？許先生說，周先生有時覺得肋痛了就自己忍著不說，所以連許先生也不知道，魯迅先生怕別人曉得了又要不放心，又要看醫生，醫生一定又要說休息。魯迅先生自己知道做不到的。

福民醫院美國醫生的檢查，說魯迅先生肺病已經二十年了。這次發了怕是很嚴重。

醫生規定個日子，請魯迅先生到福民醫院去詳細檢查，要照X光的。

但魯迅先生當時就下樓是下不得的，又過了許多天，魯迅先生到福民醫院去檢查病去了。照X光後給魯迅先生照了一個全部的肺部的照片。

這照片取來的那天許先生在樓下給大家看了，右肺的上尖是黑的，中部也黑了一塊，左肺的下半部都不大好，而沿著左肺的邊邊黑了一大圈。

這之後，魯迅先生的熱度仍高，若再這樣熱度不退，就很難抵抗了。

那查病的美國醫生，只查病，而不給藥吃，他相信藥是沒有用的。

須藤老醫生，魯迅先生早就認識，所以每天來，他給魯迅先生吃了些退熱藥，還吃停止肺病菌活動的藥。他說若肺不再壞下去，就停止在這裡，熱自然就退了，人是不危險的。

在樓下的客廳裡，許先生哭了。許先生手裡拿著一團毛線，那是海嬰的毛線衣拆了洗過之後又團起來的。

魯迅先生在無欲望狀態中，什麼也不吃，什麼也不想，睡覺似睡非睡的。

天氣熱起來了，客廳的門窗都打開著，陽光跳躍在門外的花園裡。麻雀來了停在夾竹桃上叫了三兩聲就飛去，院子裡的小孩們唧唧喳喳地玩耍著，風吹進來好像帶著熱氣，撲到人的身上，天氣剛剛發芽的春天，變爲夏天了。

樓上老醫生和魯迅先生談話的聲音隱約可以聽到。

樓下又來客人，來的人總要問：

「周先生好一點嗎？」

許先生照常說：「還是那樣子。」

但今天說了眼淚又流了滿臉。一邊拿起杯子來給客人倒茶，一邊用左手拿著手帕按著鼻子。

客人問：

「周先生又不大好嗎？」

許先生說：

「沒有的，是我心窄。」

過了一會魯迅先生要找什麼東西，喊許先生上樓去，許先生連忙擦著眼睛，想說她不上樓的，但左右看了一看，沒有人能代替了她，於是帶著她那團還沒有纏完的毛線球上樓去了。

樓上坐著老醫生，還有兩位探望魯迅先生的客人。許先生一看了他們就自己低了頭不好意思地笑了，她不敢到魯迅先生的面前去，背轉著身問魯迅先生要什麼呢，而後又是慌忙地把毛線縷掛在手上纏了起來。

一直到送老醫生下樓，許先生都是把背向著魯迅先生而站著的。

每次老醫生走，許先生都是替老醫生提著皮提包送到前門外的。許先生愉快地、沉靜地帶著笑容打開鐵門閂，很恭敬地把皮包交給老醫生，眼看著老醫生走了才進來關了門。

這老醫生出入在魯迅先生的家裡，連老娘姨對他都是尊敬的，醫生從樓上下來時，娘姨若在樓梯的半道，趕快下來躲開，站到樓梯的旁邊。有一天老娘姨端著一個杯子上樓，樓上醫生和許先生一道下來了，那老娘姨躲閃不靈，急得把杯裡的茶都顛出來了。等醫生走過去，已經走出了前門，老娘姨還在那裡呆呆地望著。

「周先生好了點吧？」

有一天許先生不在家，我問著老娘姨。她說：

「誰曉得，醫生天天看過了不聲不響就走了。」

可見老娘姨對醫生每天是懷著期望的眼光看著他的。

許先生很鎮靜，沒有紊亂的神色，雖然說那天當著人哭過一次，但該做什麼，仍是做什麼，毛線該洗的已經洗了，晒的已經晒起，晒乾了的隨手就把它團起團子。

「海嬰的毛線衣，每年拆一次，洗過之後再重打起，人一年一年地長，衣裳一年穿過，一年就小了。」

在樓下陪著熟的客人，一邊談著，一邊開始手裡動著竹針。

這種事情許先生是偷空就做的，夏天就開始預備著冬天的，冬天就做夏天的。

許先生自己常常說：

「我是無事忙。」

這話很客氣，但忙是眞的，每一餐飯，都好像沒有安靜地吃過。海嬰一會要這個，要那個；若一有客人，上街臨時買菜，下廚房煎炒還不說，就是擺到桌上，還要從菜碗裡爲著客人選好的夾過去。飯後又是吃水果，若吃蘋果還要把皮削掉，若吃荸薺看客人削得慢而不好也要削了送給客人吃，那時魯迅先生還沒有生病。

許先生除了打毛線衣之外，還用機器縫衣裳，剪裁了許多件海嬰的內衫褲在窗下縫。

因此許先生對自己忽略了，每天上下樓跑著，所穿的衣裳都是舊的，次數洗得太多，鈕釦都洗脫了，也磨破了，都是幾年的舊衣裳，春天時許先生穿了一件紫紅寧綢袍子，那料子是海嬰在嬰孩時候別人送給海嬰做被子的禮物。做被子，許先生說很可惜，就揀起來做一件袍子。正說著，海嬰來了，許先生使眼神，且不要提到，若提到海嬰又要麻煩起來了，一要說是他的，他就要要。

許先生冬天穿一雙大棉鞋，是她自己做的。一直到二三月早晚冷時還穿著。

有一次我和許先生在小花園裡拍一張照片，許先生說她的鈕釦掉了，還拉著我站在她前邊遮著她。

許先生買東西也總是到便宜的店鋪去買，再不然，到減價的地方去買。

處處儉省，把儉省下來的錢，都印了書和印了畫。

現在許先生在窗下縫著衣裳，機器聲格噠格噠的，震著玻璃門有些顫抖。

窗外的黃昏，窗內許先生低著的頭，樓上魯迅先生的咳嗽聲，都攪混在一起了，重續著、埋藏著力量。在痛苦中，在悲哀中，一種對於生的強烈的願望站得和強烈的火焰那樣堅定。

許先生的手指把捉了在縫的那張布片，頭有時隨著機器的力量低沉了一兩下。

許先生的面容是寧靜的、莊嚴的、沒有恐懼的，她坦蕩地在使用著機器。

海嬰在玩著一大堆黃色的小藥瓶，用一個紙盒子盛著，端起來樓上樓下地跑。向著陽光照是金色的，平放著是咖啡色的，他召集了小朋友來，他向他們展覽，向他們誇耀，這種玩藝只有他有而別人不能有。他說：

「這是爸爸打藥針的藥瓶，你們有嗎？」

別人不能有，於是他拍著手驕傲地呼叫起來。

許先生一邊招呼著他，不叫他喊，一邊下樓來了。

「周先生好了些？」

見了許先生大家都是這樣問的。

「還是那樣子，」許先生說，隨手抓起一個海嬰的藥瓶來：「這不是麼，這許多瓶子，每天打針、藥瓶也積了一大堆。」

許先生一拿起那藥瓶，海嬰上來就要過去，很寶貴地趕快把那小瓶擺到紙盒裡。

在長桌上擺著許先生自己親手做的蒙著茶壺的棉罩子，從那藍緞子的花罩下拿著茶壺倒著茶。

樓上樓下都是靜的了，只有海嬰快活的和小朋友們的吵嚷躲在太陽裡跳蕩。

海嬰每晚臨睡時必向爸爸媽媽說：「明朝會！」

有一天他站在上三樓去的樓梯口上喊著：

「爸爸，明朝會！」

魯迅先生那時正病的沉重，喉嚨裡邊似乎有痰，那回答的聲音很小，海嬰沒有聽到，於是他又喊：

「爸爸，明朝會！」他等一等，聽不到回答的聲音，他就大聲地連串地喊起來：

「爸爸，明朝會，爸爸，明朝會，……爸爸，明朝會……」

他的保姆在前邊往樓上拖他，說是爸爸睡下了，不要喊了。可是他怎麼能夠聽呢，仍舊喊。

這時魯迅先生說「明朝會」，還沒有說出來喉嚨裡邊就像有東西在那裡堵塞著，聲音無論如何放不大。到後來，魯迅先生掙扎著把頭抬起來才很大聲地說出：

「明朝會，明朝會。」

說完了就咳嗽起來。

許先生被驚動得從樓下跑來了，不住地訓斥著海嬰。

海嬰一邊哭著一邊上樓去了，嘴裡嘮叨著：

「爸爸是個聾人哪！」

魯迅先生沒有聽到海嬰的話，還在那裡咳嗽著。

魯迅先生在四月裡，曾經好了一點，有一天下樓去赴一個約會，把衣裳穿的整整齊齊，手下夾著黑花布包袱，戴起帽子來，出門就走。

許先生在樓下正陪客人，看魯迅先生下來了，趕快說：

「走不得吧，還是坐車子去吧。」

魯迅先生說：「不要緊，走得動的。」

許先生再加以勸說，又去拿零錢給魯迅先生帶著。

魯迅先生說不要不要，堅決地走了。

「魯迅先生的脾氣很剛強。」

許先生無可奈何的，只說了這一句。

魯迅先生晚上回來，熱度增高了。

魯迅先生說：

「坐車子實在麻煩，沒有幾步路，一走就到。還有，好久不出去，願意走走……動一動就出毛病……還是動不得……」

病壓服著魯迅先生又躺下了。

七月裡，魯迅先生又好些。

藥每天吃，記溫度的表格照例每天好幾次在那裡畫，老醫生還是照常地來，說魯迅先生就要好起來了。說肺部的菌已經停止了一大半，肋膜也好了。

客人來差不多都要到樓上來拜望拜望。魯迅先生帶著久病初癒的心情，又談起話來，披了一張毛巾子坐在躺椅上，紙煙又拿在手裡了，又談翻譯，又談某刊物。

一個月沒有上樓去，忽然上樓還有些心不安，我一進臥室的門，覺得站也沒地方站，坐也不知坐在哪裡。

許先生讓我吃茶，我就依著桌子邊站著。好像沒有看見那茶杯似的。

魯迅先生大概看出我的不安來了，便說：

「人瘦了，這樣瘦是不成的，要多吃點。」

魯迅先生又在說玩笑話了。

「多吃就胖了，那麼周先生爲什麼不多吃點？」

魯迅先生聽了這話就笑了，笑聲是明朗的。

從七月以後魯迅先生一天天地好起來了，牛奶、鷄湯之類，爲了醫生所囑也隔三差五地吃著，人雖是瘦了，但精神是好的。

魯迅先生說自己體質的本質是好的，若差一點的，就讓病打倒了。

這一次魯迅先生保持了很久時間，沒有下樓更沒有到外邊去過。

在病中，魯迅先生不看報，不看書，只是安靜地躺著。但有一張小畫是魯迅先生放在床邊上不斷看著的。

那張畫，魯迅先生未生病時，和許多畫一道拿給大家看過的，小得和紙煙包裡抽出來的那畫片差不多。那上邊畫著一個穿大長裙子飛散著頭髮的女人在大風裡邊跑，在她旁邊的地面上還有小小的紅玫瑰的花朵。

記得是一張蘇聯某畫家著色的木刻。

魯迅先生有很多畫，爲什麼只選了這張放在枕邊。

許先生告訴我的，她也不知道魯迅先生爲什麼常常看這小畫。

有人來問他這樣那樣的，他說：

「你們自己學著做，若沒有我呢！」

這一次魯迅先生好了。

還有一樣不同的，覺得做事要多做……

魯迅先生以爲自己好了，別人也以爲魯迅先生好了。

準備冬天要慶祝魯迅先生工作三十年。

又過了三個月。

一九三六年十月十七日，魯迅先生病又發了，又是氣喘。

十七日，一夜未眠。

十八日，終日喘著。

十九日的下半夜，人衰弱到極點了。天將發白時，魯迅先生就像他平日一樣，工作完了，他休息了。

一九三九年十月

魯迅年表（1881-1936）

紀年	歲數	生平簡要事跡
1881 年	1 歲	生於浙江紹興周家，取名樟壽（後改名樹人）。
1887 年	7 歲	入家塾讀書。
1892 年	12 歲	入三味書屋讀書。
1893 年	13 歲	祖父周福清因科場弊案入獄，周家變賣家產營救，避難親戚家。
1894 年	14 歲	父周鳳儀病重，為延醫買藥，常出入當舖。
1896 年	16 歲	父卒（37 歲）。
1898 年	18 歲	五月，進入江南水師學堂就讀。 十月，改考入江南陸師學堂附設礦物鐵路學堂。
1902 年	23 歲	一月，江南陸師學堂附設礦物鐵路學堂畢業。 三月，赴日留學。 四月，進入東京弘文學院學日語。
1904 年	24 歲	四月，東京弘文學院結業。 九月，進入仙台醫學專門學校。
1906 年	26 歲	一月，幻燈片事件，決心棄醫從文。 三月，從仙台醫學專門學校退學。 夏秋，奉母命回國與朱安結婚。返回東京，從事藝文活動。
1908 年	28 歲	參加反清秘密革命團體「光復會」。
1909 年	29 歲	八月，回國，擔任杭州浙江兩級師範學堂教員。
1910 年	30 歲	七月，辭浙江兩級師範學堂教職。 九月，任紹興府中學堂生物學教員及監學。
1911 年	31 歲	夏，辭紹興府中學堂教職。 十月，辛亥革命爆發。在學生要求下回校暫復原職。 十一、二月間，任浙江山陰會稽初級師範學堂監督。
1912 年	32 歲	二月，辭浙江山陰會稽初級師範學堂教職，應教育總長蔡元培聘為教育部部員。 三、四月，公餘開始輯錄古書。 四月，下旬返紹興安頓家事。 五月，隨政府遷往北京。 八月，任教育部僉事，26 日任命為社會教育司第一科科長，公餘繼續輯錄古書。
1917 年	37 歲	七月，因張勳復辟，憤而離開教育部。16 日，亂平回部工作。

紀年	歲數	生平簡要事跡
1918 年	38 歲	四月，在《新青年》發表〈狂人日記〉，開始用「魯迅」筆名。
1919 年	39 歲	十二月，返紹興舉家遷北京。
1921 年	41 歲	十二月，〈阿Q正傳〉開始連載。
1922 年	42 歲	十二月，編完小說集《吶喊》並作序。
1923 年	43 歲	七月，與弟周作人關係破裂。 八月，《吶喊》出版。
1924 年	44 歲	二月，開始寫〈祝福〉等篇，後集為《彷徨》。 九月，開始寫散文詩〈秋夜〉，後集為《野草》。
1925 年	45 歲	五月，女師大風潮。 出席女師大學生自治會召開的師生聯席會議，反對校長楊蔭榆。 與陳西瀅論戰。
1926 年	46 歲	二月，開始寫作回憶散文〈狗，貓，鼠〉等，後集為《朝花夕拾》。 三月，北洋政府以武力鎮壓示威群眾，是為三一八慘案。往女師大參加三一八慘案中遇害的學生追悼會，列名北洋政府通緝名單，離寓暫避。 八月，赴廈門，擔任廈門大學教職。 《徬徨》出版。 十二月，辭廈門大學教職。
1927 年	47 歲	一月，赴廣州，擔任中山大學文學系主任兼教務主任。 四月，國民黨清黨，逮捕共產黨人與學生。 辭中山大學教職。 編定散文詩集《野草》並作〈題辭〉。 五月，編定回憶集《朝花夕拾》並作〈小引〉。 七月，《野草》出版。 九月，偕許廣平離廣州赴上海。 十月，與許廣平開始同居生活。
1928 年	48 歲	九月，《朝花夕拾》出版。
1929 年	49 歲	九月，子海嬰出生。
1930 年	50 歲	三月，中國左翼作家聯盟成立，被選為執行委員。
1931 年	51 歲	一月，左聯成員柔石、胡也頻等五人被捕遇害，是為左聯五烈士事件。
1936 年	56 歲	十月，病逝。

中國現代文學經典叢刊 1

魯迅創作精選

出 版 者／人間出版社
作　　者／魯　迅
發 行 人／呂正惠
社　　長／林怡君
地　　址／台北市長泰街五九巷七號
電　　話／02-23370566
郵撥帳號／11746473　人間出版社
排　　版／龍虎電腦排版股份有限公司
印　　刷／龍虎電腦排版股份有限公司
登 記 證／局版台業字第三六八五號
初版一刷／2011 年 9 月
初版二刷／2013 年 7 月
初版三刷／2015 年 10 月
定　　價／320 元

國家圖書館出版品預行編目資料

魯迅創作精選 / 魯迅著. -- 初版. -- 臺北市：
人間, 2011.09
面；　公分

ISBN 978-986-6777-40-0（平裝）

848.4　　　　　　　　　　　　100017594